講談社文庫

埠頭三角暗闇市場

椎名 誠

講談社

目次

埠頭三角暗闇市場

埠頭《ふとう》三角暗闇市場

　昔は港の埠頭を前にした十六階建てのシーサイド複合ビルだったけれど海浜新都心の速成埋め立て地に建てられていたのでもともと地盤が弱かったのだろう。二十メートルぐらいまで掘りこんだ地下三階あたりからそのまま倒れたので、今は都合十九階建てのでっかい倒壊物だ。中・韓連合による大組織ゲリラ部隊のトーキョー二千ヵ所に及ぶ同時多発地盤崩壊作戦は見事に炸裂《さくれつ》し、トーキョーの中心はこれによってほぼ全域が壊滅した。いや、トーキョーだけでなく、日本の十大都市全部が同じような状態になっている。後にこれは日本崩壊を決定的にする「大破壊《ハルマゲドン》」と呼ばれた。

　シーサイド複合ビルがあの「大破壊」のとき東の海側に傾いたところに、ちょうど八万六〇〇〇トンの巨大豪華客船「大雄飛《だいゆうひ》」が湧きたつ乱海流によって巨大な埠頭に打ち上げられ、陸側に傾いてぶつかったので、この両者は巨大な埠頭を挟んで寄り添うようにして静止した。

思えばうまい具合に巨大ビルと巨船が頭をくっつけあって止まったものだ。おかげでその下に雨も防げる三角形のでっかい空間ができた。むかし田舎の街にあったアーケードの構造に近い。いまではそこに夥《おびただ》しい種類の衣服、雑貨、食品、水を中心とした飲料、ケミカル食＝合成野菜とこねあわせ果実、改良発熱蠟《ろう》、DK腐敗油などを売っている店や、怪しげな祈願所、各種占い処《どころ》、中国式の簡易装飾偽歯屋（中国風に牙屋《きばや》と書いてある）、テント囲いの最下層売春洞、各種偽薬売りの板塀ブースなどが複雑にからみあうごたごたの「埠頭三角暗闇市場」になった。

傾いた巨船とビルのなかには当然もっと複雑にいろんな連中がどさくさに紛れて各自強引に獲得した区画を好きなように使って住んでいる。

人間の中身だって都市と同じようにぶっこわれているのが沢山出てきた。北山《きたやま》医師もその一人だ。傾斜ビルの七階で非合法の繋魂《けいこん》医療クリニックをやっている。非合法だから看板もないし宣伝もしていないが、こういう世の中だからけっこうクチコミでやってくる客が絶えず、なんとかその場しのぎで流行《はや》っているという「あぶない医師」だ。

たまたま北山医師の治療した毒饅会《どくまんかい》の幹部ヤクザがその階の権利を持っていて、そいつのやや難しい生体融合手術の治療費がわりに北山医師は小さな部屋をわけてもらった。おまけにその毒饅会のヤクザは誰かに殺されるかして間もなくいなくなってしまったから、権利関係がややこしくなって北山医師のところは暫定《ざんてい》権利物件となり、結果的にはずっとタダでそこに住んでいるという申し訳ないくらいのラッキーな展開があった。

部屋は海側にあるから大きく傾いた窓だけれどオーシャンビューの特等室だ。もっともそこから見える海を挟んだむかいの都市部はみんな同じくらい派手に潰滅《かいめつ》しているし、あの「大破壊」以来すっかり天候は狂っちまっていて、晴れて青空が見えるということがまるでなくなってしまったから、心がなごむいい景色などあまりあらわれない。

隣接する大国が被災都市を助けるのだといって大量にばらまいたなんだかわけのわからない五十万発の炸裂散布薬品がまだ空中に濃厚に浮遊していて、そいつが何時《いつ》も雲を作っているという話だ。脂《あぶら》ポリマーで汚れた湾と都市運河から蒸発していく水分がそれに混じって、ひっきりなしに雨が降っている。黒い雨と白い雨だ。

黒い雨の成分のなかには有刺生物、紐型《ひもがた》動物、腕足動物、顎口《がっこう》動物、黄緑色細菌、根足類、両生類、子嚢菌《しのうきん》、五口動物、ビラン性植物などに活性介入する八百種類ぐらいの浮遊性有毒素が混入しているというからそいつに濡れると確実に皮膚や内臓の爛《ただ》れる危険な脂雨《あぶらあめ》らしい。

止《や》むときもあるが土砂降りにもなる。黒い雨が土砂降りになると必ず百人かそこらは死んでその十倍ぐらいが病気になる。だから黒い雨のときはみんな雨に濡れないところでじっとしているが、どうしても出歩く用がある奴は防脂《ぼうし》ガッパがないと危険だった。が、そうして頭のおかしくなった奴がときおり大笑いしながら「上を向いて歩こうよ」などと言ってずぶ濡れで上をむいてずるずる歩いていたりする。人間だとそいつは確実に「紐だし病」になって死ぬしかない。まあそんな風景が常にこのまわりにあるわけだ。

「紐だし病」はなさけない。あるとき肩とか太股のあたりに白い糸のようなものが出ているのを発見する。気になるから誰でもそれを引っ張ってみる。すぐに抜けるものと思って引っ張るとそいつがしぶとくいつまでも出てくる。たいていの人間はこのあたりで焦ってさらに糸を引っ張る。糸はいつまでもそこから出てくる。いつの間にか巻き取った糸がサッカーボールぐらいになっている。どうして自分の体の中にこんなに糸があるのかわからない。半狂乱になって引っ張り続けているうちにいつしか自分の体がみんな糸になって体の外に出てしまい自分の体だったでっかい白い糸の球を見つめながら死んでいく、という寸法だ。

実際には四肢筋肉の一部が糸化してどんどん外に出てくる程度であとは幻覚と狂乱の「糸まき死」らしいが、なんでそんなことになるのかまだわかっていない。「大破壊」以来わからないことのほうが多すぎて誰もそれ以上は深く考える奴がいなくなってしまった。

傾いた部屋だから、このビルにそのまま住んでいるのは平衡感覚のこわれた奴か、よほどタフか鈍感な奴だ。それ以外はまあたいてい傾斜した床を水平にするために何かの素材を使って床を平らにしている。普通は液体からどんな形態にも加工できる合成プラスチック剤のトキラパラスを使っている。特別の金持ちか、あるいはとびきり運のいい奴が合成板を使う。いつもいたるところ湿ってじとじとしたこの世の中では見てくれ素敵なフローリング生活というわけだ。でもまあこの世界では天井だの壁だのが複雑に傾いていても床に立って一応コップの水が傾かない程度の水平床の部屋になっていれば文句はない。

北山の診察室は当然トキラパラスだ。血や脳漿《のうしょう》やリンパ液はもちろん、各種粘液や治療用のインジル溶液だとか膠溶媒《にかわようばい》なんかがいっぱいとび散ることがあってトキラパラスでないと洗剤で洗えないからそのほうが好都合なのだ。

その日北山は半分壊れかかった屋根つきの非常階段を使って「繁華街」に脳漿を買いにいった。朝から白い雨だったから重い防脂ガッパは置いて出た。脳漿のほかにこまごました仕事用品がほしかった。手術縫合用の鉤針《かぎばり》に打縫機《だほうき》用（打ち込んでつなげる人間用のホッチキスみたいなもの）の五ミリヘリカル棘針《きよくしん》。麻酔がわりになるキルカソイド液などだ。

非常階段のそれぞれの踊り場にはたいてい「ウージー」がかたまっている。そいつらは発達した声帯機能をうまくふるわせて人間みたいな声をだす。でも言うことはあらかた同じだ。

「御用ですか。いそがしですね」

禿頭猿《とくとうざる》のウアカリにカワウソの遺伝子が入っているらしく顔と頭は酔った親父そっくりだが黒い毛並みはいつもつやつやしていてそれだけみると美しい。たいてい数匹のファミリーで寄りかたまっていて暇さえあればわけへだてない同族交尾をしているか、なにか食っているかだ。奴らの食い物はいちばん異常肥大化した都市鼠《ねずみ》や飛び蛸《だこ》とか壁蛸《かべだこ》といわれている奴だ。タコは「大破壊」以降突然異常化した生き物で「蛸」とはいっているが組成的には大王クガビルの系列らしい。クガビルは本来はひとつ頭に一尾というミミズやヘビと同じ体形だったが、おそらく海と運河の遺伝子汚染で異態進化し、ひとつ頭の多足体になったのだろう。猫ぐらいの頭をしているのもいるから長い数本の足を広げるととんでもなくでかくなる。人間には害はないといわれているがうっかり見てしまうとほぼ一日は吐き気まじりの不快感に陥るからこいつを遠くからちょっとでも見かけると北山は一目散に逃げることにしている。
ウージーたちと北山医師は仲がいい。時々仕事がら北山医師の手術室から大量の蛋《たん》白質《ぱくしつ》系の廃棄物がでる。つまり人間の肉片とかそういうやつだ。ウージーはそれらをよろこんで食ってくれるから互いに都合がいいのだ。

この傾斜ビルの非常階段と闇市までの間に鉄骨橋があってこれは「大破壊」のあとにビルの住民が作ったものらしい。手すりのない一本橋だから脂雨の濃いときなどは滑るので怖い。黒い運河には「ネンテン」がいて、水面から丸い頭だけだしていつもその頭をゆらゆら揺らしている。奴らもヒトの言葉を喋《しゃべ》り、しかもウージーより高度に進化しているからだいぶ意味を理解している。アザラシに人間がまざったような体形をしていて、陸にあがると動作は鈍いけれどちゃんと直立二足歩行できる。馴らして飼うと喋れるだけ犬より役にたつらしいが、いちいち生き餌《え》をあげなければならないのが面倒なのでペットにはなれずじまいだった。この「ネンテン」にも北山医師は〝仕事〟で余ったかれらの好物をあげることがあるから、北山医師が橋を渡るときは奴らの期待に光る目が見える。

近頃もうひとつ不気味で巨大な怪物が時おりこの黒い海で目撃されるようになっている。多くは夜にあらわれ、黒い海に黒い雨が降っているときに出てくることが多いらしく、くわしくはわからないのだが、どうも非常に細長い生き物らしく、海ヘビの異態変種という見かたが多い。そいつがネンテンを食っている、という噂で、どこから来たのかわからないが、まあ海の中は海の中ですさまじい生存競争がくりひろげられているらしい。

闇市はたいてい縄張りがきまっていて、そこここに知った顔がずいぶんいる。例の中国のインチキ歯医者「牙屋」のヨシオカが北山医師の顔を見て「あんたに新しい客を紹介したから歩合をだせ」と言ってきた。ヨシオカは顔の半分がない。フクラマシにやられたのだ。この皮膚病はたいてい女からうつされる性病の一種だ。不思議と女は発症しないからまったく不公平な話だ。顔の溶解を食いとめるにはヒゾ虫を使うしかない。ヨシオカのその治療は北山医師がやってやった。ヒゾ虫はノミぐらいの大きさの水生昆虫だが、これを粉砕して溶液だけにして逆浸透圧《ぎやくしんとうあつ》のポンプにいれて食い荒らされた顔の皮膚の食われた境界線に打ち込んでいく。魔法のように浸食は止まるがその理屈は実は北山医師にもよくわかっていない。たぶん菌が菌を食っているのだろう、と北山医師は勝手に見当をつけている。

ヨシオカは半分溶解して骨の露出している顔に青い金属質のパーティ仮面みたいなのをつけて丸くくりぬいたその奥の目だけ常にぎらつかせている。

「まだアポもないような客にどうして歩合をだせる」

北山医師は青仮面に冷たく言った。

「いい客なんだ。絶対カネになる」

ヨシオカは半分しかない唇《くちびる》をネジ曲げながら言った。

「そういう話はな、お前のいう患者がおれのところにきて何にしても用件済んで、おれにカネが入ったらのことだ。さらにだ。その客にお前が本当に紹介したかどうか聞いてからのことだけどな」

ヨシオカとそんな話をして歩いていると汚いボロ毛布をかぶった回族《かいぞく》の老婆がタテ長の「踊り豆」をもって二人の前にその皿を突き出した。この踊り豆というのは人の吐く息をかぐと本当にみんなして立ちあがって踊りだす。面白いけれどそれだけのことで別にとびきりうまいわけではない。しつこくしがみつくのを払いのけてさらに人込みをかきわけていくと今度はロマの女が北山医師の腕をひいた。

ロマの女は裸同然の体で常に全身でくねくね踊っている。みんなとびきりの美人でグラマーだ。目の虹彩《こうさい》がいくつにも光って濡れている。そいつを見ているだけでたいていの男は勃起《ぼっき》して精神はクタクタになる。うっかり北山は目を合わせてしまったのでロマの女はたちまち腰をしっかりすりつけてきた。それも人前で見せられるような生温《なまぬる》いものではない。もっともこの闇市ではこんなことをあまり注意して見ている奴はいない。びっくりして立ち止まって見ているのは田舎からきた間抜けな奴ぐらいだ。もうじき何時の間にか自分の体の四〜五ヵ所に分けてしまってある財布類がみんななくなっている筈だ。北山医師は禁欲期間が長かったから一瞬クラクラしたがすぐに本来の用を思い出した。さらに背伸びして北山医師にくらいつき素早く舌まで口に差し入れてくるロマの美女を思い切り振り払って強引に雑踏を抜けた。通り抜けたところに古島《ふるしま》がいた。ニヤニヤ笑っている。

「おお、北山先生。ちょうどいいタイミングだ。これからお前のところへ行こうとしていたところだ」

古島は言った。

「こっちはぜんぜんいいタイミングじゃないです。おれにはおれの仕事の用があるもんでね」

「キムという女を知っているだろう。ダンサーくずれの売女《ばいた》だ。高い金をとる。お前のところで手術した筈だ」

「知らないですね。ぜんぜん」

「こっちは知っているんだ。キムはお前のところで体内加工手術をして、そいつを武器に連続して最低三人は殺している。お前には犯罪医療及び殺人幇助《ほうじょ》の嫌疑がかかっている」

「だから知らない女だと言ってるじゃないですか」

「いずれ令状を持って正面からいくよ」

古島はイモリのような目で北山医師を正面から見た。そういえば古島の顔や手は表面がいつもぬらついて見えるから本当にイモリの遺伝子が何割か入っているのかもしれない。闇市を歩いているとにかくいろんな奴が現れて何かと刺激的だが面倒なことも多すぎる。


部屋まではまた非常階段を使った。エレベーターはとうに動かなくなっているからこのビルを上がっていくには階段を使うしかない。ビル内に三ヵ所あるメーンの階段には夥しい数のホームレスが住んでいて彼らはそこであらゆるこまかい違法商売をしている。こまかすぎて首都警察も無視しているぐらいだが、この階段を使うとこいつらがからみついてくるのをいちいち踏み越えていくのが大変だ。ホームレスのなかには固有種の内臓糜爛《びらん》菌を持っているあくどい奴がいてこいつはマッチポンプだ。すれ違うときに体のどこかに菌の粉末をなすりつける。知らずに部屋に持ち込んで飛散したその空気をちょっとでも吸ったら一晩で発症する。肺の内側のすさまじい痒《かゆ》みを抑えるためには同型の糜爛菌をもっている奴を探して対応抗生物質粉末を使わないと三日は寝られない。

そんな危険があるから黒い脂雨のときは防脂ガッパを着けなければならず多少面倒だけれど、北山医師は普段の登り降りはつとめて非常階段をつかっている。登っていくと各踊り場にひとかたまりになったウージーらがもぞもぞ動いて「おかえりですか。いそがしですね」と言う。礼儀正しい奴らなのだ。気持の悪い壁蛸に会わないようにして北山医師はやっと自分のフロアに入った。フロアへの入り口はメーン階段はもちろん非常階段側にも防壁鍵がついているから強靱《きょうじん》なホームレスもそこまでは入り込めない。

自分の部屋に戻るとやっと北山医師の緊張がとけた。振動筆記装置のブラペンを覗《のぞ》いて何も通信が来ていないのを確かめ、買ってきた医薬品を棚《たな》に入れているとドアがノックされた。古島の奴がもう来たのか、とうんざりしながらドアの反転プリズム型魚眼レンズで訪問者を確かめる。隣の部屋に住んでいるゲイの「電気食い」だった。反転プリズム型魚眼レンズの中の小さな視野の中でもそいつの放電ヘルメットからバチバチと電気火花が散っているのが見える。

ドアをあけるとバチバチはむきだした分だけさらに大きな音になった。放電ヘルメットの脇から広がったアフロヘアが放電風《かぜ》にフワフワ踊っている。その後ろに何本かの自家発電のコードが繋がっていてそいつの銀色のインナーヘッドギアのいたるところで火花がバチバチ弾けている。古いゲルマニウム合金製の口覆《くちおお》いのあたりからは漏《ろう》洩《えい》電流が連続放電していて、そいつがなにか喋ると四方八方派手に電気火花が飛んでちょっとした火吐き竜だ。

「少し前にオタクにお客さんよ。ずいぶん大勢いたんでびっくりしたわ。あたしの部屋をノックしてオタクが何処《どこ》にいったか聞いていたけど、あたしの顔を見て若いのがあとずさるのよ。やあねえ。みんな目付きの悪い人ばっかし。お隣さんは今は外出みたいと言っといたわ」

そういう電気食いの目は滞留電気で真っ赤に血走っている。やあねえ、はこいつのほうだ。電気中毒になると自分の体内に常に数百ボルト以上の滞留電圧がかかっているというからこいつの鼻の穴にでもプラグを差し込むと電気掃除機ぐらいは動かせそうだ。

北山医師は礼を言ってドアをしめた。ほんの短い時間なのに放射電流にまざっていたオゾンの匂《にお》いが北山医師の部屋にかなり入り込んでいる。

誰かの手引きで一回きりだけ使える解錠チップを持っていないとこのフロアに入ってくることはできないからヨシオカが言っていたのがその客かもしれない。落ちつかない気持で中途半端な片付け仕事をしているとまたドアがノックされた。ドアのレンズいっぱいに数人の男の顔が見える。なるほどどれもろくでもない顔をしていた。いくらか迷ったけれど、解錠チップで入ったのだったら自分が戻るまで絶対に帰らないだろうから居留守をしてもしつこく何度もやってくるはずだ。どんな用かわからないがどっちみち会うしかないだろうと北山医師は判断した。きっちり暗証番号を聞く。どうして正しいソレを知っているのか今はわからない。まあこの場合はヨシオカだろうが奴がどうして知ったかわからない。奴のルートは恐しいほど闇に入りこんで機能している。

ドアをあけると真先に入ってきたのは、いまどきめったに見ないアメリカ海兵隊の迷彩服をむっちり着込んだ太った奴で、頭は短髪、戦闘ブーツはピカピカでそうとうにのめり込んだクラシックミリタリ野郎だ。どういうわけか犬を引っ張っていて、北山医師にことわることもなく強引に部屋の中に入れてきた。どこで見つけてきたのかその犬は薄汚い雑種だ。続いてスーツ姿のいずれも大柄の男がどかどか入ってきた。

「いきなり大勢で悪かったですな」

年配のスーツ男がいくらかましな声と口調でそう言った。半白の髪と口髭《くちひげ》は短く刈り込まれている。その隣に流行りのニシキヘビスーツの若い奴が二人いる。よくわからないが、ヘビスーツがこいつらの一種の制服なのかもしれない。北山医師は曖昧《あいまい》に笑い、さてなんの用なんですか、という顔をした。ミリタリ野郎を含めて男は五人。そのうちの一人、三十代はじめぐらいの薄い豹柄《ひょうがら》のシャツを着た奴が不貞腐《ぶてくさ》れたように北山医師と部屋の中を何度も見回している。なにかあったら文句をつけようという顔だ。

「なんの用ですかな」北山医師は口に出して言った。

「噂を聞いてきたんですよ。名医らしいとね。やってもらいたいことがあるんですよ」

半白が言った。

「できることとできないことがあります。用件を先に言ってもらえますか」

できるだけ柔らかく言った。相手はまだ何者かわからない。思わぬ行き違いでいきなりどんな成り行きになるかもわからない。

「おっしゃるとおりです。頼みたいというのは、こいつを犬にしてほしいんですよ」

半白のリーダー格が豹柄のシャツを着た男を指さしながら言った。

「犬にですか？」

やれやれという気分だった。

人獣合魂《じんじゅうごうこん》エンジンが作られてからはヒトと動物の生体意識転換はそんなに難しいことではなくなった。両者を高速分離式のセントラル・ドグマ・システムに入れてヒトのＤＮＡと動物のＤＮＡが幹細胞の不定分立に適応してさえいれば最後は人獣合魂エンジンを使ってヒト機能にワニ意識だろうがワニ機能にヒト意識だろうが生体意識転換はわりあい簡単にできる。ただし失敗もある。失敗したら生体組成が壊れて汚いタンパク質系の溶液とカルシウム粉末がそこそこの量で一山できる。

「転換したいのはこの犬ですか」

ここへくる途中で拾ってきたのではないかと思うくらい小汚い野良犬ふうだった。

半白男がそのとおりというように大きく頷《うなず》いた。

「聞いておくだけですが、どっちが主なんですか？」

「あんたの聞いてる意味がわからないのだが」

半白が聞いた。

「つまり、簡単に言うと人間に犬感覚や犬能力をつけてスペシャライズするのが目的なのか、逆に犬に人間能力とその機能をつけさせるのが目的なのか——ということですよ。あるいはその両方なのか」

「ああ、そういうことか。それなら答えは簡単だよ。もともとこいつはろくでもないドジを踏んで昨日あたり壊れたトラクターにくくりつけてここらの黒い海に落としてしまうつもりだったんだ。それを組の姐《ねえ》さんがとりなしてせめて犬ぐらいにして生かしてやってくれと」

やっぱりそのスジの連中だった。それ以上くわしい話を聞きたくはなかった。こういう仕事をしていると、余計な知識が危険を招くことがよくある。

「じゃあ入れ替えなしと」

「どういうことだい？」

半白男がそれについても質問した。

「この豹みたいなシャツを着た人に犬の思考と意識は転換しなくていい、ということですね、と聞いているわけですよ」

「はーん。《犬人間》か。言葉は喋れるのかね」

「会話するには数日後に追加手術をしないと無理ですが、まあ、お望みならとりあえずワンとか、ウウ、ぐらいは」

むかしひどいウツ病になった愛人を連れてきてチンパンジーと意識及び全思考機能を転換させた金持ち親父がいた。チンパンジーの雌《めす》は本性が超弩級《ちょうどきゅう》の淫乱だとどこかの動物商人に聞いてきたらしい。北山は仕事だから言われるままに施術したが、その親父は三週間ぐらいで腎虚《じんきょ》で死んだらしい。たぶん毎日の半分ぐらいは強引に腰まわりにからみつかれていたのだろう。そのあと超弩級の淫乱女がどこにいったか北山医師は知らない。そういうあとあとのことは責任なし、という手術同意書を北山医師は施術前に必ず交《か》わす。それはヤクザが五人きても十人きても同じことだった。料金は五十万リアルと北山医師の言い値が通った。失敗したら北山医師が十万リアル払う。リスクとしてはまあまあだ。

犬になる男は、ヤクザになるくらいだからそれなりの根性でもう覚悟はできているらしくそうしたコトの進展ひとつひとつをまるで人ごとのような顔で聞いている。犬は痩《や》せて毛足の短い赤犬で三歳ぐらいの雄《おす》だった。人間の年でいうと転換する男と同じか少し下ぐらいだろうか。寿命は当然人間でいるよりは短いがどんな理由にせよトラクターにくくりつけられて黒い海に強引に放り込まれるよりはましというふうに思っているのか、手術開始となってもさしたる動揺もなかった。ニシキヘビスーツの若いヤクザ二人に手伝わせてその豹柄シャツの男を手術台にのせて四肢を革ベルトで拘束《こうそく》した。それから子供及び小型動物用の手術台の上に貧相な犬をのせる。こっちも根がおとなしいのか、あるいは暴れる力がないのかあっけないくらいおとなしく拘束されている。それから先は全員に手術室から出てもらった。

両者の頭をMDS探査型の半円ドームカプセルで覆《おお》い、そこからの照射円周ヒカリ棘針《とげばり》によって両者の意識を同時に収奪ポンプに回収する。精神コネクターによる脳細胞の同種胚《はい》ごとの分別が済んで、異種細胞の分離自己増殖が開始されたらまずは成功で、数分間で両者の脳細胞はトランスジェニック化する。完全に入れ替わるまでにそれから十分間はかかる。

犬の夢はヒトに、人の夢はイヌに。

事故率はまだ二十パーセントほどはあるから政府認定の公設病院でしか認められていないし、それも原則、異生物転換による延命希望者や事故被災などによる脊髄《せきずい》損傷者などに利用資格者は限られている。でも簡易化された通称人獣合魂エンジンの実用化によって、いまでは北山医師ぐらいの個人クリニックでも扱えるアングラ医療になってきた。日常の動作もままならなくなった人間としての余生を捨てて、若い犬や

猫、ときには鷹や馬などに単独転換する老人が増えているから、北山医師のようなところがクチコミでそこそこやっていけるのだ。

十五分後に転換終了のピーピー音が鳴った。「なんか洗濯機の乾燥終了を知らせるみたいでえらく簡単なんすね」

一番若いヤクザが隣の部屋で言っているのが聞こえる。しかし問題はこれからなのだ。ちゃんと犬に人間の意識や思考機能が移行し、人間に犬のそれが転換されているか。確認されるまでは安心できない。

十五分ほど安静時間をとって、両者の革ベルトの拘束を外した。その少し前の段階から犬のほうがなにかしきりに唸《うな》っているのが聞こえた。ちゃんとヒト脳意識とその能力が犬に転換された証《あかし》だ。何か言っているのだが声帯補助機能の追加手術をしないと意味のある言葉は喋れない。脳の大きさや思考能力は人間と犬では桁違いだからこういう場合は犬の小さな脳にはち切れそうなほどのヒトの思考能力が凝縮して満杯になる。逆にヒトの脳に移行した犬の思考エリアはほんのわずかで済むから、犬化した人間の頭は文字どおり隙間だらけの空気頭になる。したがってなにか付加能力をアレコレつけるのは可能だがそれにはひと月ほど安定期が必要だ。

「犬にした男に人間の言葉を喋らせるようにする予定ですか」ということをあらかじ

め半白男に聞いておくのを忘れていた。

「姐さんに聞いてからにする」

と半白は言った。同じ施術で喋れるようになっている犬や猫はいっぱいいる。犬として、あるいは猫として喋れるようになって嬉しいというのと辛いというのと半々ぐらいらしい。犬や猫になるのを望んでも、実際には思ったほど快適ではない、ということもあるのだろう。面倒なのはイヌ思考とその意識能力を転換された豹柄の男だ。わかっていたことだが動きが圧倒的にぎこちない。まず慣れるまで立って歩く事ができないからすぐに四つん這《ば》いだ。怯《おび》えているのか両手を並べてのばし、そこに頭をのせてうずくまっている。無理やり起こすと部屋の隅に行って片足をあげたりする可能性もある。

「この人は今小便をしたいんだ」

北山医師は教えてやった。

「ど、どうしたらいいんすか」

迷彩服が顔と姿に似合わずびびっている。いままで相棒かもしくは兄貴ぶんだったのが四つん這いになってうろたえているからだろう。犬のほうはせわしなくそこらの匂いを嗅《か》ぎまくっている。なにしろ人間だった今までは嗅覚細胞が五百万個ぐらいしかなかったのにいっぺんに一億以上に増えてしまったのだ。奴の頭のなかには怒濤《どとう》のように数百万の性質の違う臭気が突入してきて慣れない今は気も狂わんばかりになっているだろう。とくに手術室に漂っているヒトの嗅覚ではたいしたことのない硫化水素、メチルメルカプタン、酢酸《さくさん》エチル、イソブタノールなどの通常悪臭と言われている奴がこの新米犬男の脳髄《のうずい》を破壊するぐらいのいきおいでなだれ込んでいるはずだ。こいつがこれからどこに連れていかれるのか知らないが、どうやら組の姐さんに気にいられているらしいからまずそこへ挨拶に行くことになるのだろう。

そうすると組の姐さんが三日前に食ったものから糞《くそ》や小便を何時ごろしたか、飲んでいる薬の種類や蓄膿《ちくのう》症の膿《うみ》の臭《にお》いなどがやはり怒濤のようにこいつの脳神経に入り込んでくる。

おそらくこいつが海に投げられる理由は組の姐さんと熱くからみあってるのを見つかったからだろう。今度は犬だから同じ部屋でいちゃついているのを組の親分に見られても問題はない。もっともその姐さんが化粧の濃い女だったら猛獣の総攻撃みたいな複雑混合された化粧品の複合ケミカルの匂いにこの新米犬が耐えられるかどうか。その匂いに怯えてなかなか馴れなかったり反抗的になったら折角《せっかく》犬になっても、姐さんの命令によって結局黒い海に捨てられる可能性がある。今度はチビな犬だから冷蔵庫にくり付けられるぐらいで簡単に沈められてしまうだろう。もっとも見てくれは貧相な雑種のノラ犬だ。そんなことをしなくても四肢を縛って放り投げればそれです む。そんなことが気になったので、余計なことだったけれど半白男に言った。

「帰りにそこらの洗い屋に寄ってこの犬をもうすこし綺麗にしてやったらいいですよ。できたら毛なども刈りそろえて。プードル刈りなんかいいんじゃないですかね」

その言葉が犬にもわかったらしい。プードル刈りと聞いて振り返り、北山医師に吠えた。体が小さいからカン高い吠え声だ。でもよほどプライドを傷つけられたらしく吠えてからそのあるかなきかの肩をゆすって凄《すご》んでみせた。

支払い手続きをしてもらうときに、ヨシオカからの紹介なのかどうか聞いた。半白男は別の名前を言った。北山医師の知らない奴だった。でも関係を聞くのはやめておいた。金さえきちんと払ってもらったら余計なことは知らなくていい。

四つん這いからなかなか立ち上がって歩けないダブダブの豹柄シャツの犬アタマ化した男を引きずるようにして、ヤクザの男たちと肩を怒らせたチビヤクザ犬は引きずったズボンの足を床にすべらせながらドタドタと診察室を出ていった。

ひと仕事おわって空腹なのに気がついた。さっき闇市に行ったときに簡単な食い物を買っておくべきだった。窓をあけて黒い脂海《しかい》の上を漂う樽形バルーンや噴射鳥の群れ、巨大なくらげ形をしたフクワライなどがてんでに飛び交っているのを眺《なが》めた。白い雨は細くて濃密になっていた。北山医師はパルスレーザーを使って適当に流しの「便利屋」を呼び出した。最初に応答したのは喉袋鳥《のどぶくろどり》急行便で、三分ほどで大型のペリカンが飛んできた。三羽編成でバランスよく伸縮型の釣り網をぶら下げている。窓の外側に近接してホバリングし、すぐに注文を聞く恰好になった。

「何語が喋れる?」

北山医師はそいつらに聞いた。変形香港《ホンコン》語が少し、という返事がかえってきた。ペリカンだからどっちみちクワクワした声だ。北山医師はそこらの屋台で確実に売っている蒸気韮餅《にらもち》と嘗包巻《しょうほうまき》を組み合わせたものを注文した。どっちもチマキのたぐいなので香港ものなら間違いない。喉袋の一番大きなナマコの肛門みたいな目をしたペリカンがなるほど聞きにくい変形香港語で、前金を要求した。こういうペリカン便は最初は半額でいい。注意深く釣り網の中の金入れに五デ・リアルのコインをおさめると、三羽は見事にシンクロした羽ばたきでほぼ垂直に降りていった。

それから北山医師は手術室に行って簡単に跡片付けをした。いまのような単純変換だけだと血だの脳漿だのが飛び出ないから片付けが楽でいい。これで意識と思考と、それからたぶん（たましい）というやつをひっぱりだしたあとの人間のほうを廃棄する、ということになるとその（脱《ぬ》け殻《がら》）の引き取り手数料の額でまたすこし交渉が必要だった。こういうときの依頼者はたいてい（脱け殻）はそっちで引き取ってくれ、という。そうなると北山医師は引き取るものが人間の（脱け殻）だろうが動物だろうがとにかく細かく粉砕したのをウージーにくれてやればいいだけだが、（脱け殻）が人間の場合は今回のようにいかに当人が納得ずくとはいえ警察などからは確実に（殺人）と解釈されるから処置の手間とシステムがいる。そのため状況によっては依頼者に高い処理代を請求することができる。じっさい粉砕消滅作業は、人間のスケールになると分断して大型の分解釜に入れても一晩はかかるし、楽な仕事でもなかった。それにさっき闇市でハチあわせした首都警察、古島のいやらしいニヤニヤ笑いがまだ頭の隅に残っている。

くねり型の浮遊装置、通称「空飛ぶ絨毯《じゅうたん》」が白雨のなかを本当に優雅にくねり飛びながら新しい幻覚剤の宣伝をくりかえしている。

「輝く太陽。打ち寄せる青い波、白い雲、風にそよぐ南国果実植物。本物そっくりの汐風《しおかぜ》のなかで一晩過ごせますよ。ダブルドリンクで褐色肌の美人が一晩つきそいます。三日までおためしサービス期間中。今ならすぐにうふふ、なのよ」

喋り続ける女の声も空中をわたるときにくねって聞こえる。

そいつが傾斜窓から消えないうちにまたドアがノックされた。さっきの五人組がなにかのトラブルで戻ってきたのならいやだな、と警戒しながらドアのレンズを覗いた。

女が一人いた。十四ミリの反転プリズム型の魚眼レンズだからその女の背後や左右に別のものが隠れていたらすぐにわかる。

「どなたですか」

北山医師はドアホンで聞いた。

「紹介されて来たものです」

女は答えた。レンズのためにだいぶ歪んで見えるがそれを差し引いてもかなりの美人だ。褐色の長い豊富な髪はゆるいウェーブがかかって全体に広がっており、やわらかいライオンのタテガミを連想させる。

北山医師は鍵をあけた。いくつかのアジア系の民族の血がまじっているようだった。かなりの長身でしかも圧倒されるような悩殺グラマーだ。なかにはそのテの大胆で細密な加工手術をしている可能性もあるがそのテの女は医師にはすぐわかる。その女は眼に眼表偏光レンズを入れていて右が金色、左が銀色だった。眼表をそれとわかる代謝液がゆるやかに流れていてそれが全体に潤《うる》んでみえるからやたらに蠱惑《こわく》的だ。でもこの女が施している手のかかる加工手術はそのくらいのようだった。

文句なく形のいい唇が動いて横にひろがり、少しだけ笑顔で言った。

「こちら、くっつけ屋さんですよね。やっていただきたいことがあるの」

つくり笑いのなかで女はいきなり言った。女性にしては低い重みがある声だ。女が言ったように、北山医師のクリニックを知る一部の人は北山医師を「くっつけ屋」と言っているらしいと知っていたが、今日の昼前に施術したように「入れ替え屋」もやっている。でもまあ看板はないのだからどっちでもいいのだ。

女からのファン・ル・ロロイのおそろしくここちのいい香りが部屋の空気を満たしている。ありふれた香水などではなくて金と時間のかかる体内循環注入による吐息系の汗匂《かんこう》フラクタルだ。

まずは応接ソファに座ってもらった。女は形のいい長い足を組み、高そうなハンドバッグを体の横に置いた。

「率直に用件を聞いていいですか。できることとできないことがありますので」

北山は初対面の訪問者にはいつも最初にそう言う。

女はさっきと同じレベルぐらいの艶然《えんぜん》とした笑顔で頷いた。

「どんなことを？」

「生体移植というのでしょうか。ほかの生き物を自分に装着したいのです」

装着?!　ヘルメットやプロテクターじゃないんだけど……。まあ北山医師は余計なことは言わない。しかし移植したい生物によってはそれは簡単な依頼でもあった。いままでにもわりあい多種多様の処置をしてきた。ジャンキー以外なら引受けやすい。ジャンキーは思いつきの奴が多く、最初の基本感覚に自覚がないので一時の激情でくっつけた肩の上の二本の猿の手をあとで「余計なものをつけやがって」と文句を言ってきたりする。うまくいけば移植と切除で二回分の金をとれるが、あくまでも金を持っていたらの話だ。断るとあとで執拗《しつよう》にからんできたりする。あまりにもあくどい奴がいたのでいい負かされたふりをしてタダで切除処置をするといってそいつごと分解釜にかけ、残存物をウージーや黒い運河のアザラシ頭のネンテンにわけてやったことがあった。以来ジャンキーはお断りだ。

「移植したいものと移植したい場所を教えてくれますか」

北山医師は自分で医師の顔と声とそれらしいイントネーションを意識しながら聞いた。

「わたしの髪の毛を蛇《へび》にかえてほしいんです」

女は笑顔のまま言った。まるで想定外の注文だった。一瞬この女の精神に疑問が浮かんだ。長いことこういう仕事をしていると三割はどこか思考のメカニズムのいかれた奴の依頼がある。その場合は会話するだけ時間の無駄というものであった。

「話は前後しますが、ここへは誰の紹介で？」北山医師は聞いた。

「キムです。ご存じでしょう」

女は言った。少しのあいだの沈黙。あまり思いだしたくない名前だった。だからその話はそれまでにして、もうすこし詳しい女の要望を聞いた。具体的にだ。

「わたしの髪の毛を全部なくしてそこに細くて長い蛇をたくさん生体移植してほしいんです。候補に考えている蛇はザンロというミドリヘビです。太さは大体一センチ。実はそれではちょっと太すぎるんですが成体でそれ以下の蛇は腰が弱くて同時に気が弱くてわたしの希望には添わないのです。ザンロはミドリヘビで一メートルぐらいあります。好奇心があって攻撃的で力があります。とくにカマクビは全身の半分ぐらいのところから持ち上げられますから頭に移植をするとその半分の長さのところからくねり曲がることができます。本来の目的にはいちばん適《かな》うのです」

女は意外に饒舌《じょうぜつ》で一気にそれだけ喋った。それから傍《かたわ》らにおいたハンドバッグから化粧のコンパクトに似た装飾過多の衛星通信ビュワをひらき、嬉しそうにその動く映像をみせた。「大破壊」のあとも地球とは無関係に回っている各国の残存衛星はまだ多くが機能してこういう端末機を働かせている。

毒々しい真緑色の細い三十匹ぐらいの蛇がドンゴロスらしい袋のなかから半身をだしてみんなでわらわら踊っているような立体映像が鮮明に見える。

「ベトナムに沢山います。太さは二、三ミリ。長さは八十から百センチあります。多少の毒があって生命力も強いからわたしの頭皮下でも栄養吸収可能と思います」

女は生体移植の基本条件をきちんと学習し理解しているようだった。

「その緑の蛇をどのくらい移植したいのですか」当然魔女メドゥーサのイメージがその顔にダブる。

「できるだけ沢山。たとえばこの袋の中から半身をだして踊っているのが三十匹前後ですから少なくともこの倍はないと」

眼の前の怖いほどきれいな女の顔の上にミドリヘビがわらわら踊っているところを想像するとやや気が滅入る。

どんな生体移植にも初期拒絶反応の壁がある。いまは対応薬品が多種になってだいぶ程度は軽いケースが増えてきたが、移植個体数が増えてくると効果は薄くなってくる。そのリスクをいちばん軽減できるのは幼生段階で何匹かの個体を移植し、順応経過を見ながら育てていって次第に本体の受動体質を整備していく、という方法だ。だいぶむかしの禿頭《とくとう》治療に「育毛」という初歩的な技術があった。それに似ていてこの場合はつまり「育蛇」ということになりそうだ。可能性としてはそういうところからのスタートしかないように思った。

「目的を聞いていいですか?」

北山医師はそれ以上この話の内側に入り込むべきか引くべきか迷いながら、でも聞いてしまった。

そのとき窓に影が走り、ふいに湿った空気が部屋に流れ込んでくるような気がした。三羽のペリカンたちが窓に接近してホバリングしているのだった。頼んでいたチマキを届けてくれたのだ。

北山医師は所用で立つことを女に伝え、残りのカネ五デ・リアルと引き換えにまだ熱い包みをもらった。防水のシルロン包装がきっちりかかっている。

「多謝《ドーチエ》」

と、言って三羽のペリカンは視界から消えた。白い雨のしぶきが少し部屋にはいる。北山医師は窓をしめた。それを待っていたかのように女は言った。

「復讐《ふくしゅう》です。キムがやったように」

女の金色の眼と銀色の眼に光がました。

キムの手術は北山医師がやった。基本はありふれていたが、仕組みは凶悪だった。それもキムが望んだものだった。キムと同行してきた魚鱗《ぎょりん》学者がアマゾンの「カンジエロ」のメカニズムを北山医師に説明した。人を襲うカンジェロはせいぜい二、三センチクラスの肉食ナマズだ。アマゾン川に入った人間の体臭に反応し、もの凄いすばしこさで人間の九穴に飛び込んでくる。とくにアンモニアへの反応がすさまじく男女とも尿道に入り込むと頭部についている五角の鰭《ひれ》をひろげる。そうなるともう尻尾をひっぱっても絶対抜けなくなる。そうして先端にある鉤形になった鋭い歯で膀胱を喰いつくしさらにその周辺を食いまくっていく。

キムはそのカンジェロを数匹自分の膣《ちつ》の奥に固定移植させた。合意にせよ暴行にせよ入り込んできた陰茎にカンジェロはくらいつく。カミソリ刃の高速咀嚼《そしゃく》だから男は五分もしないうちに絶叫しつつたいてい死ぬ。キムはこの界隈《かいわい》でいちばん恐れられている売女で、知らずに迷い込んできた金持ちの田舎者がやられる。古島はこれまで三人と言っていたけれど、キムに誘われて有り金全部とられ数時間後に黒い海のなかに重しと一緒に捨てられた気の毒な助平親父の数は絶対そんなものじゃない。

骨買い屋

偉そうに首都警察とはいうものの、かつて東京湾とよばれた脂海《しかい》のぐるりを縄張りとしているのでむしろ実質は港湾警察で、本署は佃島《つくだじま》の先に浮かんでいる浚渫《しゅんせつ》機械のついた何隻かの大型運搬船と、くされ艀《はしけ》によるむさい集合体だ。フロートがわりにした船の上にいくつもの大型コンテナや、建設現場用のタルボット硬板を積み重ねてこしらえた頑丈なんだかもろいんだか判断のつかない水上の尖塔《せんとう》建築物になっている。でも全体の無統制ぶりと汚れ具合は遠くから見ても近くからでも「トガリネズミ」の水塊巣塔とたいしてかわりない。

あちこちに浮き沈みしている床がぶわぶわした浮遊物の集合体のまわりには当然複合ケミカル汚染されたおかしな生き物がいっぱいいて、しばしば上に這《は》いあがってきては面倒な事件がおきる。逆にいうと毎日ここにいれば退屈しないってことだ。

捜査第二課の古島《ふるしま》は、ここにきてまだ五年目なのにもうベテランと呼ばれている。汚職警官があとをたたないうえ、敵対警察にひっきりなしに引っこ抜かれたり殺されたりしているから、生きてさえいれば簡単にベテランになれるというわけだ。

その日、古島は埠頭三角暗闇市場と呼ばれる斜めに倒れてアタマをぶつけて静止したビルと大型客船との下の巨大な三角形の空間の下の闇市をパトロールしていた。そこは大勢の何を考えているんだかわからない人間や動物やその中間にいる新種生物がうごめいていて何時も必ず何らかの事件がおきている大小軽重各種犯罪の見本市みたいなところだ。

古島は通報のあったクソまみれ死体の確認と周辺捜査をしていた。そいつは前の晩に殺されて身ぐるみ剝《は》がされ、どうやら埠頭の下に張りめぐらされているじめじめしたもぐら迷路のようなトンネルから海に落とされたようだった。普通なら海に落ちたとたんに「ネンテン」をはじめ、乱杭歯《らんぐいば》の、水かき付「ミズネコ」や凶悪な腐敗液にまみれた「赤舌」とかエイに似た笑い顔の「喉《のど》かぶり」なんかの貪欲《どんよく》なやつらがたちまち骨までバラバラにしてしまうところだが、運よくだか運悪くだか、近頃埠頭のところどころにほぼ透明な四つ手網状のしかけを張っている空中クラゲみたいな「搦《から》み格子《ごうし》」の網にその死体が乗っかって海に落ちなかった。搦み格子は人間を食うことはしないのでそのまま律儀に死体を保存し、チクリ屋の「磯ばしり」が古島にそのことを連絡してきたというわけだ。

死体はすっぱだかの太った中年の親父で、貧弱な陰茎の先端がカッターナイフでたらめに切り刻まれたようにはじけていて見るからになさけない。おまけに尻のあたりがクソまみれなのは陰茎がズタズタになったときのショックから大量に「おもらし」しちまったからだろう。古島はひととおり死体の検分をしてから片腕に嵌《は》めてある手機（中国式アイフォン）で警察用の電波を使い、鑑識と応援警官を呼んだ。

とはいえ、ここらでこういう死体を見るのは四度目で、誰の仕業《しわざ》かはだいたいわかっている。応援の警官や鑑識課の連中と交代したところで古島はそのまま署に帰った。応援にきた警官たちがみんな防脂《ぼうし》ガッパを着けているということはじきに「黒い雨」が降るということだ。

署内ひきこもりみたいになっていて何もしない捜査二課長の部屋に行って適当な報告をし、忘れないうちに事件の報告書を書く。こいつを書いておけば仕事上のそれなりの実績ポイントになるんだから面倒だけれど一番重要な仕事だ。こいつを〝上〟が受理して遅れまくった捜査方針を伝えてくるのは三、四日先のことだろうからあとはデスクに足を乗せて合成肉のホウショーロー（近頃これがうまい！）でも食いながら署内の騒動を見物しているつもりだった。

　署内にいればなにかしらの騒動はかならずおきている。その日は二課の床に男がひとりうつ伏せになってくねくね動いていた。へんな動きで、部屋の隅ばかり這い進み、時々信じられないような瞬発力で跳ね転がったりしている。変態刑事のポイズン佐野がそいつの前にしゃがみ、いましがたそこらの海面からタモでひっかけてきたばかりの巨大なトガリネズミのしっぽをもってフリコみたいにしている。くねくね男がいったん体を縮めて、またもや信じられないようなすばしっこさでそのフリコみたいになったトガリネズミに飛びつき嚙《か》みつき、両手に持って貪欲にむさぼり食いはじめた。

「なんだこいつは？」

　という顔をしていると、この春転属してきたばかりの女性警察官のかおる子スミコが手みじかに説明してくれた。

　たぶん浦安のバーチャルランドのアニマル体験コースかなにかで「アナコンダ」のようなものを選択したやつが気分はアナコンダのままちょっとした事故か偶然で運搬船かなにかに紛《まぎ》れ込み、ここまでやってきちまって、そうしてアナコンダの気分のまんまこのクズ筏《いかだ》の集合体に乗り込んでしまったのではないか——という。

　要するにいまこの二課の床でのたくっている男の精神は堂々たるアナコンダなのだ。

「ほうっておけばそのうち脳幹コントロールの刺激アンプルが全部こいつの体内で溶解して、もとの人間に戻るんだろう」

　バーチャルランドでやっている各種動物の本物体験のくわしい仕組みは知らなかったが、どっちみち基本はクスリとナノテクによる脳幹刺激でやりくりされているはずだ。

「それがどうやら二、三日間は持続するスペシャルコースを選んだスーパーヘヴィのスネークマニアみたいな奴らしくて疲れを知らないのよ。ほうっておくとそこらをくねくね進んでいってわたしたちの足なんかにからみついてくるんです」

　かおる子スミコが、うまそうにネズミを食っている三十半ばぐらいの男のくねくねした腰から下を見ながら言った。

「そうなのよ。さっきもあたしの机の下から両足にからみついてきたわ。きっと小鹿の足と間違えたのね。けっこうあの感じよかったけど」

　女性警察官のオカバヤシがゆっくり歩いてきてそう言った。

「『マナティ』の足かと思ったのかもしれないよ」

　つい古島はいらぬことを言ってしまった。勤続四年目のオカバヤシヨーコはこれまで十二ヵ所のアングラ痩身《そうしん》クリニックに侵入体験捜査するといってもぐり込んだがどこも全部前より太って署に戻ってくるのでそれらを片っ端《かたぱし》から摘発した。つまりオカバヤシは古島よりもはるかに検挙率の高い優秀な警察官なのだ。ただし検挙した業種があきらかに偏《かたよ》っているんだが。

「しばってそこらにころがしときゃいいだろう。気がついて文句を言ったら警察署への不法侵入で正式にしょっぴく、と言えばだまって勝手に帰っていくだろう」

「水棲《すいせい》カバ」のバーチャルコースなんかやると似合いそうなふとっちょの内田警部補が言った。結局それしかない、ということで署内の若手警官が、気分はアナコンダ男の両手首と両足首に手錠をかけ、部屋の隅の排気ダクトにくくりつけた。アナコンダ男は手足を拘束されたままだ精力的にくねり運動をしている。捕縛《ほばく》されて悔《くや》しいだろうが、もしこのまま外にだしたら五分後には間違いなく誰か、あるいは何かに殺されている。それにじき「黒い雨」が降るということだし。

　古島は「アナコンダのつもりの男」と聞いたとき、埠頭三角暗闇市場のあたりで時おり耳にしている黒い海の中の巨大な海蛇のことが頭に浮かんだ。ここにいるアナコンダのつもりの男と何か関係があるのかもしれない。そうだとするとあの黒い海の中を動き回っている巨大な海蛇はアナコンダで、そこにはこの男の脳幹体がそっくり入りこんでいる可能性がある。「何のために……」という基本的な疑問は見当もつかないが、両者の関連は記憶しておいたほうがいいように思った。

首都警察といったって「大破壊《ハルマゲドン》」以降にできた新興警察で、旧来の警視庁機能を失った中央警察と、人口の多い首都圏郊外部に巨大な縄張りを持つ西部警察とは組織も権限も違っているが調査情報相互連絡協定ともいえる「コミケ・サーベイツール」のネットワークが一応機能している。要するにご近所づきあいだ。とはいえ当該予算のぶんどりをめぐる長年の覇権《はけん》抗争と「おいしい」手柄の取り合いをめぐって警察同士のだまし討ちは当然だし、ときには警察の衝突紛争があって互いに派手に殺したり殺されたりしている。それでも一応「警察機構」として存在しているのは、それを上回る組織と力のある闇勢力がこのくされ都市にびっしりはびこっているからで、名目だけでも警察がないとこの都市がどうなるか誰もその先がわからなくなってしまうからだった。

黒い雨は夕刻少し前に降ってきた。久しぶりの黒い雨なので降りだしは相当に汚染されている筈で、それに含まれている各種生物兵器の遺漏《いろう》物質や散乱した暴発原形質が首都大気の異常ケミカル汚染と複雑にからみついて、またもや「ひと雨ずつ」なにかしらろくでもない変質変態化をさせる遺伝子いじりをするのだろうから、この雨で今後どんなけったいな異態進化したやつが現れてくるか誰も予想できない。

湾全体が闇になる前に湾岸機動部隊「蟹頭《かにあたま》フロッグメン」の三名が署の水密エリアからあがってきたというのでなにか情報はないか様子を見にいった。

やつらは鰓《えら》呼吸ができるから正確には魚類人間に入るのだろうが、遺伝子的には鯰《なまず》のほうが近いという。

アクアラングのヘルメットではなく、脂汚れの酷い水底を進んでくるために近距離レーダーヘッドをかぶっている。それはどうみても蟹に似ていた。超小型レーダーカバーが頭の上から左右二本斜め上に伸びて先端が丸くなっているところなどは完全に蟹の目玉だ。

真っ黒にぬらついて鈍く光っているウエットスーツは地色もそうだが、全身にからみついた脂まじりのヘドロのせいもある。海底捜査課の若いやつが温水とトリエルキシンのまじった洗浄湯をいきおいよく彼らにむけて噴射し、その温水のなかで三人はウエットスーツを脱いだ。脱いでもかれらの体は毛穴のないぬめり滑皮《なめがわ》で覆われているからウエットスーツの下からはもっと奥の深い黒い地肌が見えてくる。洗浄湯の噴射がおわってタオルで顔などを拭《ぬぐ》いながらフロッグメンのリーダーのマゴチ警部が少し顔をしかめながらみんなに報告した。

「わけのわからない二種類のなにかやたらでかいものが海底を這っていた。用心しながらできるだけ接近して調べたが、なにしろ泥をはじめとしたおびただしい沈澱物の幕みたいなところなので視界はとぎれとぎれだ。大型タンク状のものとくねくね動く細長いものが見えた。やたら長くて細長いものだ。どちらも生き物なのか機械なのか判別できなかった。生き物ならもう少し我々の接近を本能的に察知するだろうし、機械だったらあれだけ大きければ大型の水中レーダーを持っているだろうから、近づいていったおれらに何か反応するだろう。その反応がどちらもないんだ」

他の二人のフロッグメンも困ったように頷いていた。

「あとで画像の精密分析だ」

「もしかすると外国のものかもしれないですな」

彼らは互いに確認しあうように言った。

鰓呼吸の三人の声は深くくぐもっていて、まだ海底の黒くて重いわけのわからない暗黒を引きずっているような気配がした。

黒い雨は激しくなってきたが二課長みたいに署にひきこもっていてもしかたがないので屋根つきの回廊を渡っていって西出口のおやっさんに偽の透過分子メモリで自分で許可サインした警察車両使用申請書を見せた。最近の警察はパトカー不足で、使うのにいちいち使用許可がいる。もちろん定期巡回パトカー隊は別だが、古島らのようなうろつき刑事だと理由がないと簡単には使えなくなっている。検挙したやつらからくすねている収奪物《しゅうだつぶつ》を日頃マメに付け届けしているから、おやっさんはそのへんをちゃんと心得ていて書類検析機にもかけずにキーを渡してくれた。

古島の用件は単なる暇つぶしの聞き込みだが、申請書には「容疑者張り込み」ともっともらしく書いておいた。該当犯罪名は「娼婦による連続強盗殺人」だ。

防脂ガッパをかぶって所定のパトカーまで走っていく。駐車場は艀の上にプラ硬板を張った収納八台程度の小さなスペースだが、みてくれはちょっとした小型航空母艦のようだ。もっともクルマが出入りするときは駐車場全体がぐらぐらするのがなさけないが。

ワイパーをフルに動かして黒く脂光りするフロントガラスの視界を確保する。黒い雨のときは空中はもちろん道路の見通しも悪く、防護服なしにぐしゃぐしゃに濡れてやぶれかぶれになったようなやつが、いきなりパトカーに飛び込んできたりすることがよくあるのだ。こういう危険な雨に濡れながら歩いているのはどのみちなにかのクスリをやっているか頭がおかしくなってなんだかわけがわからなくなっている奴らだからそういうのにぶつかると「轢《ひ》き損《ぞん》」になってしまうので運転には注意した。夜であったらたいてい轢いたままニゲルのが普通だったけれど今はどこに人目があるかわからない。最近では民間人に自前で移動監視カメラを何台も空中に飛ばして喜んでいる監視マニアなんかもいるから油断がならない。

めざす「深海シャチ」にはわりとすぐに着いた。運よく防脂膜のついた回転ドア式の地下ガレージがあいていて、機械人間にしては愛想はないけれどやることは確実な通称「六ツ手」が手際よく開閉作業をしてくれた。古めかしい回転沈下式装置を使ってパトカーともども地下ガレージに入る。パトカーだから店の前に露出してとまっているとどちらにしてもいいことはない。

「六ツ手」はソフト三輪キャタピラに六つの可動アームを持っていて「深海シャチ」ぐらいの店だったらこいつひとつで外回りのボーイサービスから一連のハードメンテナンス、それに屈強な十人力ガードマンまでひと通りのことはやってのける。古島はそいつの首の横についているコイン投入口に三リアルのセラミックコインを入れた。

「まいどありがとうとうごぜいぜ。ぜいぜぜ。ではごひきいにひいきに」

「六ツ手」の安物の応対会話回路はかなりの確率で壊れているが取り敢えず言っていることはわかる。この程度に壊れてくれていたほうがこっちにもストレスがないから適当にありがたい。そのまま地下から店に通じる営業通路のドアの錠を解いてくれた。その先の業務用リフトを使って一階にあがるといきなり入り口の回転ドアの内側に出ることになる。

見習いフロアマネらしいひきつれ顔の若い男がちょっとびっくりした顔で古島を見るとあきらかにドギマギした。刑事を見てドギマギするのはこっちにはいい兆候だった。

「バーでいいよ。ちょいとした人と待ちあわせするだけだから」

古島は防脂ガッパを脱ぎながら言った。

遮断式のドアの一枚先では猛烈な重低音の鈴琴《れいきん》と、電子増幅した口徳板《こうとくばん》の連打。絶え間ない沙球《さきゅう》、増幅用金箱のなかの高速回転連奏手鼓《てつづみ》、突き抜けるような伸縮喇叭《らっぱ》、フロア中をかけまわっているような倍大四重鐘《しじゅう》。西洋ロックよりもパワフルでやかましく全身が打ちのめされるような中華系爆裂音楽《チャイニーズロック》で空気が熱くかき回されている。

複雑にくねってレイアウトされているバーカウンターのあちこちのポールにはいろんなタイプの女が全員まったくの全裸で激しいポールダンスに打ち興じていた。客はまだ早い時間なので三、四分の入り。踊っている女のうち本物の女は三分の一、残りの三分の一がゲイであとはセックスマシンのようなドロイドだろう。ひときわ美しいのばかりだが疲れをしらない激しい動きを続けながら汗で肌が光らないのがドロイドだとすぐに判別はつく。

一番端にすわって中国の強い酒、通称「喉切《のどき》り烈女《れつじょ》」を水で割って口をつけたところで早くもゼネマネの鐘竜喜《しょうりゅうき》がダブルのコートの前ボタンを留めながらいささか迷惑そうなつくり笑いをして現れた。

「わたしいますこしごはん食べていたよ。とてもあなた、よくきたね。いつもより早いから、わたしこれは何がおきたかと気にしたよ。金糸繭麵かロースー・ローを食べるか食べないか」

台湾訛《なま》りの日本語というのだろうか。主語と修飾語がいろいろ散らばっているからいきなり聞くと反応に時間がかかるが言っていることは概《おお》ねわかる。古島と鐘竜喜が座ると蛾虫《がむし》がむかいの中段の席で「新中日」を読むふりをしてこっちの様子を窺《うかが》っているのがわかった。奴の持っている「新中国日本政経仄聞《そくぶん》」は紙名のわりにはモロに中国寄りの脅迫タブロイド紙だ。

奴のかけている偏光サングラスは平面加工の魚眼レンズとマバタキによるズーム機

能も備え持っているので眼球の視点を動かすだけで左右の風景からその裏側までそっくり自在に拡大縮小して見ることができる。これを利用したのがやつらの入門篇の超イカサマバクチだ。

「また三角埠頭から急所がズタズタになった男の死体が出た。やったのはキムしか考えられないが、何かこころあたりは？」

古島はストレートに聞いた。

「またですか。それとてもよくないよ。埠頭経済がだんだん困るね」

奴の言う「経済」とは各種複合麻薬と各種複合セックスビジネスのことだ。

「キムを見つけたいんだ」

古島は時間がないふりをして同じことを言った。

「キムのことは今はわたしまるで知らないよ。たしかにあの女、前はうちで踊っていたけれど、いまはどこにいるかわたしほんの少しも知らないからあなたのその言葉わたしの役にはまるでならないよ」

答えのニュアンスは微妙に違うがこれも言いたいことはわかる。まあそんなことを言うだろうとは思っていた。

「もし居場所とか連絡先がわかったら知らせてくれよ。そうしたら先週入港した台北《タイペイ》発の福禄寿丸《ふくろくじゅ》の積み荷（白黄まだら粉）のことは見なかったことにするよ」

鐘竜喜の顔があきらかに不快に歪《ゆが》むのが見えた。頭の中で内通者らしい者のリストを早くも順番に並べている表情だ。こいつは太った四重顎《あご》の布袋《ほてい》様のようで、虫も殺したことがないような顔をしているが、裏にまわると身内にも冷酷かつ残酷らしいと聞いていた。

その鐘竜喜が注文し、古島の前に新しい「喉切り烈女」のグラスがきた。奢《おご》られた二杯目は何が入っているかわからないから古島はいつも用心して手を出さないことにしている。そのかわりタバコを口にくわえた。女が素早く踊るようにしてやってくると水晶トーチで火をつけてくれた。ライターではなくて熱の出ない輝錐火線《きすいかせん》だ。十五センチぐらいの糸みたいに細い赤い線が触れると古島のタバコにすぐにきちんとした火がついた。こういうサービス女もみんな全裸だった。人間なのかドロイドなのかはまだわからない。オールバックの小柄な男が近づいてきて鐘竜喜に何か耳打ちした。低い声だがかろうじて古島に聞こえるぐらいの声で誰かもっともらしい奴から電話が入っている、と言っている。そいつは手機では気軽に話せない内容らしい、とちゃんと付け加えた。古島から座を外せるようにしろ、という鐘竜喜の密《ひそ》かなサインが出ていたのだろう。

「わたしに宇宙電話きたから少しその話聞くことになった。あなた好きにまだたくさん飲んでいくのわたし推薦するよ」

　鐘竜喜はわざとらしく急ぎながらフロアの奥に消えた。さっき古島のタバコに火をつけてくれたドロイドだか人間だかわからない美女がホールの端のほうでポールなしのやたら煽情的《せんじょうてき》なダンスをしている。腰高の尻の膨《ふく》らみが完璧だ。ドロイドと寝たことは何度もあるが、完璧すぎてすぐに飽きる。それに相手があまりにもタフすぎる。こういうのを設計しているソフトナノテクの学者と話をしたことがある。美しすぎるのも結構だが、どこかすこしバランスを崩したりもうすこし肉づきをよくしたり目立たないところに肌荒れとか痣《あざ》のようなのをつけたりしたほうが男は安心するんじゃないのか。もしかして本物の人間かもしれないという贅沢《ぜいたく》なカン違いの期待を持てるかもしれないし。

　そんなことを言った。

「もうとうにそういうのを作っていますよ。あんたも沢山見ているはずだ。女を丸ごと買うやつはやはり圧倒的に生身の人間を好むからね」

　やつはそう言った。

「そうすると、バーなんかでポールダンスをしている、いかにも人間っぽいのもやっぱりドロイドだったりするのかい」

その学者はしっかり頷いたもんだ。

「おかげで高い金で買った人間のはずの女が実はドロイドだと最後まで気がつかないケースが多くなりましたよ。わざと肌を弛《ゆる》ませたりしているからね。人間並にやたら息を乱したりはずませるのなんかもとうに実用化している。あんたに言われる前に我々の技術はそこまでいっているということだよ」

世の中がここまで殺伐としてくると、個室に二人きりになる売春は生身の女にはえらく危険になってきた。ドロイドなら恐怖のコントロールはどうとでも操作できるから、いまここらを徘徊しているいかにも人間っぽい夜の女の多くがドロイドという可能性があるのをはじめて知ったのはそのときだった。そうなるとキムの度胸に拍手したくなる。

タバコだけでしばらく店の中を眺めていると、思ったとおり蛾虫が音もなく古島のそばにやってきた。

「待ち人はなかなか来ないみたいだね」

用心棒の蛾虫は魔法の眼鏡を取らずに言った。こいつも台湾人だが、子供の頃に日本に来ているのでアクセントも語彙《ごい》も日本人とさして変わらない。のっぺりした顔が親分の鐘竜喜と似ているだけだ。たぶん血縁なんだろう。口の左右の端と顎の先端に薄い髭《ひげ》を伸ばしはじめているらしい。

「『新中日』の最近の日本の悪口は何かい？」

古島は聞いた。蛾虫は口の左右の刈り残しみたいな貧弱な髭を横にふわりと引き伸ばすようにして善人ふうに笑い「いろいろだよ。電気羊を日本政府が買わないと言ってウランバートルが怒っている」

「なんでモンゴルが怒る？」

「モンゴルは最近ついに中国傘下になったからね。草がなくなってあの国も困っている。今は羊も鶏《にわとり》みたいにブロイラーハウスに入って中国パルプを餌にしている。羊は餌がまずいと言って怒っているし、モンゴル人は羊がまずいと言って怒っている」

「そんなのを日本に売るのか？」

「日本人は米を食いすぎているからだと言っている。言うことを聞かないと歴史にあるようにまた日本を襲うとモンゴル人は言っている」

「無茶苦茶だ。どうせ中国人が言わせているんだろう」

「それ簡単にちがうよ。中国がモンゴル攻める。押されてモンゴルが日本攻める。それ、なにかおかしいか」

蛾虫の言っていることはどこまでジョークかわからない。

「もっと面白い話はないのか？」

「そうだな。どこか力のある国か巨大組織が骨集めをはじめている。そういうコトをするのは北京《ペキン》だろうと言われてるが確証がまるでない。何のためかわかるか」

わかる訳がない。

「人間の骨ということか」

「ああ。最初は動物の骨で研究していたらしい。でも目的のものと組成が違うからやっぱり人間の骨でないとうまくいかないらしい。でもやっているのが北京というのはだまくらかしで本当はムンバイだ、という説もある。誰も本当のところはわからない、ということだよ。わかるだろう、どっちにしても今は研究中だということしかわからない」

「何の研究なんだ？」

「それはまだ超秘密でわからない。新聞にもそう書いてある。だけど相当にヤバイ秘密らしい。世界はこれで変わるぞ」

蛾虫はその秘密というのを知っていそうな顔をしてみせた。本当に知っているかどうかはわからない。わからない話だらけだ。もうすこしヒントが出るまで話を聞こうかと思ったがどうせタブロイド新聞の話だ。もし本当に大変なことだったら外事課あたりから警察になにか情報が入っているだろう。ニセ電話で逃げた鐘竜喜は顔を出さないだろうとわかったので引き上げることにした。

「最近キムの顔を見たか？」

帰りがけ蛾虫に試しに聞いておいた。

「先週寝たぜ。キムはいい」

どうせ嘘だ。

「じゃああんたの筒先も弾《はじ》けていてあちこちバラバラに小便が飛び散って大変なところだな」

古島は蛾虫の股間を指さしてそう言った。

蛾虫はまた口の端の刈り残しみたいな髭を左右に引き伸ばした。

「おれのときはキムはコントロールするからな。キムの中のあの小さな用心棒どもはキムが体内神経で制御できるんだ。だから馴染みは殺さない。知っているだろう」

キムが相手によって自分の商売道具の動態コントロールをしているらしいということは知っていたが、こいつがキムと寝たというのはどうせ嘘だ。キムは金持ちにしか股をひらかない。

いったんリフトで地下に潜ってパトカーに乗り、また「六ツ手」にアシストしてもらって外に出た。黒い雨はさらに激しくなっていてまるで夜になってしまったみたいだ。店を出てすぐのところでパトカーの無線がピーピーいいだした。マイクをフックから外そうと視線をちょっと移したところでドシンと何かにぶつかった。かなり重いいやらしい衝撃だった。黒い雨の中で人間らしいのがボンネットの上に乗っている。最高にヤバイ状態だった。防脂ガッパを着けて外に出た。

見たところまだ若い男だった。頭が割れて完全にいかれている。素早くまわりを見回した。これだけ雨足が強いとあたりに人の姿も車もどこにも見えない。監視カメラも機能しなくなっているはずだ。

古島はそいつをそのまま捨てておくことにした。どうせ向こうからぶつかってきたのだし。

ところがいきなりカン高い声で犬が鳴きだした。いままでどこにいたのか。そいつはあきらかに古島にむかって吠えていた。チビで貧相な犬だ。犬の声で吠えながら「こらあ、てめえ」と叫んでいるような気がする。おそらく気が動転してそう聞こえているんだ、と自分で決めて古島は犬にはかまわずパトカーを発進させた。犬が追いかけてくるような気がしたが、黒い雨がバックミラーをすぐに黒く閉ざしていた。

　非番の午後というのは気持がいい。古島の住んでいるのは港湾区でもっともゴミゴミした通称「カメ首横丁」と言われているところで、崩壊しそこなったコンクリートのでっかい塊《かたまり》みたいな区画だ。そこのボロアパートの三階に住んでいる。住人がいなくなっている部屋があったので勝手に住み着いたのだが、あとから建物の持ち主というのが現れて家賃をとると言った。「おれは大家だ」と偉そうに言い張るだけで証拠となる建物や土地の権利書も見せないから、三度目の督促に来たときにそいつの首に電撃針を突きつけて脅《おど》した。

　どうせここらの暴力団の下っぱだろうと見当をつけたのだが、ただの元住人の一人だった。古島は自分が刑事ということはあかさずに「てめえのやっていることは重犯罪だから、ここらの通りの名前のように夜更けにてめえの体だけ地面に埋めてカメの首みたいに頭だけだしておいてやるから覚悟しろ」と言ったらそれっきり現れなくなった。

　ここがカメ首横丁と言われるようになったのは「大破壊」以降で、それまで二車線あった表通りが倒壊した建物で殆《ほとん》ど塞《ふさ》がり、やがて行政と住人が協力してなんとか小型のクルマぐらいが通れるようなくねくね道ができた。近くに公営の温水プールがあって、どういうわけかそこのプールの水が都会の溜め池みたいになって減水せず、「イノカメ」が大量に発生した。そいつがけっこう頻繁にそのくねくね道を歩いているので、いつしかそんな名前がついた。イノカメはわりあい大型だが食ってもまずく、いかにも臆病で、人が近づくとすぐに静止して首をなくしてしまう。カメもここらにひっそり住んでいる住人と同じようなものなのだ。

古島はある偽金作りの工場で押収したタキポンプを自分の部屋で使っている。偽金を作っていたのはベトナム系の元科学者で、頭のいいやつだった。タキポンプは複動式のピストン鞴《ふいご》で可燃性のガスならなんでもエネルギーに使える。僅かな熱源で鋼鉄に刻印できるくらいの打撃力を持っているからこれを使って小さなスターリングエンジンを回せば、電球でも冷熱機でもなんでも動かせる。駆動音も低いし、エネルギー効率もいいから、商品化したらこういう時代には一大産業になるだろうが、いまはそういうことがやれる規模とこころざしを持った企業がない。

長い黒雨がやっとあがって、ひさしぶりの曇天《どんてん》になっていた。ここらでは近頃めずらしい上天気というわけだ。

古島は道に出てプラ硬板で囲われた街頭電話のきわめてエリアの限られている私設の有線電話回線を使って「日走り屋」を呼び出した。洗濯物がだいぶ溜まっていたのれるらしい。

と、粉物《こなもの》の保存食が欲しかったからだ。話はすぐについて夕方までにはやってきてく

そのあいだ少しだけ部屋の片付けをすることにした。もう何年も使っていない伸縮性のつり下げフックや年代物の機械式時計などいつまでも持っていてもしょうがないのを窓から外に捨てた。数時間もすればとおりかかった誰か欲しい人が持っていくだろう。そんなことをしばらくやっていると聞き慣れない、スピーカーを使ったなにかの動力車がやってくるのがわかった。カメ首横丁の細いくねくね道をやってくるのだからどのみち小さな動力車だ。

接近してくるにつれて、そいつの言っていることが次第にわかってきた。

「えーえ」

と、そいつは古めかしい呼びかけの声を最初にだした。録音ディスクの音をアンプで増幅させているのか、ずっと同じ調子で同じことを喋ることができる奴なのか、部屋のなかで聞いているとどちらかわからない。

「えーえ。ホネーええ。ホネーええ。ええホネーええ。ご家庭内で、ご近所で、いらなくなった骨はありませんか。骨です。人間の骨を買っています。ホネーええ。ホネー」

そいつはそう言っていた。

「ホネーええ。ホネーええ。どんな骨でもかまいません。脛骨《けいこつ》、背骨、骨盤、手指の細骨。頭蓋骨《ずがいこつ》、アバラバラバラ骨。どんなこまかい骨でもかまいません。おばあちゃんの骨でもおじいちゃんの骨でもかまいません。壊れていても折れていてもかまいません。どんな骨でも高く高くお引きとりします。えーえ。ホネーええ。ホネーええ」

はじめて聞くので、思わず窓をあけてその音の源を確認してしまった。古めかしいラッパ型のスピーカーを屋根につけたトゥクトゥクのような小さな車だった。大きく飛び出した庇《ひさし》に隠れて運転している奴の顔は見えないが、たしかに誰かが人間の骨を買いにきているのだ。ふいに数日前に「深海シャチ」で蛾虫から聞いたナゾの骨集めの話を思いだした。あれは本当のことだったのか。

それにしてもなんでいまじぶん人間の骨が必要なのだろうか。その気になれば三角埠頭に行ってネンテンあたりに頼めば骨なんてあの埠頭まわりの海の底にいっぱいころがっているのを拾ってきてくれるだろうに。

むなしいことを考えながら怪しい「骨買い」が去っていったあとも古島はのそのそ片付け仕事をしていた。そのうちに腹が減ってきたのに気がついたのでもう一度「日走り屋」に電話してまだ間にあうなら町のテイクアウトフーズをついでに買ってきてもらうことを思いついた。

　さっきの小規模私設電話のところまで行こうとボロアパートを出たところで古島の後ろからいきなり何かが飛びかかってきた。小さなものだが激しく唸りながら古島の肩のあたりにしっかりしがみついて、首の後ろに噛みつこうとしているのがわかった。肩にカギ爪がひっかかっているからそういう動物のようだ。間一髪で背中を丸め、そいつの飛びついてきたイキオイを利用して、丁度小さな背負い投げのような恰好でそいつを前方に投げ飛ばした。

　犬だった。小さいがえらく威勢のいいやつで、素早く立ち直ると腰を低くして肩をいからせ、鼻のあたりに皺《しわ》をよせてもう一度正面から古島に飛びかかろうとしている。

　飛びかかってきたらステップバックして蹴るしかないようだ。古島は身構えた。そいつは低く唸り「てめえ！」と言った。

「ん？」

「てめえ、このやろう」

　唸りながらそいつはまた言った。体が小さいからドスのきいた重い声にはならないが、強烈な怒りが込められているので、そこそこ迫力がある。

「ちょっと、ちょっと待て、おいお前」

古島は言った。

「るせい。てめえも死ね」

犬は言った。

「ちょっと待て。なんでおれが死ななきゃならない。これはなんかの間違いだろう。人違いだろ。おれは犬に殺される理由はない。ちょっと落ちつけ」

「るせい。てめえはおれを殺したんだ」

貧相な犬の鼻には怒りの皺が寄り集まったままだ。

「おれを殺したって……。何を言っている。お前はそこで生きているじゃないか」

「るせい。おとといパトカーで人を轢いたろう」

犬は言った。

古島の思考は急速に回転した。たしかにそうだった。そんな事故があった。

「あのときおめえのパトカーに撥《は》ねられたのはおれだったんだ。おれがおめえに撥ねられたんだ。ごまかしても無駄だ。臭いでわかる。あれはおめえが運転していたんだ」

なんだかまたわけがわからないことになった。人を轢いたのは確かだ。そこに犬がいたのも確かだった。だけどなんでこいつがあの死んだ男なんだ。

「待て。ちょっと待て。もうすこし話を理解させろ。何もわからないうちにお前に噛みつかれるのは困る。わけをきかせろ。納得したら噛みついていい」

低く唸りながら犬はなにか考えているようだった。

「なあ。少し時間をくれ。もう少し落ちついてお前の話をきかせろ。こっちが納得いく話をだ。まずどうしてお前はそこまでまともに人間の言葉が話せるんだ。それともこれは悪い夢か？」

「夢じゃねえ。これが夢ならおれだって楽になる」

犬が前よりも少し落ちついてきているのがわかった。もうちょっとだ。

「わけがわかったらできるだけのことはする。お前に噛みつかれて殺されてもいい」

そうは言ったが当然嘘だ。こんな貧相な犬に殺されてたまるか。刑事の習性でちょっと外に出るのでも背中のベルトに電撃針をはさみこんでいるから、こいつが油断した隙に針を打ち込むのは簡単なことだ。伊達《だて》に刑事をやってここまで生きのびてきたわけじゃない。しかしこいつの鼻っぱしらの強さと度胸と執念深さには辟易を通りこしていささか敬服さえする。

なにか深いわけがありそうだった。

落ちついて話をしてみると、奇異ではあったけれど、コトの次第が少しずつわかってきた。聞けば残酷な顚末《てんまつ》だった。

そいつがけっこうまともに古島に話をするようになったきっかけは、古島が首都警察の刑事で、そいつの運命を大きく変えた「暴力団」の内側のことや、人間から犬に「入れ替え」手術をやったもぐりの医師のことをよく知っていたからだった。

こいつの所属していた「呉葉組《くれは》」はもとはサルベージの仕事をしていた港湾作業請け負い業からしだいに悪徳利権に手を染めていった「暴力団」というよりも職人系ヤクザのような組織で、少し前にもとは職人だった叩き上げの先代親分が死に、二代目は黄托民《こうたくみん》という男になった。もと職人系ヤクザだったこいつは組の中堅としてそこそこの地位にいたが、二代目の妻だった「姐《ねえ》さん」と懇《ねんご》ろになってそれがバレ、掟どおり始末されることになった。けれど「姐さん」がまるっきり始末してしまうのではなくて、意識と思考、つまり「人格」だけいま自分が可愛がっている犬と入れ替えて、自分の側《そば》においてほしい、と信頼している先代の弟に頼みこんだのだ。

犬になるのは辛い話だが、そうでないと脂海になにかとてつもない重しをつけられてほうりこまれるのは間違いなかったから、やつは犬になって精神だけでも生き延びることに同意した。もぐりの医師のもとでその「魂」入れ替えの手術は成功したが、こんどは犬の意識をもってふらふらしている「人間の形」だけした「もとの自分」の姿が情けなくてならない。

そこで意を決して、なんとかまたそいつと犬になった今の自分を入れ替える方法はないものか、犬頭知能ながら人間の形をした「自分」を連れて自分の所属している呉葉組といくらか接点のある「深海シャチ」に泣き込もうとしたときに「犬頭の人間」が、つまりは「自分の戻るべき脱け殻」がパトカーに撥ねられてしまった、というわけなのだった。

「そうか、すまなかった。おれの注意不足だったよ」

威嚇《いかく》の眼からしずかにやるせないまなざしになっている赤犬に古島はそう言って詫《わ》びた。自分を犬にして残してくれた組の姐さんは、しばらく自分を可愛がってくれたが、やはり犬は犬なので次第に欲求不満になって、いまは別の若い衆と怪しい関係になっているんだという。自分とその姐さんの関係がバレたのも、日頃その姐さんの大胆なふるまいがたちまち親分の眼についたからで、その若い衆の運命もおおよそわかってしまったから、落胆もしない。こうなったら犬頭になっている「自分の脱け殻」を連れだし、あの怪しげな医者のところに行ってもとに戻してもらおうかと思ったのだが、転換手術の金もない。途方にくれていたときの出来事だった、ということをしんみり話してくれた。

　そんな話を聞いていると、こいつの本体を轢き逃げしてしまったことでもあるし、このままでは引っ込みがつかない、という気持になってくる。

「それじゃあどうだ。あんたが見て、こいつに成り代わったらなにか希望がもてそうだ、というような奴を探してそいつと転換するというのは？」

　古島は冷蔵庫の中のビタミン入りの細胞活性剤「ムキリン」の栓をあけながら言った。

　それから気がついて「あんたも何か飲むかい？」と聞いた。

　ミルクがあったら、というので平皿に合成ミルクをいれて床に置いた。そいつは平皿の左右を前脚で挟むようにして持ち、うまそうにペチャペチャと舌にからめて飲みはじめた。

脂抜き

その日、李麗媛《りれいえん》は、芝白金《しばしろかね》にある中・韓共同資本による総黄金反射輝装《そうおうごんはんしゃきそう》でアジア鼎《てい》式三尖塔《しきさんせんとう》のひとつでもある超高層ビル「鳳凰《ほうおう》」の五十二階にしずしずと、しかしほどよくリズミカルに、その形のいい尻を振りながら入ってきた。

五十二階のここへは李の住んでいる百八十七階のフラットから準式加速エレベーターで降りて第二パブリックゾーンにある内階花回廊《かいろう》をそのまま突っ切ってくるだけでいい。

そこに複数装備されている警備バリアをハンドバッグの中に所持しているカードを外にだすこともなく電磁照合でごく普通に通過してこられるから、外出が面倒なときに、李はここで食事をすることが多い。永久VIP待遇になっているから李が来店すると、その季節ごとに案内される客室も決まっていて、ここしばらくは幽玄のフラクタル回転をしているアーチテラス式の銀欄《ぎんらん》部屋がお気に入りだ。回転速度は李がもっともリラックスする緩《ゆる》い微速左回りにすぐに調節される。マネージャーがもみ手をしながらやってきていつもと殆どかわらない濃厚な世辞《せじ》と過剰ペコペコ挨拶のまじった拝礼じみたものをひとしきりして、その日のおすすめ料理を紹介してくれる。

李はあまり表情がかわらないが、念入りに化粧されたその顔の片一方の目は金色でもう片方は銀色。その上誰もが振り返る超人的美貌とめりはりのある肢体だから、李を見た人は男でも女でもみんなそのあと確実に歩行もしくはそれまでの動作をとめ、表情が弛緩《しかん》する。女性の場合はそのあとに嫉妬《しっと》をとおりこした深いため息だ。

李はチーフが勧めるままに貴瓜丸《まるうり》と裸玉塊《ぬりだま》の銀串皿に、葱漠焼雁獅頭皮《あちあちひひがしら》を注文した。言わなくても必ず出されるのはいつも頼む萌花雀《ぬじやけ》のスープだった。

孔雀酒《くじやく》がギリシャゴブレットにいれられてすぐにはこばれてくる。李のように食前酒と最後の酒が決まっているVIP客は店側もやりやすい。

李はいくらか青みがかった孔雀酒をゆっくり口に含みながら白い雨の降っているトーキョーの、やはり白く煙ったような窓の外を見る。ちょうどそこに収縮式の簡易ハロゲンロケットにくくりつけられた「反戦連合・これを戦争証拠遺跡と呼ぼう」というヤジロベエ式の横断幕をひらひらさせて地下抵抗連合組織「ＳＲＩＩ」の垂直旗が風に流されながらあがってきた。その後ろに、かれらのそのメッセージを象徴している破壊された東京タワーが見える。真ん中のところからぐにゃりと折れて、それは全体が天空にむけていくらか傾いた逆Ｖ字形を描いていて、回転する部屋の動きとともにその風景はゆっくり別方向に消えていく。

したがってもう見えなくなってしまったが、逆Ｖ字形に折れてしまった東京タワーの巨大な鉄屑の残骸のいたるところに、脂雨《あぶらあめ》防護ができるように異態進化した巨大な弔鳥《ちょうちょう》や大鳴き大羽根袋の仲間、やたらに長い「ぬた長」と呼ばれるまきつき動物や、さらに感嘆するのは、こういうおかしな生き物と折り合いをつけた人間が空中生活をしている。

注文にはなかったが、サービスでかならずいくつかの「本日の特別の前菜スープ」というものが運ばれてくる。

「炮乳猪《いのとろけ》のとびきり柔らかいロースをアマラ蒸ししたあとに同じ乳猪の陳脳油《はつら》で漬けたものでございます。少々にしておきましたが口の中にいれたとたんに嚙《か》まずにトロケてしまいます。ひと匙《さじ》トロケて二匙二トロケ、三匙三トロ四トロに五トロ。これ、本当のことでございますよ」

マネージャーはその脂太り体型からはおよそ異質なソプラノめいた声でうたうように言い、そのままうやうやしく一礼して去っていった。

李はやはりたいして表情を変えずに軽く首だけ傾げてお礼の仕種をした。

前菜スープのそれはたしかに上等の柔らかさと高貴な香りがした。この店の料理はこの猪にしても豚にしても羊にしても生まれたばかりの幼いやつをそのまま丸鍋にいれて長時間かけて柔らか煮にするのが得意で、大破壊《ハルマゲドン》の頃のドサクサには特別料理として人間の胎児を同じように丸煮にしたのが中国人のＶＩＰに人気だったというが、いまは噂だけということになっている。

李がしばらく窓の外の半分ぐらいしか様子の変わらない風景を眺めていると金鈴の音がして、この店の羽衣《はごろも》と呼ばれる薄衣の客案内の美女が李の夫を案内してきた。金鈴など鳴らさなくとももとより二人の会う席はわかっている筈なのにいつも必ずそうするのは、黄托民《こうたくみん》が周囲の客に自分らのことを見せつけたいからだ。大陸育ちの超巨大富豪の黄托民は長年の美食によっていまは体重二百キロは超えている。脂肪で盛り上がった顔面表皮は上皮糜爛《じょうひびらん》によって両目の上まで垂れ下がってきているから、普通にしていたら目の前の人の顔が見えない。それでも黄托民は匂いで目の前に李がいるのがわかると、垂れ頰《ほお》をしばらく揺するようにしてのらのらと笑った。

このビルの鼎式というのはその名のとおり鼎《かなえ》のように三方から均等に支えあうようにして巨大なビルが地上四十五階あたりで頭を支えあい、その上にまた高層ビルを延ばしていく構造になっている。いってみれば鉄塔でつくるタワーなどと同じようなものだ。

黄托民は北京と台京《タイキン》とトーキョーの三ヵ所にこの鼎式ビルを作ったことが一番の自慢だった。

通称「世界三京天界タワー」ともいわれている。アジアの主要都市、北京、台京、トーキョーに同じ高さ、同じ形のものが屹立《きつりつ》しているからだ。

トーキョーのこの鼎式ビルが出来た頃に東京タワーが折れたのは長年の黒い雨による金属疲労が原因と言われているが、隣国政府の工作員が大破壊が起きるのと同時にそこに爆裂型劇傷糜爛剤《ばくれつがたげきしょう》を大量に仕掛けて、爆発ではなく策略的にハイテクサイレンスの連続振動攻撃で倒壊させたという噂もある。狙いはこの中・韓共同資本による巨大ビルの前でかつての躍進日本の象徴だった東京タワーが哀れに二つに折れ曲がり、中・韓勢力の前に腰を折った姿にさせることだったらしい。

とはいえ大破壊の前後にあちこちにひろまった噂といったらそこらの空気を一息吸うたびに三つか四つのとてつもない噂話が口の中にとびこんでくるくらいで、いちいち信じていたら呼吸困難になる。
李は食事が終わると黄托民と軽い抱擁をしてそのまま自分のフラットに戻り、一時間ほどして外出の支度《したく》をした。行く場所を考えてできるだけ目立たない防脂《ぼうし》系のパンツルックにし、頭にはかなり大きめのフラワースカーフを被《かぶ》った。顔を正面から見られないかぎりはそこらの一応ハイソな住人が簡単な買い物に外出してきた程度の姿に見える筈だ。用意ができると、総合コンシェルジュに運転手とガードマン付きの送迎カーを一台注文した。支度のできた自分の姿をドア一枚分の大鏡に映し、鏡の横の跳ね指リズムによる暗号開閉ボタンを操作し、シークレットボックスの中から小型の閃光切刃銃をひっぱりだすと、そいつの柄にある瞬間作動ボタンをワンタッチの待機モードにしてからハンドバッグの中に入れた。とくにその日に必要なわけではなかったが、最近それが街に出るときの癖になっていた。

白い雨を窓の外に見ながら「北山繫魂《きたやまけいこん》医療クリニック」の北山医師は額に大粒の汗を浮べながら一人で悔やんでいた。やはり施術《せじゅつ》前にヒルベルト・ハイパワー乾燥機と、それに連動している反転式二重臭気排出筒のターボレベルを最大値にし、同時に海側の室内湿気排出膜の圧力値をマックスにしておくべきだったのだ。

しかしいったんこの手の施術がはじまってしまうと、施術台にあおむけになっている被施術者の九穴はそれぞれ吸入と排出のねじ込みホースがゴボゴボいって活動開始しているし、それぞれの取り付けソフトリングが必ずしも被施術者に合わせたものではなく、かなり無理して適当にはめ込んだものばかりだから、どれかひとつが外れてしまってもおかしくないし、外れてしまうと大変なことになる。だからひとたび稼動したらその場を離れることはできない。

外れそうなソフトリングが「どれ」かわからないのも困っている理由だった。我ながらひどい施術だ、と北山医師は自分で頷いていた。

一番重要なのは口と肛門に装着しているおしこみ型の回転噴射筒から最終出口の肛門吸入ラインまでで、これを稼動させている年代物のタキポンプがさっきからあちこちの安全弁を恐ろしいほど不規則に浮動させ、どこもかしこもウグウグいわせている。被施術者が巨大なぶん、ポンプの負荷が大きく、体に取り付けた捩《ね》じれホースが蠕動《ぜんどう》し、さっきからこれのとくに肛門部分の取り付けリングがぶかぶかいっていて今にもすっぽ抜けそうだった。抜けたらどうなるんだか北山は考えないことにしている。

どっちみちこのホース洗浄施術は理論上からいって単純かつ簡単すぎ、それだけ乱暴な施術になるのはわかっているのだが、成功さえすれば副作用はほとんどなく効果は抜群なのだ。

しかしそれにしても臭い。今日の被施術者の婦人の体内食道系のあらゆる汚れと多重付着性の脂とあらゆる排泄物と糜爛性の体内蒸気と腐敗膨満《ふはいぼうまん》ガス（早い話が微細な超連続オナラ）のごっそり合わさったやつが、この狭い手術室に充満しているのだ。

婦人の九穴をつないでいる捻転《ねんてん》ホースのうち外れても問題ないのは両眼だった。目はこの全身一括施術のシステムには本来関係ないのだが、手術台にあられもなく全裸であおむけになっている、という状態と、目を除いた七穴にはそれぞれの局所麻酔だけでねじ込みホースを深く差し込んでいるので、被施術者はなるべくその様子を客観的に自覚しないほうがいい、という思いやりがある。

どっちにしてもおっそろしく異様な恰好をしているのだから、まともに想像力のある人だったら、せめて体の上に覆うものを、などと要求するだろう。ところが不思議なことに両眼までソフトパイプでふさいでしまうと、自分の視界が閉ざされたのと同時にあらゆる目からも自分のその様子が隠されてしまっていると錯覚してしまうものらしい。

その日の被施術者である婦人は、この埠頭三角暗闇市場で二十店ほどチェーン経営して大繁盛大成功しているトンティング屋のやり手の女経営者だ。歳は正確にはわからないがまだ五十歳にはなっていないだろう。トンティングというのはもともとはスケトウダラのキムチ料理だったらしいが、いまは変形して魚とエニ貝を韓国特産のトックリ巻き葉でくるんだファストフードで、それがこういう闇市では安くてうまくて早くできるというのでバカあたりした。

　金持ちになるにしたがってこの女経営者はずんずん太っていって、今では体を左右にゆすらないと前進できないくらいだ。そこでいよいよこのあたりの地下社会では有名な、北山医師の魔術的半日半身痩身《そうしん》手術を受けることになった、というわけだった。俗に「ハンハン」とこの痩身術は呼ばれている。半日で半身ほどに痩せてしまえるからだ。

　けれどほんの少し前の秘密請け負い時代はときおり失敗し、人間だかなんだかわからなくなっちまった被施術者を適当にブロック分けして分解釜にいれ一晩機械でモミモミ分離して「なかったこと」にしていたが、最近ようやく決定的な失敗がなくなったから、噂がぱっと広がるこの界隈の人々も気軽に施術するようになった。そうして今やその（ハンハン）エステティック半減激痩《はんげんげきそう》確約クリニックは大繁盛。この北山のクリニックの収入の大半がそれになっている。ただし効果が早いぶんこの施術は実際にはかなり乱暴だ。基本は人間の体が一枚の裏表つながっている皮袋、という考えからはじめられた施術で、体の表側が表皮膚とすると喉から胃をへて腸から肛門までは裏皮膚であり、人間はその裏表の「皮膚」によって全部つながっている、という「人間ひと袋」という解釈からこのシステムが生まれた。つまり体の表面を風呂で洗うように、体の内側も同じようにそっくり洗剤的医薬溶液で洗ってしまう、という考えだ。

だから被施術者はここに来る前にそこらのエステティックで全身をきれいに洗い、さらに手術室の隣にある、ややチープだが、ユニットバス（それでもジェット噴流式）に入りガス入りソープでさらに念入りに全身を洗ってもらう。つまりはまず「表側」の洗浄だ。

それから施術台にあおむけに寝てもらって、口からいくらか甘い味のする、実際には九割希釈のアルカリベンゼンをまぜた温水を注入する。そのとき食道から胃、小腸、大腸、直腸にいたるまで一定時間温水を流しやすいように、鼻の二穴から臓器拡張ガスを同時に噴射し続ける。ようするに体の内側トンネル内部の幅と高さをひろげて体内トンネル皮膜のひだひだに付着しているすべての滓《かす》、黴《かび》、各種潰瘍《かいよう》痕のかさぶた、ミクロン単位の原形質型の寄生虫のたぐい。長い腸壁のいたるところにへばりついている頑固な宿便、S字結腸のあたりにはびこる微細な腸壁粘根《ちょうへきねんこん》までくまなく流していく。これが大体三十分かかる。

排泄させる洗浄液の色が口から入るのと肛門から出るのとほぼ同じになり、臭いがしなくなったところで第一段階としてのこの内外表皮洗浄が終わる。単純だが、これで四、五キロの体重減になる人が多い。重さの多くは体内の内臓パイプのいたるところにこびりついている生体滓と大腸、小腸、直腸壁の固着宿便だ。

そのあいだ被施術者はあおむけになったガマガエルの昇天形態だが、次には被施術者の開いた両足を手術台に革枷《かわかせ》でとめるからこのあられもない恰好はいささかグロなSM風になる。

この段階で目隠しをするかどうかは被施術者との話合いできめる。どういうわけか女の場合はこのときも目隠しを望む例が多い。女の場合は次に性器を大きくひろげてそこからガラ・ルファを流しいれる。熱帯域に棲息《せいそく》している二、三センチの淡水性幼魚だが、これが人間の臓器のあらゆる脂汚れ、滓、こびりついた血の汚れ、排出しきれていない有機物のほとんど全部をむさぼり食ってくれる。別名ドクターフィッシュ。最初は十二、三尾だが、様子を見て数を増やしていく。普通でだいたい百尾ぐらいだが、その日の患者はその倍の二百尾が入った。

このとき女の被施術者はたいていあられもなく悶《もだ》える。耐えられなくなって足をよじったりうつ伏せになってしまうと効果が薄れるので、それで両足に革枷をつけるわけだ。これが大体二十分。満腹になったガラ・ルファが全部体内から排出されたのを確認して、次に一番重要な無駄脂肪の排出にうつる。

むかしは「吸引」といって脂肪のたまった腹腔《ふくこう》の中にラッパ管のようになった吸引口つきのパイプを差し入れてあちこち動かして真空吸引したというが、そんなあらっぽいことをして体内の重要臓器のほんの切片でも吸い取ってしまったら痩身どころの騒ぎではない。乱暴な時代があったものだ。

北山式はもう少し科学的だ。

この段階で被施術者は体内組織から脂肪分を分離しやすくする為の仏炎苞《ぶつえんほう》とバクモンドウ成分の注射を適応量して簡易組み立て式の超小型シェルターを連想させる半ドーム型の減圧タンクに入れる。中を密閉させるので、首のところに三重になった、主にゴム製の気密襟《きみつえり》をつける。それによって呼吸が苦しくなった人には酸素マスクをつける。

シェルター型タンクは稼動すると絶え間ない振動と空気吸出と吸入を繰り返し、そのサイクルがしだいに速くなっていく。ナノミクロン単位の微細かつハイスピードの振動と同時に濃淡を持った浸透圧《しんとうあつ》バルブが体のあちこちをまんべんなく押したり引いたりすることによって全身についた脂肪がどんどん緩くなり、やがて体外空気圧と体内圧力のせめぎあいによって臓器や筋肉、脂肪層内部の不必要部分がどんどん溶解し、液状化していく。最終的にはそれらの殆どが液状分離し、溶けた脂が全身の内側の「皮膚」という「袋」のなかで、チャプチャプ音をたてんばかりになる。

その段階で両腕、腰背《ようはい》部、前腹部、左右腹横筋膜《ふくおうきんまく》周囲、臀《でん》部、大腿《だいたい》、腓《ひ》腹筋《ふくきん》のあたりを中心に、非常に微細な（木綿《もめん》糸よりも細い）空腔プローブが数万本の単位で皮膚孔から体内に入っていく。簡単にいえばパイプ状になった吸引針だが、このくらいの細密パイプになると痛みはまるで与えない。

すべての過程のなかで、この細密パイプ注入のタイミングが最も難しい。被施術者の体内脂肪がもっとも繊細に流動性をもったときを狙うのだが、これはその人の脂肪の量と質によってすべて扱いかたが違う。施術者、北山の腕が試されるところだ。せっかく溶解した体の脂肪はタイミングを失うと、すぐに勝手に凝固しはじめ、そうなると脂肪は冷えていく蠟《ろう》のように加速度的に集結凝固し、吸引はおろかもう簡単な手術でも外にだせなくなることが多い。

秘密だが、北山がかつて体験した例では、被施術者の下部振動システムがそっくり停止したまま気がつかずに全身の脂肪溶解を続けたので、その女性の背中から腰のあたりに体内溶解した全部の脂肪が集まってきて凝固し、吸引エンジンをとめたときには背中から腰に集まった凝固脂肪が河童の甲羅《かっぱのこうら》のようになっていた。そうなると、もうどうしようもない。北山はやむなく被施術者を睡眠麻酔で意識を失わせ、いくつかのブロックに切りわけて分解釜にいれ、最終的にはウージーたちに投げ与えたのだった。

今は脂肪分離度の部位別濃度別データがすべてのメーターに表れるから、タイミングさえ合っていれば液状化した脂肪はようやくそのとき逃れる道を発見したように数万本の空腔プローブによってどんどん体外に流出してくる。サウナで最高潮に体が熱くなり、汗がとめどもなく流れてくる状態が、それに近い。サウナの場合は単なる汗だが、このタンクのなかでは液状化した脂肪が噴出してくるのだ。それでもなお続くナノミクロン単位の振動と、刺激の場所をはげしく変える浸透圧力がさらに脂肪噴出の勢いを強める。こうなるとすでに搾脂《さくし》である。それがひとしきり続き、しだいに脂肪の排出量が低くなると吸引エンジンを稼動させて、最後の脂肪のひとしずくまで吸い取ってしまう。

排出された夥《おびただ》しい量の液状脂肪はシェルター型タンクの下部にある数千本の傾斜

溝をつたって排出され、手術室外のタンクに溜《た》められる。これはそののちウージーたちの最高級の栄養ミルクのようなものになる。

この脂肪搾引にだいたい六十分。最後に温水と洗剤の噴流によって被施術者は、そこに入ったときのだいたい半分ぐらいの体になって外に出てくる。

身長は変わらないが、体重は半分なのでたいてい別人のようになっている。被施術者は一連の施術でかなり疲れているから手術室の隣にあるベッドでいったん休むが、意識がしっかりしてくると大抵の人はすぐにシャワー室に入ってその鏡で自分の体を見たがる。そこから聞こえてくるのはとんでもなくカン高い声の感嘆の悲鳴だ。人によっては裸のまま北山のいる診察室まで走ってきて抱きつき猛烈なキスの嵐だ。ありがたいときとそうでもないときがあるが、まあ施術が成功したのだから北山も嬉しい。

その日もそんな展開があって一安心していると、中国手機のほうに電話がかかってきた。これはもっぱら商売用の連絡が多い。電話は青仮面のヨシオカからだった。

「さっき埠頭の入り口のほうで出会った女からの伝言だ。そろそろ手術の説明をしてほしいとさ。どんな手術かは言わなかった。そのクライアントは身なりはわざと汚くしているがめったに見ないアジア系のクラクラするような美女だったよ」

「目の片一方が金色で片一方が銀色のやつか」

「ああそうだ。それじゃあ、あの女が言っていたことは本当なんだな」

「どんなことを言っていた」

「あんたのクリニックに入る方法だ。一回使用の解錠チップをあんばいしてくれと、おれに頼んできた」

「あんばいしてやったのか」

「だからあんたに連絡した。そうしていいか、どうかだ」

「三時間後と言ってくれ。だけどお前、斡旋のチップを両方からとるなよ。ん？　お前その女からもう貰《もら》ってるんじゃないだろうな」

一瞬ヨシオカは沈黙した。図星でもう貰っていて、北山からもせしめようとしている。本物の大悪人になれないというのはつまりはこういうところだろう。この場合はヨシオカに一回ごとに変える暗証番号を高く売る楽しみが残っている。試しに知っているか、と聞いたら「そのうちわかる」とふざけたことを言った。

「じゃ、しょうがない。くるときは中央階段じゃなくて非常階段から案内してやれ」

「だってあそこはウージーがわんさかいるだろう。ウージーは人を襲うという話だ」

「本当は襲わないよ。襲うというのはおれが流している噂だ」

夕方四時にその女には来てもらうことにした。すっかりスマートになってさっきから笑顔の絶えないトンティング屋の女経営者さんが手術料を現金で払ってくれた。十八万リアルだ。よほど嬉しかったのだろう。チップだといって二万リアルその上に乗せてくれた。人が喜ぶ仕事というのは本当にいいもんだ。「この手術、こんなに楽で簡単なら太ったらまたすぐにくるわ」

女経営者は帰りがけにそう言った。でも来年さっそく以前とそっくり同じの異形となってやってくるような気がする。

古島はもと人間だった「犬男」をつれて首都警察にむかった。今日は白い雨なのでのんびり徒歩だ。犬は白い雨だろうが黒い雨だろうが、皮膚孔がなく、自分の毛皮でガードされていることもあり、人間ほどには影響は受けないらしい、と「犬男」に初めて聞いた。もっとも「犬男」になってまだ間もない話だからおおかた同じ犬仲間から聞いた程度の知識だろう。こいつを連れて署に行って、はてそれからどうしたものかまだ何も考えていなかった。

嘘でいいからなにか連れている理由を探さなければならない。署に連れていって「犬男」が気にいるような復帰作戦を考えてやる、ということを交換条件に、犬の頭に成り代わってしまったとはいえ、もとはこいつだった人間をパトカーで轢《ひ》いてしまったことは黙ってもらう約束だった。よしんば「犬男」がそんなことを口走ったとしてもとりあえず忙しい警官たちは誰も信用しないだろうけれど、立場上用心にこしたことはない。

首都警察にいく途中に、何時そんなのができたのか直径百メートルはあるでっかいパラソルを広げたようなカラカサマーケットのようなものがあって、そこでは各種ファストフードを売っているようだった。

「署にいく前に何か食っていこう。おれはともかくとして、犬のおまえにはおそらく何も食い物はないぞ」

犬男は頷き、珍しそうにパラソル内の各種の小店を眺めていた。古島はブリトーとコーヒーでよかったが、奴の趣味がわからない。やがて「ホットドッグにする」とそいつは言った。いいのかよそれじゃ共食い……思ったが奴の意識下ではそんな感覚はないのだろう。食いやすいように椅子に乗らせているとじきにホットドッグがきた。

「やさしいね。可愛い愛犬と昼飯ですか。いいですねえ。食事で腹のほうが満足したらどうっすか。その、午後のあばんちゅーる。すじのいい日本人娘がきたんですよ。和歌山の山奥でおばあちゃんと暮らしていたんです。おばあちゃんが死んで、三日前に船でやってきちゃった。小さい頃は飛行機に乗って上京するのが夢だったらしいんですよ。でももう国内には乗る飛行機便がどこにも飛んでいないのを知って泣いたそうです。うぶじゃあないですか。その娘を旦那のとなりに座らせます。あとは旦那の腕でやりたいほうだい」

いきなり後ろからどこか台湾あたりの訛りの残るげびた声がした。いまじぶん和歌山の山奥もないだろう。不景気らしく近頃の客引きも時間をかけてじっくり雑なストーリーを考えてくる。

「おれのフラットに連れていけるのかい」

古島は調子をあわせた。

「そりゃもう旦那の腕しだい」

笑うと透けた前歯の奥にレンズらしいガラス様の光るものが見えた。いまどきのポン引きは喋りながら相手の顔を撮影もしているらしい。その嘘っぱちのうぶな女の子になにかあったときの用心写真だろうか。

頼んでいたものがテーブルに届いたので、古島はそいつに片手を振り「またな」という合図をした。

「旦那は考えてもいないでしょうが、ここらは犬のお相手もしますぜ。可愛い室内犬だから病気もありません」

「犬男」にも聞こえていた筈だが奴は耳翼《じよく》も動かさなかった。もともと雌犬には興味はないらしいし、それよりもいまは目の前のホットドッグのほうに全神経がむいているようだった。食いやすいように手でいくつか細かく切ってやった。

「親切なんだな」

「まあな。立場があるからな」

それから二人してガツガツ食った。

署にいくと相変わらず誰かチンケな奴がチンケな現行犯で捕まり、かっぱらいをしたガキの祖母だかが「なんかの間違いだ」などと受け付けカウンターのところでしゃがれ声をはりあげている。首から血を流した女が半分化粧のおちた顔で気丈にタバコを吸っている。おおかた自分のヒモをナイフかなにかで刺してきた直後というところだろう。

よくみると古島の知っている女だったから、その前を通りながら「どうした」と聞いた。

「知るかよ。このドすけべ刑事」

女は大量のタバコの煙と一緒に吠えた。

「じゃあできるだけ長くここでおねんねしていきな」

通りすぎた背中で古島が言った。

古島が二課にいくと、部屋の隅のほうに男が一人まっすぐになって寝ていた。

「何だこれは」

「もう忘れたの？」

そいつの一番近くのデスクにいるかおる子スミコが言った。

「えっ？　あのアナコンダ男、まだいるのかこんなとこに」

かおる子スミコが電子マーカーでそのアナコンダ男の頭のあたりをコンコン叩きながら頷いた。

同じ部署の連中も扱いに困っているらしい。なによりも垂れ流しのままのそいつの異臭が暑苦しい。最大人間の一億倍の臭気感度をもつ「犬男」が古島の隣で閉口した顔つきをしているのがわかる。

「もどらないのか。あれからあんなに時間が経ったのにまだこいつはアナコンダなのか。浦安のバーチャルランドには？」

「問いあわせたわよ。現地にも行ってきた。でもアナコンダコースにはこの半月間誰もエントリーしていない。こいつは結局来歴不明のアナコンダ人間なのよ」

「どうしたらいいんだ」

「いまは人権獣権問題がうるさくなってきたからやたらには収監ブイにぶちこめないからこうして扱いに困っているんだわ。まだもうすこし調べて身元がわからないときは、移民局にいって、国籍不明の外来者として処理するしかないんじゃないかって、さっき一課長さんが来たときに相談したのよ」

「で、アマゾンに帰すのか」

それには誰も応えなかった。

自分のデスクにいくとその隣りの簡単な打ち合わせデスクで古株の刑事の綱島《つなしま》と湾岸機動部隊のリーダー、マゴチ警部がなにか熱心に話をしていた。マゴチ警部は素肌に警官の制服を着ると、その漆黒《しっこく》の、しかも常にいくらかテラついて濡れている顔の色からアマゾンかアフリカあたりの警察に見えた。

陸上勤務のときも半分鰓《えら》呼吸をしているので、頬の後ろのあたりが定期的にひゅうひゅう連続音をたてて動いている。

「なにかあったんですか」

古島が聞いた。

「いえね。とりあえず画像の精密分析まではしているんですがまだ正式に報告書までいっていないんです。どうもこの脂海《しかい》の底を二種類の形の違う潜航艇もしくは潜航生物らしきものが動きまわっているようなんです。当初は中国のものと思われていましたが最近のタレコミ情報ではインドではないかという推測が急に増えています。この違いを映像データではっきりさせないと……」

綱島が言った。

「せんだって我々の定期沿岸海底パトロールのときに遭遇《そうぐう》した国籍不明の潜水物体がこの頃連日巡視パトロール船のソナーにひっかかっているんです。通信を乞《こ》うても応答は一切なく、無人らしいという推測もあります」

「で、そいつがなにかしているのかい」

「わかりません。行動理由がわからないから無理に捕獲できないし、中・韓系のものだと一応あとあとが問題かと」

「湾岸マフィアのどぶさらい、というセンは考えられないのかね。やつらが沈めた死体や骨を暴かれるとなにかまずいことがあって、それで回収してるとか」

「ここらのマフィアがそんな目的であれだけ長時間海底を動ける潜航艇を動かしていたとしたら、とんでもない奴を沈めちゃったということでしょう。そんなことが現実的でしょうかかね」

綱島の意見でみんなは笑った。

そのとき乱暴にこの階の出入口に部屋の戸をあけてかおる子スミコが入り込んできた。

「古島さん大変です。警部が連れてきた犬が……」

古島は、あの「犬男」が自分の足もとにいるもの、とばかり思いこんでいたのだが、いつのまにかさっきのところに戻ってしまったらしい。走っていくと、とくになにか事件がおきているわけでもなく、むしろ穏やかな風景にみえた。けれどかおる子スミコには不思議な展開だったらしく、古島の顔と部屋の隅を交互にみながらなお急《せ》いたかんじで古島を手招きしていた。何事がおきたのか、といくらか緊張してかおる子スミコの指さすほうをみると、べつになんということもなかった。

変わったことといえば、さっきこの部屋に入っていったとき部屋の隅でのびていたワイシャツ姿の、あの例のアナコンダ男が今度は体を思いきり丸めて古島の連れてきた「犬男」を抱きしめているのである。「犬男」のほうも特に嫌がるそぶりは見せず、アナコンダ男にされるままにしている。ここにくるまでずっと反逆的でいきり立ってばかりいた「犬男」を見てきた古島には、なかなかこれは不思議なあたたかい風景ではあった。

「なついちゃっているう」

かおる子スミコが警官にはあるまじきギャル語で反応している。聞いてみるとそれまでずっとこのアナコンダ男は暴れるのとぐったりしているのとの繰り返しで、こんな安息にみちた顔で犬を抱いているのははじめてだという。

「この犬がこのアナコンダ男の飼い主だったのかしらねえ。いやその逆かな。なんかこんがらがっちゃった」

「いや、そんなことはない筈だよ」

古島は慌てて言った。

「そうよね。ところで古島警部はこの犬をどこから、なんの用で署まで連れてきたの？」

「それはな、別の用だったんだ」

古島は「犬男」の顔の様子を窺った。

まあしょうがねえや、という顔をしている。

「署長に許可書もらって、このヘビ男を湾岸病院の神経科に運び込もうと考えていたところなんですが」

かおる子スミコは言った。

「そうか移民局を使ってアマゾンに帰るのは無理か！」

「いや、それはちょっと待ってくれ。おれにそれよりもいい案があるんだ」

でまかせだったが、それを聞いて理解したかのようにアナコンダ男が再び体をくねくねさせた。暑苦しくて生臭くてとにかく気持ち悪い。

「だからホラ見てらんないのよ」

かおる子スミコが言った。


四時少し前にヨシオカから中国手機に電話があった。予定と少し違ってもうひとり訪問者が増えた、という。臨時解錠チップの手配はすませたのでこれから三人で、西側の非常階段から登っていく。ウージーは本当になにもしないんでしょうね、とヨシオカはさっきと同じことを言った。暗証番号の値段を言ったら「承知の上だ」とめずらしく素直にこたえた。

「ウージーか。あいつらはたいてい交尾している。交尾中の雄のつるつる頭を撫《な》でてやるとそれが〝励み〟になって喜ぶから忘れるな」

北山は言いそえた。まるっきりのでまかせだ。もしかすると嚙みつかれるかもしれないが、やつらの歯はネムリブカと一緒の擂《す》りこすりのヤスリ歯だから、嚙まれても驚くだけで人間には実害はない。撫でられると嬉しくなって彼らの仲間へ引きずりこまれるかもしれない。そうなったらどういう事態になるのか北山もわからなかった。ぜひヨシオカに体験してもらいたいものだ。

予定の時間から少し遅れて七階の「北山繋魂医療クリニック」のドアスコープの前に三人が現れた。二人の男と大きなフラワースカーフを被った女が一人。反転プリズム型魚眼レンズで彼らの後ろを探ったが背後に隠れている奴は誰もいない。

ドアをあけた。

ヨシオカの服の半分ぐらいが濡れている。

「それはどうした？」

「非常階段の禿頭親父《ウージジ》に抱きつかれちまった。キスまでされて。腐った魚の臭いをどっさり吹きつけられて」

殆ど泣きそうな顔になっていた。可哀相《かわいそう》なので洗面所でうがいすることを勧めた。

表情にたいした変化を見せずドアの横に立っているのは金色と銀色の目をした、以前ここに来た女に間違いなかった。もう一人のはじめて見る小男はベトナムかカンボジアあたりの顔をしていた。

「はじめまして。ブエントンチャイといいます。でも今からはチャイと呼んでください」

　喋りかたはソフトだが、何かはわからないものの、こいつもそうとう激しい人生の荒波を越えてきたらしく生真面目《きまじめ》で厳しそうな顔をしている。大事そうに薄い茶色の布に覆われた大きな箱を両手に下げていた。

うがいから戻ってきたヨシオカが「もう挨拶はすんだようだね」とハンカチで顔全体を拭いながら言った。

「ウージーにだいぶ愛されたみたいだな。やつらもなかなかいいだろう。もっとも外見からだけだと雄と雌が区別できないのが難しいところだけれどな」

「もう、その話、いいかげんにしてくれ」

　ヨシオカは本当にまいっているようだった。とりあえず三人にソファにすわって貰って早速話を聞くことにした。

「用件はせんだってあなたが依頼していたことですか」

　北山が目の前の女に聞いた。ソファに座る前に大きなフラワースカーフをとったので、そののけぞるような美貌があらわになっていた。女は北山の質問に頷き、同時にチャイも頷いた。

「この人は今回の私の依頼の実質的なアドバイスと注意やノウハウをいろいろ持って

いる人です」

女がチャイについて説明した。

「つまり蛇の扱いとかその生態についての具体的なサゼスチョンですね」

女は頷いた。ヨシオカはここに二人を案内してきただけで、これから語られる内容についてはまだ何も知らないようだった。そのままヨシオカにもこれから交わされる話を聞かれていいのかどうか気になったので、そのとおり女に聞いた。

「かまわない」というふうに女は小さく頷いた。

「さっきから気になっていたんですが、最初にその生き物を見せてくれませんか」

北山が言った。

「そう。それもそうだよ。そのほうがワタシとしても話しやすいよ」

チャイの言葉は中国人の日本語の話しかたと似ているところがあった。話が終わらないうちに箱の布を、手品師の手品のはじまりのような感じで「すっ」といっぺんに取り除いた。「うわっ」とヨシオカが叫んで少しのけぞったようだった。北山も声こそ出さなかったがたしかに息をのんだ。

布をとりのぞくと大きな鉄の網籠《あみかご》が出てきて、そこにぎっしり緑色にからみあいそれぞれが鋭く素早く動きまわっている蛇の群れがいた。非常に細く、見たかんじ美しい緑一色だ。

「ザンロいいます。こちらの言葉でそのとおりミドリヘビね。ジャングルの木の上に棲んでいるので、こうしてみんなジャングルと同じ色になっているよ」

チャイは蛇網籠のそこかしこを撫でながら、かれらをあやすようにして言った。

「毒はあるんですか？」

「いまはほんの少しね。これ不思議な蛇で季節によって毒の強さが少しずつ変わっていくよ。一番すごいときはヒトも豚も、馬も殺すことあるね」

北山は改めてソファに座りなおし、そこはプロらしく冷静に、そこからの具体的な話を聞く姿勢をとった。ヨシオカはまだ立ったままで、どうも北山の隣に座る気はないらしい。

「この前いらしたときの話では、このザンロといいましたか。この美しい緑の毒蛇をあなたの頭に植えたい、という要望でしたね。メドゥーサの蛇頭のように」

金と銀の目を光らせて女は笑った。それからゆっくり頷いてみせた。

「そうして、今日ここに実物の蛇とその習性を知っている蛇使いの人を連れてきたと……」

どうも自分ばかりが喋っているなあ、と思いながらも北山は確認という意味もこめて女に質問し続けた。

「そのとおりです」

女は言った。北山のところでは、とびこみの場合、依頼されたことができるかできないか、を判断するだけで、その目的や依頼人の属性は聞かないことにしている。

「すでにこの前お会いした時に聞いていることですが、わたしのところは互いに異なった生物と生物を繋ぐことを専門のひとつにしていますが、今回のようなケースははじめてなので、一気に全部、というわけにはいかないと思います。あなたも知っているように哺乳類《ほにゅう》と爬虫類《はちゅう》とは生態圏も生態根もまるで異なっていますから」

チャイも女も当然だ、というような顔をして頷いている。このようにまるっきりすんなり理解してくれる被施術者というか依頼人というのもちょっとやりにくいところがある。でも北山は話を続けた。

「そういう場合はまず繋着《けいちゃく》試験をいくつかやる必要があります。ご存じのように異態生物には互いに遺伝子と細胞レベルで排除攻撃しあう性質があります。わたしどもはそれを緩和させるために何段階かにわけていくつかの〝合魂エンジン〟というものをそれらの和合のために使います。インターフェイスの中国的和合。生物の細胞レベルの前に漢方でいう〝気脈〟をあわせてしまう、という考えかたと技術です」

チャイと女は熱心に頷くままだ。こういうとき普通の被施術者の場合は、いくらかでも不安げな顔つきや気配などを見せるものだが、この人の場合はむしろ期待に金と銀の目が輝いているように見える。こういうのもいいんだかやりにくいんだかわからない。

やがて、この被施術者には、いくらその医学的メカニズムや過程上の問題点などを説明していっても無駄なようだ、ということがわかってきた。要は一刻も早く、自分の頭を緑の蛇だらけにしたい、という期待と興奮に精神が高揚逆上している、という様子であった。

そこで北山は、それ以上の事前説明は切り上げて、まずは生態として、ザンロというその細長すぎるミドリヘビをよく観察することにした。チャイにたのんで一匹だしてもらった。もっとも小さいものをと頼んだ。これでも蛇かと思うくらい細く三ミリあるかないか。長さは五十センチぐらいだった。チャイは尾を持ってそこから十センチぐらいのところをもう一方の手の上に軽く乗せた。

ザンロはそれだけの支えで全体の七割がたを空中ではげしく優雅にくねらせ、まるでそのくねり踊りを楽しんでいるように見えた。

小さいし、今の季節はあまり強い毒はないし、攻撃しなければ噛みつくこともない、というので北山も自分で手にして、その感触をじかに摑《つか》むことにした。北山の手のなかでもザンロはここちよさげに空中をかきまわすようにずっとくねって踊っている。金目銀目の女がそのありさまをうっとりした顔で見ている。北山はこの女の頭の上で数百匹のザンロがわらわら踊っているところをかなり明確にイメージした。

植蛇《しょくじゃ》

ウージーがカワウソやオットセイなどの鰭脚類《ききゃくるい》と、奥アマゾンの高等類人猿ウアカリとなんらかの遺伝子結合をしているらしい――というのは形態を見ているだけで明白だ。とくに見事に赤い禿頭《とくとう》は、類人猿一族のなかでもウアカリ属にしかない特徴で、皺《しわ》ひとつない中温性のつるつる皮膚は見るからに異様だが、それを補う愛嬌もある。

北山医師はだいぶ前にオールド上海《シャンハイ》の絶倫食専門チェーン「鶏蟬肉根屋《ウギャモハ》」の齢《よわい》八十にもなる婆さん経営者に頼まれて、五匹ほどのウージーを騙《だま》し、その禿頭の皮膚をそっくり剝《は》ぎとって婆さんの顔や肩、胸のあたりに移植したことがある。

顔と頭の皮をそっくり剝がされたウージーはそのままでも生きられないことはない

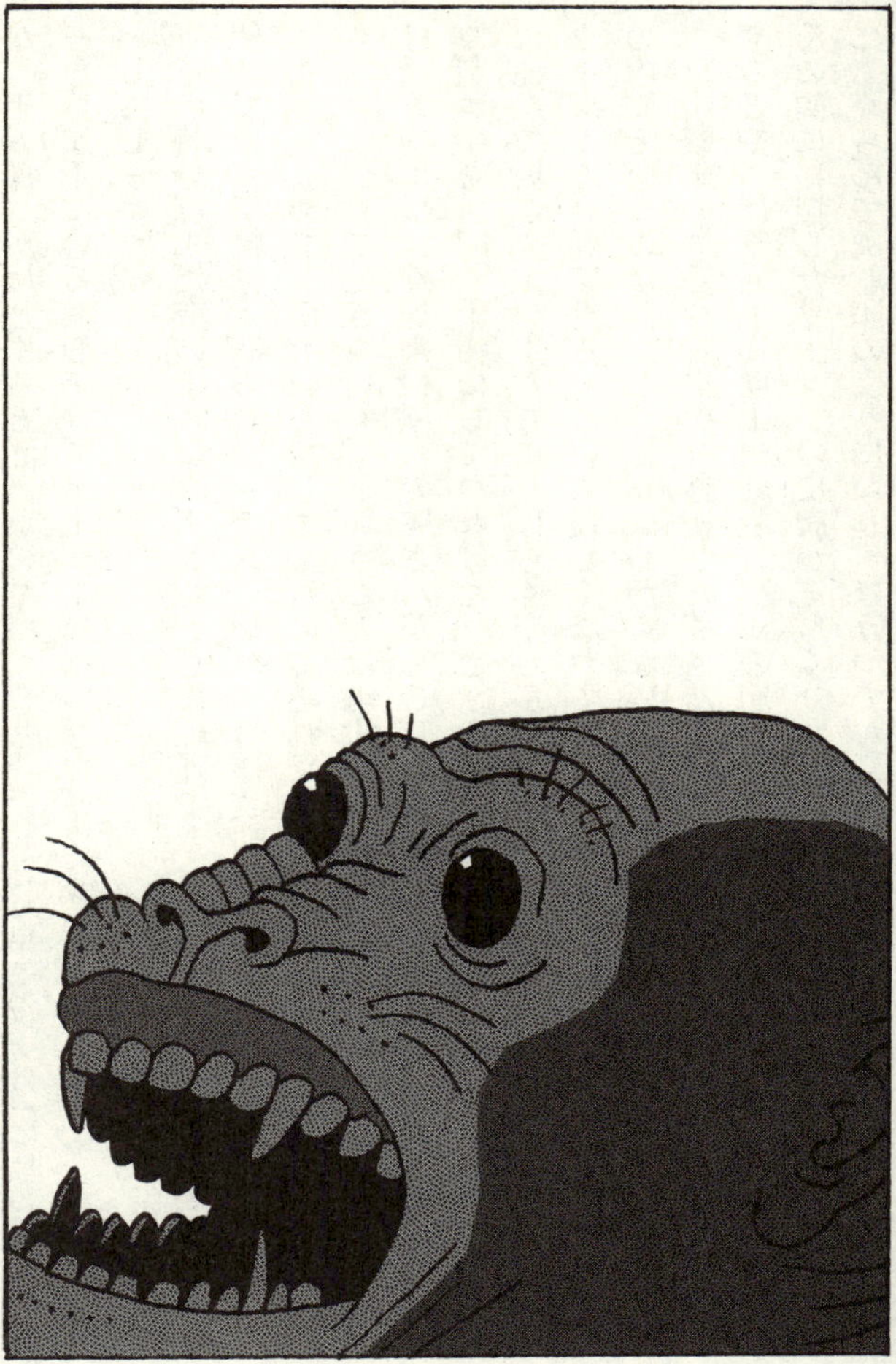

が、犯人探しがはじまると面倒なので薬で殺し、手っとり早く夜更けにこっそりこの三角埠頭下にいる海面ディスポーザーみたいなアザラシ系の大食いネンテンどもに食わしてしまった。

その時分はまだ今のようにウージーと意思疎通できなかったので、便利屋がわりに使っていた半機械人間のマウンテンに頼み、ほぼ誘拐同然で手術室に連れてきたのだった。まとめて五匹も殺してしまったのでそれなりの罪悪感に苛《さいな》まれたが、まあどっちみちここらで生きていく、ということは騙すか騙されるかのどちらかで、北山医師は最終的には「鶏蜱肉根屋」の婆さんからせしめた金の一部でウージーの大好物、濃厚脂エイを百切り干物にしてつなげた「ささら百ひら」を長い紐につるして非常階段に住んでいるウージーたちにしばらく楽しんで食べられるようなプレゼントをした。ウージーと会話できるくらいに親しくなっていったのはそれからだったから、世の中の内側というのは何がどう転ぶかわからない皮肉で残酷なものだ。

ウージーのつるつる皮膚を移植した婆さんのほうだが、ああいうものをいっぺんにやるとやっぱり異生物同士の細胞レベルの適合負荷が大きすぎて、十日もすると婆さんの顔に移植したウージーの皮膚がそっくりつながったまんま集団脱出でもするようにふくらんで風船頭のようになり、ほうっておくとウージーから移植した皮膚だけそのますっぽ抜けて空に飛んでいきそうな具合になった。こっちも青ざめたけれど、その手術に「若がえり」を懸けた婆さんの根性というのはすさまじいもので、北山に予定の金の三倍を払うからどんな高い薬を使ってもいいと約束し、とにかく成功させろ、と風船頭のまま言った。

そこで実のところ本当の効力は北山にもわからなかったのだけれど、反乱性の活性皮膚細胞を抑制する効果のある暗発芽期の発酵緑茸をふんだんに使った酵素風呂にいれて、ＨＩＬＬと呼ばれる適合組織遺伝子抗体複合液などを連日点滴していると、婆さんの細胞自己適合のふんばりというのは凄いもので、そのうち風船頭はもとに戻り、四、五日もすると安定し、最終的にはつるつるのウージー皮膚になった。もっともそれはまだ完璧ではなく、移植皮膚と地肌皺とが複雑に重なって癒着《ゆちゃく》し、そういうところが多少の斑《まだら》模様になった。こいつを毛足の長いチベットのヤクの初毛をローターでじっくりならし、なんとか縞模様を皮膚下の蜂巣《ほうそう》細胞に同化させ、いちおう見てくれは希望どおりつるつるに光らせることに成功した。

やや背中のまがりかけた老人の顔だけがきらきらしているのも実はあまり気持ちのいいものじゃないが、北山は「すっかりお肌が若返ったのでお嬢様と見違えるようです」などとおだてて絶賛していた。でも「鶏蟬肉根屋」の社員たちは密かに人間赤電球と言って笑っていたらしい。なるほど言われてみると北山もそう思う。

そういうことがあったから、金眼銀眼の超美人に依頼された細長い蛇の頭部移植もそれなりに慎重な実験が必要だった。北山はここでもまずはウージーで試してみることにした。移植するミドリヘビのほうは、蛇使いのチャイに頼んでできるだけ小さくて細いやつを実験用に三十匹ほど置いていってもらった。

低級な生き物なので性《しょう》が強く、環境適合も単純らしいから移植も問題ないでしょう、とチャイは軽く言うのだが、医学者でもないチャイにはまだ確証というものがひとつもない。

ミドリヘビはドンゴロスの袋の中に全体がからまるようにしてまとめて入れておくのが一番いいそうで、餌は二日にいっぺんチャイから渡された殺虫剤の噴霧器みたいなものにプラスチック円筒に入れてある溶液をセットしてシュカシュカと「鉢植えの木に水をやるように」そいつらにふりかけてやればいいらしい。溶液の中には生きた九龍虫《きゅうりゅうちゅう》などがいっぱい入っていて、それで十分やつらの栄養になるという。

ドンゴロスの袋をあけると頭だけ尖《とが》って膨らんだ緑の草がわらわら好きな恰好で動き回っているようで、ちょっと見たかんじ「踊るニラタマボウズ」のようだ。可愛いようなそうでもないような、決して蛇がすきではない北山はそのたびにやっぱり相当憂鬱《ゆううつ》な気持ちになる。

その実験移植手術をやる予定の日、北山は三角埠頭の市場まで買い物にいった。いつも床がなにものかの血や解体溶液でぬらついている雑肉屋に直行し、一番安い「本日の出血サービス肉塊」を三袋ほど買った。どの袋からも血が滲《にじ》み出ている本当の出血サービス品だ。なんの肉なのかは敢《あ》えて聞かないことにした。そいつをかついで傾いたビルの非常階段をあがっていくと、いたるところでウージーたちがからまっていた。ウージーは何時でもみんな近くにいるのとセックスをしているので見たかんじからして複雑なからみあいかただ。

「御用ですか。いそがしですね」とか「こにちわ。いいおへんじですね」などと愛想のいい声をかけてくる。みんな北山の背負っている肉の匂いに興奮して表皮の光沢がぬらつきを増しているのがわかる。

北山はウージーどものなかで唯一統率力を持っているボス格のウージーのところまで行って、三つの袋をおろした。

「頼みがある」

「ごようじですか。今日もいい一日ですね。あとで雨も少し」

ボスのウージーは言った。こいつはやっぱり一番頭がよくて、会話もかなり高度だった。

「若くて元気のいいやつを貸してくれないか。一匹でいいんだ。実験する。礼はたんまり。今のところはまずこれを」

そう言って北山は血のしみ出ている肉の袋を目の前に下ろした。

北山の望みはすぐに通じたようで、ボス・ウージーはその巨体にしてはびっくりするほど素早い身のこなしで、螺旋《らせん》階段を下りていった。残った七、八匹はいつものようにみんなどこかでつながってセックスしており、相変わらず雌も雄も見たかんじ区別はつかないけれどみんな赤い禿頭を北山のほうにむけてわさわさ元気よく体を動かしている。

しばらくしてやや小振りのウージーをつれてボス・ウージーが戻ってきた。

「これ、元気いい。わかい」

ボス・ウージーが言った。

「雄か雌か」

「まだわからない。それがどっちかはもうすこしかかる。これ、むずかしですね」

ボス・ウージーが言った。

そのときいきなりボス・ウージーの顔を目掛けていくつもの長い足を大きくひろげ

た生き物が飛んできた。思わず北山はのけぞる。壁蛸《かべだこ》が飛んできたのだ。ボス・ウージーが大きな鰭《ひれ》でそいつを払い、下にいた雌ウージーらしいのが嬉しそうに一口でその壁蛸を飲み込んだ。壁蛸は北山の持ってきた袋の中の肉の臭いに反応したのだろう。

顔がみんな同じなのでどうにも判断に困るところがあるが、ボス・ウージーが連れてきたのは小柄なウージーというわけではなく、たぶんまだだいぶ若いウージーなのだろう。若いほうが細胞が柔軟でなにかと事態の進展にいいだろうからその選択はありがたかった。

「しばらく借りるよ」

北山はボス・ウージーに言った。

ボス・ウージーから伝達がなされているのだろう。そいつは北山のあとにおとなしくついてきた。

「しばらくですか借りていいですよ。楽しみですね。雌だと、いちばんですね」

ボス・ウージーが言った。表情がないのでわからないが、たぶんやつはそう言ってニヤリとした筈だ。完全になにかカン違いしているのだがそんなことはまあどうでもよかった。

北山の部屋に入ると小柄なウージーは慣れないリノリウムとトキラの床の上にころがって体を反転させたり背伸びしたりして、しばらくその感触を楽しんでいるようだった。当然ながらウージーの動いた跡にはナメクジが這《は》ったような痕跡がつく。あとで回転モップをころがす必要があった。

休んでいる暇はなかった。

北山は冷蔵庫をあけてウージーの好みそうなものを探した。安物の腸詰めがあったからそれを出し、かつて手術用につかっていた大型メスでこまかく切った。その支度をしているうちにウージーの動きが落ちつかなくなった。やつらの嗅覚は犬のそれに近いようだ。

部屋が不意に暗くなった。窓を見るといつのまにか黒い雨になっていた。今日の雨予報は夜半まで黒い雨は降らない筈だったのだがきわどいタイミングだった。

まだ本格的な降りではないから窓の外に浮遊するいくつかの飛行体が見える。相変わらず中国政府の啓蒙スローガンが浮遊ワームに吊《つ》りさげられて、やかましい中国女のキンキンとした歌とともにゆっくり移動している。もっとも硬質ガラスで密閉された北山の部屋にはそのキンキンした声は少ししか聞こえてこない。

「おろっさん」がその巨体をゆっくり回転させながらいまの政府スローガンワームと

は反対方向から飛んできた。こいつは有人飛行体で、労働戦闘兵の募集勧誘を叫びながら黒い脂海《しかい》を行く不審船舶の監視を行っている。

北山は手術前にコーヒーを飲むかどうか迷っていたが、なにかこういうことは早くその成果をみたくてならない。そこで一休みなしで、小柄の若いウージーを手術台の上にのせた。両鰭と尾を三重ベルトで固定すると、こいつはまったく猿とオットセイ系の合成生物なのだな、ということがよくわかる。

こんなところに固定されたのは初めてだろうからきっとえらく緊張しているのだろうが、例によってその赤い禿頭と顔からは何も意識の変化は見えてこない。

順番をどうするか考えたが、こういう場合はまず「穴」が最初だろう、と判断した。

ウージーの赤くて丸くて毛の一本もない額から後頭部にかけてありふれたホルムベンゼンの消毒をする。それから漢方のアポロタキセンとカノコソウから抽出したリモネンに新化学薬ホリゾドンを合成した麻酔を注射していった。浅く短く全体にまんべんなく。

ウージーの表情は勿論《もちろん》、額と顔の色にも変化はなにもない。大体二十ヵ所ほどにその注射をした。続いてマイクロ電動ドリル・メスで直径三ミリ、深さ十五ミリ程度の穴をあけていった。前頭筋や帽状腱膜《ぼうじょうけんまく》の直下の骨膜《こつまく》に覆われた頭蓋骨《ずがいこつ》に丸い穴があくところまでだ。それよりちょっとでも深くなって硬膜を貫くとまずいことになる。ウージーの血液はいくらか橙《だいだい》色でそれほど多くは流れてはこないからそのぶん見ていて痛々しくないのが助かる。麻酔も二時間は効いている筈だからウージーに痛みはない筈だった。

北山は自動拡大式《ズーム》単眼鏡を自分の片目にくくりつけて、ウージーの頭にいまあけた小さな穴の中をUホールメスを使って硬膜の内側の組織をそれぞれ慎重にほじっていった。片手に持った柔軟に回転する極細の探査かがり舌で頭蓋骨直下の後根神経節をひっぱりだす。ついでに先端毛細血管とブルダッハ束をみつけてこれを二つにわけておいた。みんな恐ろしく微細なものばかりなのでえらく神経のいる仕事だった。

穴は二十個あった。それを全部掘ってそれぞれの末梢神経を露出させるのに二時間かかってしまった。そろそろ麻酔の切れてくる頃だ。穴の数のわりには出血は相変わらずたいしたことはなかった。

続いてドンゴロスの袋をあけて細くて腰の強いミドリヘビ（ザンロ）を一匹ずつ引っ張りだす。一匹はだいたい三十センチから五十センチだ。頭を可変バイスで軽く押さえ、全体を長く伸ばして尾の先端をメスで縦に切る。木綿《もめん》糸のような繊細な神経節と人間の楔状束《けつじょうそく》に似た微細な先端部分を露出させた。

それからウージーの頭にあけた直径三ミリの穴の中にミドリヘビの切開された尾の先端部分を慎重に挿入していく。すぐに生態的好奇心に満ちた双方の神経根毛がさぐるようにしながらからみあい、微細な神経節が否応なく結束されていく。これによってミドリヘビの栄養補給と交換血液のジョイントができる筈だった。ミドリヘビはしきりにくねりまわっているので、融合させた三種類の末梢有機線維が外れないようにその一本一本の蛇皮とウージーの頭部表皮を簡単に縫い付けていく。ミドリヘビの外皮は尻尾のくせにけっこう厚く固いので、この縫い付けに時間がかかった。チャイの言っていたようにミドリヘビは頭部を攻撃しないとけっして嚙《か》みつこうとはしない。ミドリヘビ自身も自分の尻尾のほうで何が行われているのかよくわかっていないのだろう。

こうして半分ほどのミドリヘビを結束させた段階で北山は全身が汗だらけになっていることを知った。ウージーへの麻酔をもう一度追加する。施術するミドリヘビはまだ半分残っているので、中断することはできない。

ロッカーに行って新しいシャツに着替え、手術台の上のウージーとその頭に植えつけられた十数匹の小さな蛇を見た。尾を縫い付けられたミドリヘビは、やはりヘビなりにヘンな気分なのだろう。力なくウージーの赤い頭の上をのたっているが、ときおり空中に伸び上がって踊るようなしぐさをした。ウージーの赤い額とミドリヘビの緑のコントラストがなんともいえない異様な光景だ。これで双方の抗体攻撃が軽く済めば、ウージーは約二十四の蛇を常に頭上に踊らせている可愛い怪物になれる。しかしそこまでミドリヘビが元気に育つかどうかはこの実験の最大の未知の部分だ。

だいぶむかし、禿《は》げてしまった人間の頭に、その人のまだふさふさしている側頭部などから毛根ごと引き抜いて、禿げた部分の皮膚に植えつけ、新たな毛髪にそだてる「植毛」という技術があったという。それならば北山のやっているそれは人類初めての技術「植蛇」だ。成功したら膨大な礼金を、と金眼銀眼の女が言っていたのをまたうっとりと思いだし、北山はようやくゆっくりとコーヒーを啜《すす》った。

黒い雨がけっこう本降りになっているのでいつもはやりきれないほどどろりとして不気味に動かない脂海も、内海の底の比重容量が限界にきて渦巻波動が底のほうにおきているようだった。その結果、浚渫船《しゅんせつせん》を頭《かしら》のようにして各種運搬船や艀《はしけ》なんかをいいかげんに繋ぎ合わせた通称「トガリネズミの巣」といわれている本体と、それをとりかこむ大小さまざま、素材適当のフロートや通称「練り玉」と呼ばれている防潮緩衝材が勝手にぎしぎし動くようになり、海上にある首都警察はいたるところで強弱と方向の予測のつかない揺れと軋《きし》みと漏れ水に見舞われていた。

漏れ水は、古くなってあちこち隙間のできている上下配水管からのものだ。黒い雨の浸水は絶対に避けなければならないので、寄せ集めの建物ながらその防護のために全体をかぶせる恰好でフラクタル・クセノン・タープの完全防備がなされている。宇宙工学では太陽膜、あるいは太陽帆といわれているもので、いまのところ地球上のいかなる物質もこの被膜を通過することはできない。まあ巨大なバラック集合体にそっくりかぶさった万能雨除け（かつ、ボロ隠し）シートみたいなものだ。

古島刑事は署にいるよりはパトロールと称して街のそこらをほっつきあるき、事件がらみで自分にもワイロが入るような出来事を見つけていたほうがよほど実入りがいいのだが、これだけ黒い雨が強く降っていると、今日ばかりは署でウロチョロしていたほうがいいだろう、と判断した。

実際、どうしたらいいか解決策の浮かばない継続した困った問題も、古島の足もとに文字通りいっぱいころがっていた。あのアナコンダ男と古島が連れてきた犬男が本格的に和んでしまって、この二日間、二人（というか二匹というか）は二課の一番じめじめした陥没のはげしい一角で、ずっと寄り添ったままだ。こいつらのこともなんとかしなければならない。

やつらの食い物は、かおる子スミコが見かねて署内を歩きまわり、犬と人間が共通して食べられるようなものを適当に与えているらしい。

鑑識課の奥にあって、いまはめったに使われていないので、いつのまにか専属寝床のようになってしまった署員の仮寝用カプセルベッドで七時間ばかり熟睡した古島は、かおる子スミコの完全に怒った顔を無視して、かれらのつるんでいるところを見にいった。

「こいつらはいったいナンなのよ。単に気があう、というようなもんじゃなくて、まるで恋人か親子みたい。こうして散歩もしないでずっと寄り添っているのよ」

「まあ外は脂雨《あぶらあめ》がどしゃどしゃだからな」

「そういう問題じゃないでしょ」

かおる子スミコをまた怒らせてしまった。

「まだ署長にはこの状態のことを報告していないけれど、このままじゃどうしようもないから、アナコンダ男のほうはやっぱり湾岸病院のほうに回すことになるわ。結局この男の処置はそっちの担当というのがはっきりしてきたようだし」

古島たちの見下ろす、陥没していかにもじめじめしているコーナーで、アナコンダ男は犬男を抱きしめ鼻の頭などを指でさすり、両足をしきりにくねくねさせている。

あれだけ怒りまくって、いまにも古島を人間の声で告発しそうないきおいだったチビで貧相な犬男があれからすっかり魂を抜かれてしまったようにうっとりとおとなしくなってしまったのは、古島にとっては好都合だったが同時に不思議でもあった。

「で、こっちの犬のほうは古島さんが連れてきたんだから、そっちで処置してちょうだい。一応調べたんだけれど、なにか重要な事件に係わっていないかぎり、警察署では犬は預かれないのよ。もちろん大蛇もね」

連日余計なことの尻拭《しりぬぐ》いをさせられていてかおる子スミコはもう完全に怒りまくっているようだった。

本当を言えばこの犬はいま、かおる子スミコが言った「なにか重要なことに係わっている」わけなのだが、本人が言いださないかぎり古島は知らん顔をしていたほうがいい。

かおる子スミコがプンプンしながら自分の席に戻ってから、古島はトロンとした顔つきになっている犬男のそばに顔を寄せ、

「おい。ちょっと話を聞け。お前にはホモッ気もあるのか?」

低い声で聞いた。

犬男が、トロンとした白目からゆっくり黒目玉を動かし「そうじゃねえ」と、やはり低い声で言った。人間だったらきっとえらくドスの利いた声になっているのだろうけれど、犬的クワクワ声なのがややなさけない。

「じゃあなんでこんな見知らぬ男といつまでもつるんでいる?」

「相手をみつけたのさ」

犬男は声を抑えてそう言った。

「なんの?」

「おれのよ」

「ん?」

「てめえ、刑事のくせに相変わらず鈍い野郎だな」

クワクワ声とは裏腹に犬男のはねっかえり根性はまったくかわっていなかった。

「ちゃんと順序立ててその意味を教えろ」

古島はもう少し犬男に顔を近づけた。質の悪い合成肉と得体のしれない多種類のシリアルのまじった臭い。それに猛烈な犬と人間の小便の臭い。

「うげっ」

古島はのけぞった。犬男は気にしていないようだった。

「はやくおれをなんとかしろ。様子を見るためにこの署内では人間の声ではまだ何も喋ってはいないが、おめえがなにか裏切りをはかったり、のろのろしていたら今日中におれは署長に全部バラすぞ」

「なにをやればいいんだ？」

「てめえは本当にトロい刑事だな。おれを人間に戻すんだよ」

「どこで？」

「ホントにアホかてめえ。おれがなんでここでこんなまねをして臭いところにころがっていると思っているんだ」

ようやくわかった。犬男はいましきりにつるんでいるアナコンダ男に目をつけていたのだ。幸いこいつのなかにはいまはアナコンダがはいっている。そいつをどかして、この犬男が、このあたらしい人間の「からだ」を着よう、という算段のようだった。

なるほど頭のいい考えだった。いまは気分も思考もアナコンダとなって、どうしようもなく薄汚れてしまっているけれど、見たところ身長はあるしこれでしゃんとさせたらなかなかの男前のようだ。いまは粗雑きわまりないチビ犬男だが、こういう人間に転換できるなら、また、そこそこ何かやっていけるだろう。酒も飲めるし自由に女も抱けるというものだ。

「どこで入れ替わる？」

「当然おれを犬に変えたところだ」

「わかった。埠頭だったな。三角埠頭のあの傾いたビルの中の……」

その件は犬男ともうすでに一度話をしていた。

「よしわかった。なんとかそのセンで手配してやるが、その際、こいつの中に入っているアナコンダはどうする？」

「知るか。お前が考えろ。警察の力を使えばなんとかなるだろう」

「お前の中身を抜いたそのあとにこいつを移入するというのはどうだ」

古島は威勢のいいチビ犬とだらんとしたアナコンダ男を交互に指さした。

「ん？　アナコンダ犬《けん》というわけか。しかしなんだそれは。どんな生き物になるんだ」

想像できないあぶなっかしい話になってきた。少し作戦を練る必要がある。

西東京をテリトリーにする西部警察は一般市民のなかでいちばん人気があった。なにしろ警察本署の立地がいい。「大破壊《ハルマゲドン》」のあった長くて短い一週間のあいだに、韓国だか中国だか台湾だか、いまだにその責任の所在が不明で、それぞれのなすりあいで二十年も経過してしまったから、もうどこがどうしてやったのか本当のところは誰にもわからなくなってしまった二十年前の日本の九月十一日の事件。

韓国だか中国だか台湾だかの無人飛行機十三機がそれぞれ大量のオニビランを積んで東京都庁の三つの尖塔《せんとう》に突っ込んだ。

無人飛行機は、それぞれが小型トラックに翼《つばさ》をつけたくらいの改造農薬撒布《さっぷ》機だったし、爆発物は搭載していなかったので、都庁のそこかしこに無人飛行機の尾翼の部分が突き出ているのが見えるくらいで、爆発炎上も崩落も何もおこらなかった。

そのかわり十三機が満載してきた日本にはいないオニビランがくまなく大量に都庁内部に放出散乱し、こいつはそのあと東京都がおこなったあらゆる薬品による害虫駆除、煙攻め、ガス噴射、祈禱《きとう》、祈願などの猛攻駆除策にも耐え抜き、三尖塔はいたるところに凶悪な毒毛をもつこのオニビランの巨大巣塔になってしまった。

翌年春の繁殖期には都庁全体に霞がかかったようなオニビランの綿雲のような繁殖網が取り囲み、ちょっと見たかんじ幽玄かつ神秘的ともいえる幼虫繁殖の蠕動《ぜんどう》がいたるところで見えるようになった。それらの結果都庁はとうにこの建物内でのすべての業務放棄を余儀なくされ、諸機能は周辺諸施設にこまかく分散された。

このオニビランと最後まで戦ったのが、後に西部警察の母体になる消防庁で、とくに新宿から西の各消防署に配置されていた消防士が、最初のうちはオニビランの巨大巣窟《そうくつ》の一部焼却排除に成功した。消防士は防火用に常に全身を防護しているから、このオニビランの毒毛に触れることなく、戦うことができたのである。オニビランというのは八センチぐらいで、全身黒い刺毛に覆われ、頭のところに桃色の触角があり、十八から二十二の体節をもっている。刺毛に触れると火傷《やけど》に似た炎症をおこし、治癒《ちゆ》に時間がかかる上、あとはケロイド状になるという始末の悪い虫だった。三ヵ月の長い蛹《さなぎ》の期間をへてなにかの蛾刺虫《いらが》の成虫になるとみられていたが、地下に潜る、という説もあり、まだはっきりしたことはわかっていない。

都庁全体にひろがったこの虫の繁殖は当然周辺住宅の人々の生活を脅かすこととなり、まだ辛うじて機能を残していた都は、虫が周辺にバクハツ的に蔓延する直前にこの都庁を中心に大きく取り囲む防護堀と、外的刺激を受けると自然に収縮する瞬間遮断系のデンドロアミシボリの防護帯を設けた。すなわち都庁のなかにこのオニビランのすさまじい大群をそっくり包囲隔離した恰好になった。

その結果都庁に出入りするには消防防火服を身につけた者でないと無理になり、いつしか東京の西エリアは、警察にかわって消防士が外敵からの防護と治安をはかる機能と信頼を得るようになっていった。

黒い雨の対策もあるから常時ヘルメット着用で制服も強靱な上下を包むそこそこスマートな宇宙戦争防衛隊風のものにデザイン強化され、いつしか《オニビラン首都防衛戦隊ビランジャー》などと、子供たちなどに呼ばれるようになった。

本来の中央警察はその期間、さらに東京の外郭に散り、東京を攻める韓国、台湾、中国らを相手にした（ときには共闘する）地下暗闘対抗勢力にかわりつつあった。警察としての組織と機能は保持しているから、彼らは正式にはまだ完全な警察で、人々からは「中央地下警察」と呼ばれていたが、どこに本署があって、誰が中枢機関を握っているのかはずっと秘密なので、市民たちからはいつしか「地下秘密警察」と呼ばれるようになっていった。

政府が「大破壊」以来の外的圧力によっていまや消失したのも同然となっているから、正式な名称はなかったが、東京の西に住む人はいつしかこの都庁を根城にする治安部隊を「西部警察」と呼ぶようになり、子供たちのあこがれの対象になっていった。

とはいえ都庁のなかにはまだどうにも処置なしのオニビランがごっそり棲息しているからビランジャーは屋内に入ってもヘルメットすら脱ぐこともできず、床、壁、天井をはい回る黒い虫と非効率に鬱陶《うっとう》しく共存していくしかなかった。

そのビランジャーのオフィスには今日も朝からいろんな電話が入っていた。種々雑多の事件の報告や市民のタレコミや、本来都庁が応じるべき各種苦情や断水解除の時間の問い合わせや逃げた女房の行方相談、などというやつだ。ビランジャーは一隊で五台のバイク編成になっていたから、それぞれキャプテンが必要になる。都庁の「西部警察」には二十三のバイク部隊があった。その日、その第七隊のキャプテンがとった電話は、この頃毎日のようにかかってくる墓荒らしの通報だった。

「三鷹の豊年寺《ほうねんじ》知ってますか。わたしのとこですがな。そのわたしのとこの墓がゆうべ荒らされてましてな、お骨をごっそりもっていかれましたわ」中国による宗教干渉で、日本の寺は単なる埋葬所としてだけ機能し、僧侶は殆んど趣味のものとしてお目こぼしにあずかっているという始末だった。

老人の声だった。中国が打ち上げて周回させている超低空偵察攻撃衛星の攪乱波《かくらんは》の影響をじかにうけているから言葉はとぎれとぎれだったけれど、用件はそういうことだった。

「また墓荒らしだ」

電話をうけた隊長の翼健児《つばさけんじ》がキリリとした声で言う。

「またですか。この頃、毎日どこかの寺がやられてます」

隊員の「マサキ」がやはりキリリとした声で対応した。

「しかし、墓の骨を何にするというのだ。単なるいやがらせにしては度がすぎているしなあ」

この隊では一番の年配の棚橋《たなはし》がやや中年の声ながらやはりキリリとした語調で言った。

「行ってみますか。三鷹の豊年寺です」

「よし、そうしよう。ナビ、インプット」

翼隊長がキビキビした声で指をさす。ここではいつも話がテキパキと早かった。それというのも「広報部」というあまり用途のはっきりしない部署があって、各部屋にカメラを設置し、適当にスイッチングして、一般市民への広報テレビに流しているからだ。つまり「西部警察」は常に都民に見られていることになる。

「はい。ナビいれます」

たったひとりの女子隊員紅《くれない》まどかがきっぱりした動作で自分のバイクのナビゲーションパネルを指差し確認した。

「指を差しているだけでどうする。ちゃんとその指でインプットしろ」

マサキが怒る。

「で、でもそこにアレが……」

紅まどかのバイクのナビゲーションのタッチパネルに大きなオニビランがモコモコ這《は》っているところだった。

「そんなのまだ怖がっていてどうする」

マサキが片手でそれを払う。

(むう。むかつくう)

紅まどかがヘルメットのなかで言う。

「インカムを切れ。外部に聞こえているぞ」

翼隊長が言う。

(むう)

ナビの入った紅まどかのバイクを先頭に第七ビランジャー隊、翼ビ隊の出発だ。

中央ゲートのふとっちょの太田が敬礼してゲートのデンドロアミシボリの開閉膜をあける。用心してほんの三メートル幅だ。バイクはその先の三十度ほどの傾斜鋼板を走り降りオニビラン拡散防護用の幅五メートル、深さ六十センチの堀を、すさまじい水飛沫《しぶき》をあげて通過していく。オニビランが水を越えられない、ということを発見したのも西部警察の元発泡物消火化学物消防隊に所属していた化学レンジャーだった。

堀のむこうで朝から見物にきているこのあたりの子供たちがみんなで歓声をあげる。

「わあ、今日は翼隊長の第七ビランジャーの出撃だ！」

「かっこいーい！」

西部警察のビランジャーは一列になって三鷹方向に突っ走っていく。

（出来ればテーマ音楽がここでほしいところですねえ）。

「こらマサキ、インカムを切れ。まわりに聞こえるぞ」

その後ろで隊長の翼健児が叫ぶ。

鋼鉄のガマガエル

首都警察の港湾海底部の先端にはかつてこの海域が健全かつ活発に機能していた頃に活躍した万能型ジェット噴流式の浚渫《しゅんせつ》船が数百本の食いつきアームに固定され、まるで用途不明の帆船《はんせん》のようにも見える。今は錆《さ》びついてピクリとも動かない海底土砂掘り用の巨大な八角八枚切り刃が、回転砲のように斜めに天に突き出ていて、あとに控える巨大なトガリネズミの巣みたいな首都警察全体を無意味にいかめしく見せている。

その後ろ側に平底浮揚式のマニニュキュラプレートで作られた港湾海底部の事務室があって、その一番下のちょっと宇宙船の気密室みたいに見える閉鎖空間にグローリーホールという穴があいている。その穴からかつて東京湾とよばれた黒い脂《あぶら》まじりの海面が見え、警察の蟹頭《かにあたま》フロッグメンが黒い雨のときでも問題なく出入りできるようになっている。

フロッグメンが海底パトロールに使う水中モービルは一人乗りで、たいてい三人チームで行動するようになっていた。

首都警察が港湾の海底まで捜索するようになったのは、一時期、日本、中国、台湾、韓国、ロシアのマフィアがほぼ拮抗状態で張り合っていて、殺しがあるとたいてい死体に重しをつけてここらの海底に沈めてしまうので、その死体回収というやたら迷惑な仕事がたて続けにあったからだ。

それというのも、あの「大破壊《ハルマゲドン》」があったあと、ここらに住んでいる人が死ぬとたとえ病死や自然死であっても、専用の重しをつけて（比較的裕福な家はコンクリートの棺桶《かんおけ》にいれて）この海に沈めてしまう、という〝埋葬〟方法が一般化し、海に重しをつけられて沈んだ人間のどれが一般人で、どれがマフィア抗争で殺されたものなのかうまく区別がつかなくなってしまったからだ。

今はマフィアの激しいテリトリーと勢力争いもいくらか落ちついて、それなりに縄張りが安定してきたからマフィア抗争で海底に沈められる人間の数はだいぶ減った筈だった。

けれどまったく不審な海底死体が消えたわけではないので、湾岸機動部隊、通称、蟹頭フロッグメンが定期的に海底巡視を続けている。彼らは純粋な人間ではなく、鰓《えら》のついた魚類人間で、どちらかというとこの真っ黒で脂まみれの海の中のほうが居ごこちがいいらしい。

その日の午後に古島のところに陸上捜査二課長から個人通話がきて、グローリーホールのところまですぐ行ってくれという。

何かおきたらしいが、なるべく自分にはじかに関係ないことであってほしい、と願いながら古島はいつも足元のぶわぶわする浮遊回廊を伝って言われた場所にむかった。

グローリーホールのある部屋には湾岸機動部隊の人間刑事が数人と蟹頭フロッグメンがやはり数人、何事か熱心に話しあっていた。

古島が顔を出すとわりあい話をすることのある湾岸機動部隊のチャング・コントンというベトナム籍の古株が「忙しいところ悪いがな、ちょっと見てもらいたいものがある。それと関係するような情報でもあったら聞かせてもらいたいんだ」と語尾のはねあがる独特のアクセントで言った。

「何があった？」

「フロッグメンがおかしな動力体を引っ張ってきたんだ」

コントンは言った。

「おかしな、というと」

「なんといえばいいのかな、海底無人回遊機械みたいなもんだ」

「そいつがどうした」

「フロッグメンが前から報告していたように、いま同じような機械がここらの海底をやたらと動き回っているんだが、そのひとつが故障して止まったままになっているのでフロッグメンが浮遊体リングをいくつもからめて引き揚げてきたところなんだ。そいつは浚渫船の舷側に係留《けいりゅう》してある。中を開けるのに立ち会ってくれないか」

まあ目下の自分の仕事には関係ないもんだろうとは思ったもののフロッグメンたちに何時どんな世話になるかわからないから、古島はそのまま連中のあとに付いていった。

引き揚げられたそれは全体が小型トラックぐらいの大きさで、形は鋼鉄性のガマガエルを連想させた。推進動力もよくわからないが、尾部に丸い噴射管のようなものが三つついていたから、そこからのガス系の噴射で動いているらしい。先端のいくらかなだらかに狭まったところは普通なら操縦席の位置で、それなら潜航艇といえども耐圧性の操縦窓ぐらいついていそうだが、そういう物もなく、つまりはのっぺらぼうだった。

「中に入る入り口は？」

古島が聞いた。

「それがどうもよくわからないんだ」

コントンが言った。

「フロッグメンのリーダーのマゴチ警部はこれはどうやら無人じゃないかと言っている。なにかの水中信号もしくは自己プログラミングで動いている定期的なパトロール機能を予測しているようだ」

そのマゴチ警部は典型的な魚類人間で、蟹の頭に似ている近距離レーダーヘッドの横からゆっくり動いている鯰《なまず》型の鰓が見える。彼らは状況によってはまだ水面下に潜《もぐ》らなければならないからレーダーヘッドを脱がずにいるのだ。

「入り口らしいものといったら、このとがったほうを前部とするとその下に幅の広い何枚かの板状装置があって、それ以外は継ぎ目もないくらいなんだ」

マゴチ警部が古島に水中写真を見せた。脂海《しかい》のなかで強烈なポリクロ閃光《せんこう》によって撮影されているから全体がくすんだ錆色《さびいろ》だったが。なるほど板状のものが隙間なくレンチキュラー開閉板のように並んでいる。なにかの動力によってこれが開閉し、そこからなにかの獲物を採取しているように見える。

古島がそれを言うと、

「それは考えた。しかしどんなに強力な電動タガネでもこの隙間に打ち込めないんだ」

なるほどいましがたまで使っていたらしいちょっとしたマシンガンのような物騒な形をした電動タガネが浚渫船の作業台の上に転がっている。これを両手で使うと骨の関節が外れるくらいの変速微細振動がくるらしい。誰の物かわからないがその隣に大型の方向位と深度計のついた立派なダイバーズウオッチが転がっていた。電動タガネを使ったフロッグメンの物だろう。

「そうなると、あとはもう〝おっさん〟を呼ぶしかないんじゃないか」

「やっぱりそう思うか」コントンが言った。

「おっさんに頼むと怪力で壊れてしまうのを覚悟しなきゃならない。時間がかかっても元通り復元できるようにやさしく愛撫して中を開かせるのとどっちがいいか……」

名前は知らないがコントンの部下らしい男がからかうように言った。

「でもどうしても中を調べたいんだろう」

古島が言った。面倒ゴトはとにかく早くすましてもらいたい。

「そうなんだ」

「じゃあ答えはひとつしかない」

コントンは壁に設置してある署内インカムで戦闘部攻撃破壊課を呼び出した。ひところのマフィア抗争で一番活躍した最前線戦闘部門だ。いまはよほどのことがないかぎりこの課が出動要請をうけることはない。

「なにが起きた」

少しだけ緊張した声がかえってきた。

「五雷神機《ごらいじんき》をよこしてくれ。いつでも起動できるようになっているんだろ」

「なにが起きたんだ」

インカムに出た男はまた同じことを聞いた。

「だからそいつとここに来ればわかる。グローリーホール前の浚渫船だ」

「わかった」

インカムの男は言った。刑事ではなく重機動体操作専任の技術者のようだった。

まもなく首都警察の巨大な巣のむこうから高圧ガス浮揚式のポンツーン式動力船が、その平底いっぱいに装着されている通称「シャコの足」をフルパワーで動かしながら〝おっさん〟を載せて現れた。〝おっさん〟はひとことで言うと宇宙ゴリラだ。全長八メートル。重さ二十五トン。中国の開発した恒星間ラム推進ロケット金星探査ミッションで最初に搭載を計画された灼熱の泥濘帯《でいねいたい》を行く万能巨人機だ。残念ながら重量制限で、最終的にはラム推進ロケットに搭載されることはなかったが、軍部や警察が騒乱制圧用としてその払い下げに殺到した。

いまはよほどのゲリラ戦でも起こらないかぎりこいつが出動することはないが、この警察に戦闘部があるかぎり〝おっさん〟はいつでも稼働態勢にある。そうして、たとえば今のようなこういうときに、宇宙ゴリラの出番があるのだ。

重機動体装置の管理者兼操縦者は〝おっさん〟のコントロール装置を背嚢《はいのう》のように背負い、痩せて細面の顔に度の強そうなメガネをかけ、いかにも重構造攻撃機オタクのような無表情顔をしていた。こういう奴がしばしばストレスを極限までためこんで、あるときいきなりこういう危険きわまりない戦闘体を動かして精神混濁系の無目的テロを起こしたりするから、警察機構そのものの管理体制を強化すべきだ、と古島などは仲間うちでよく言っているのだが、いつ自分のほうがそういう気分になるかわからないからそのときのために、自分用にこういうごつい奴を残しておくのも大事なことだと考えたりしていた。

〝おっさん〟を載せた平底船はやがて微速度で浮上係留されている謎の潜航艇の隣に横着けした。

「用というのは何です」

痩せメガネが言った。

「こいつをこじあけてくれ」

コントンが言った。

「いいんですか。破壊されますよ」

「いいんだ。やさしく撫でながら入り口を捜してやるほどの時間がないからな」

痩せメガネは頷き、左手の中にあるマイクロコントローラーのどれかのスイッチを入れたようだった。意外に静かな音でメカニズムゴリラのような機械は動き、四本の腕で巨大なガマガエルのような形をした潜航艇を掴むと、おもむろにひっくりかえした。それからしっかり掴んだ四本の手で潜航艇の腹部を古島たちによく見えるような斜めの角度にしてしばらく静止した。宇宙ゴリラには顔というべきものはなかったが、痩せメガネからの信号を受けて行動する機械電子的思考と自身のバランスコントロールをはかるためのシーケンス・コンピューターは腹のあたりにあるようだった。

「おっと、ちょっとそのままそのまま」

コントンがやや芝居がかったしぐさで両手を広げ全体の動きを完全固定させた。

それからまだ水が流れている潜航艇の腹部の真ん中あたりを手のひらでこすり、付着している汚れを拭った。その下から僅《わず》かに条痕《じょうこん》らしきものが見えてきた。

「やった」

フロッグメンの誰かが彼ら特有のくぐもった声で言った。

「もしかするとここから後部全体が開閉するのかもしれない」

コントンが言い、まわりのみんなが頷いた。「ゴリラに左右から圧力をかけるなりして、この固く閉じた入り口を少し緩むようにさせてくれないか」

コントンが言い、瘦せメガネがさしたる動きも見せずに手のなかのコントローラーを操作した。わずかにウィーンという音がして宇宙ゴリラの四本のカーボンナノチューブ鋼にパワーがはしり、目に見える速度で鋼鉄ガマガエルの腹のあたりが捲《め》くれるようにして開き始めた。やはりコントンが見つけた条痕がこのガマガエルの中に入っているものを出し入れする密閉扉の折り目になっていたようだ。同時にその中から汚れた茶色い木片のようなものが現れた。それがぎっしり詰まっている。斜めになっているので小さな粉状のものがざらざらと音をたててこぼれ落ち、その一部が海に落下した。

「角度を水平に」

コントンが慌てて言う。それから茶色の粉のようなものを手にとって子細に観察した。

「なんだ。そいつはいったい」

古島が聞く。

「よくわからないが、海底を漁《あさ》って回収している何かだろう」

「なんだろう？　麻薬にしては扱いが乱暴だ。海水の影響で使いものにならないだろうからな」

「科研に持っていって分析してもらおう」

コントンがテキパキした声で言う。

「どうします。これは？」

痩せメガネが聞いた。宇宙ゴリラが抱えているガマガエルについての質問だ。

「そのまま浚渫船のデッキにあおむけに下ろしておいてくれないか。できるだけ水平に。それから雨除けのシートを頼む」

「こいつを水平に置けるようなそんな場所はないですよ」

なるほど浚渫船の甲板にはいろんなものが載せられすぎていた。

「どうせガラクタばかりだ。そいつを逆さのまま平らにおけるスペースのぶんだけ、ほかのものは海に捨てていいよ」

「いいんですか」

「もし必要なものがあったらあとで海に潜って回収したらいい」

フロッグメンのリーダーのマゴチ警部がくぐもった声で低く唸っているのが聞こえた。海底から何か引き揚げるとしたらそれは彼らの仕事になるのだ。ちょっとした陸海の合同現場検証はそれで終了した。問題はガマガエルの腹の中から出てきたその中身がなにかということになった。

古島が部屋に戻ると、制服姿の、完全に目の吊りあがったかおる子スミコがすぐにとんできた。

「ちょっとおっさんいいかげんにしてよ」

あきらかに怒りまくっている。彼女が本気で怒ると古島のことを必ず「おっさん」と呼ぶからだ。

「あれ、どうした？」

「どうしたじゃないわよ。例の犬とアナコンダ男、まだほったらかしたままじゃないの。とうとう二課長に見つかったわよ。なにしろあのアナコンダ男、垂れ流しなんだからね。同じ部屋にいる者の身にもなってよ。アレ今日中にどうかしてくれないとおっさん懲罰くらうよ。二課長だって本気で怒っているんだから。うちの留置場にいれとこう、という意見もあったけれど、そうしたら同房の者が怒りだすから駄目だというし」

「わかった。二十分くれ。なんとかするよ」

古島はかおる子スミコのいつもより強力な怒りの迫力にたじたじとなった。本当に早いとこなんとかするしかない。

自分のデスクに行って警察車両使用申請書にデタラメの緊急事件とその場所を手書きで書いた。通常の透過分子メモリを使うとあとでバレたときの動かせない証拠になる。二課長の許可サインだけはコンピューター合成してある偽の筆記転写で誤魔化した。書類検析機に通さないかぎり肉眼ではまずわからない筈だ。それからかおる子スミコのいる大部屋にとってかえした。なるほど部屋の中は異様な臭気に満ちている。まだ怒ったままのかおる子スミコが片手で鼻をつまみ、もう一方の手で部屋の一番北の隅のほうを指さした。

今は誰も使っていないデスクと「緊急搬出用」と書かれたロッカーの間に、例のアナコンダ男と犬男がやっぱり前と同じように絡《から》みあっていた。人間の最大一億倍の臭気感度のある犬男はいまはもう殆ど失神状態のようになっているようだった。こいつらを連れ出さねばならないが、部屋のなかにいる事務職系の男と女それぞれ四、五人とも誰も手伝おうという気配はなかった。みんな古島の「ほったらかし」に怒っているのだ。仕方がないので、古島はアナコンダ男を担《かつ》ぎあげた。垂れ流しの糞尿が染みているのだろう。アナコンダ男のズボンがじっとり冷たい。犬男がなんとなく白眼をむいたような顔で古島のあとについてくる。そのままぶよぶよして歩きにくい屋根つきの回廊を通って、西出口にむかった。

いいあんばいにパトカー配車窓口にはいつもの平沼のおっさんがいた。

古島は作りたての偽造申請書を出し、

「いつも大慌てですまない。緊急なんだ」

と、緊急声で言った。糞尿臭い男を担いでいるのだからこいつは見るからに緊急、ということはおっさんにもわかる筈だ。古島はポケットから、さっきくすねてきた高性能のダイバーズウオッチをおっさんの手の下に押し込んだ。古島の申請書は書類検析機に通されることなく「許可」のパンチが入り、パトカーのキーが古島の手に渡された。今日はあの海底から揚げられたガマガエルをこじあけてくれた四本手の宇宙ゴリラといい、この気のいいパトカー配車係といい「おっさん」たちがいろいろ協力してくれる日だ。もっともさっき、本格的に怒っていたかおる子スミコも古島のことを「おっさん」と呼んでいたが、唯一役に立たない「おっさん」が自分というわけだな、と古島は苦笑しながら考えた。

白い雨が降り続いていた。

少し迷ったが防水シートを敷かずにアナコンダ男を後部座席に押し込んだ。こいつの垂れ流している糞尿のひどい臭いがパトカーのシートにそのまま染み込むことになるが、そこに乗るのはたいていなにかの犯罪の容疑者か、いきなりの死体ぐらいのものだからまあ問題はないだろう。

犬男とはいろいろ相談しなければならないことがあるので前部の助手席に座らせた。

「おっさん。やっとメドがついたのかよ」

犬男が横柄な声で言った。またもやおっさんかよ。むかつく奴だが、こいつと喧嘩していてもはじまらない。

「ああ、なんとかな」

大人の返事をしておいた。

ワイパーは最小レベルですむ小雨で、これはめずらしくこの都市では「好天候」といっていい日だろう。古島は迷わず埠頭の方向にむかった。今日は高級客がたくさん来ているようで埠頭のだいぶ前からセダン型のなかなか程度のいい車が駐車していた。どの車にも盗難予防のガードマンがついている。

思ったとおり入り口で埠頭駐在の警官が自動車の進入禁止処置をとっていた。敬礼ひとつで古島のパトカーは中に入っていける。進入ガードをしている若い警官が古島とその隣にいる犬を交互に見ている。しかし何も説明せずに通過することにした。

めざす場所ははっきりしている。都合十九階建ての傾いたビルと八万六〇〇〇トンの豪華客船がなにかとてつもないフェスティバル用に組まれたモニュメントみたいにも見える、その三角形をした巨大なアーケードにむかっていく。

そこに接近していく前に大勢の人間が押し合いへしあいしているから、ゆっくり進んでいかなければならない。いかにも何かの事件を装って赤色灯とサイレンを鳴らして素早く進入していく手もあったが、いまはできるだけ目立たないでいるほうがいいと判断した。

しかし、ビルと客船がとてつもなく高い屋根を作っている「埠頭三角暗闇市場」の下まではとてもたどりつけないと判断したので、古島は埠頭の端にパトカーを止めた。

　アナコンダ男と犬男は中においていくことにした。それを言うと、

「このやろう。どうしておれを連れていかねえんだ」

　犬男が怒りはじめた。

「まあ待て。お前の希望するコトをやるにはその前にいろいろ手続きが必要なんだ。全部違法なことをやるんだから、そのくらいお前にもわかるだろう」

　第一この雑踏の中をチビ犬を連れて一緒に出たら、三分もしないうちにチビ犬はこういうものを必要としているヒトや組織の者にかすめとられてしまうだろう。そうして食うなり殺して皮をはぐなりしてくれたら、そのほうが面倒はなくて一番いいのだが、そうでなかった場合、つまりこの犬男が生き延びた場合、わざとそう仕組んだな、などと言ってまたこの犬に追いかけ回されるのも憂鬱《ゆううつ》な話だ。犬とはいえ中身はしたたかでしつこいヤクザなのだ。

　なんとか言いくるめてパトカーの中にアナコンダ男と犬男をおいたまま外から施錠《せじょう》した。これはパトカー特有の二重キー・システムで内側からは絶対あけられないようになっている。もっとも今の状態だったら、犬男の犬の手と歯や、自分をアナコンダと思いこんでいる男には通常の車でも内側から鍵をあけて出てくることはできないだ

ろう。

古島は素早く雑踏の中に入っていった。パトカーそのものは目立っているが、特別刑事服を脱いで外に出れば私服だから、もうあまりそこらの眼を気にすることはない。

この闇市にくればありとあらゆる物が揃うと言われている。雨が落ちてこないので、埠頭は小さなテント掛けの店がぎっしり密集していて、そのあいだを誰がどう構成したわけでもなく、細い路地が迷路のように入り組んでいて、それぞれ夥《おびただ》しい数の小店が脈絡なくいろんな物を売っている。秘境可可西里《かかしり》の狒々《ひひ》の胎児の干物を売っている小店の隣では「大破壊」のときに閉じ込められた香港走馬舌雀《ホンコンウマジタ》ビルの大店、寿《じゅ》限無屋《げむや》の不老長寿タラーリ液などという、由来も意味もわからない物を売っているし、そのむかいには絶滅白鯨の苦参尼蒸《クニハラニスケ》焼きなどという謎かけのような薬を売っている。頭脳にいい、と七ヵ国語ほどの掛け軸が看板がわりだ。麻黄煩悶茸《まおうはんもんだけ》というのがいま大陸の山間部の旬《しゅん》で、これの安売り店に行列ができている。「あっあの五人はスリだ！」と叫ぶ男がいてそのそばで慌てて自分の腹掛けの下を手でおさえた老婆のその手をむりやり捩《ね》じ上げ、財布のありかをピンポイントで見つけて強引に奪っていく手のこんでたちの悪い奴もいる。その路地から少し先にいくと医薬品関係の路地になり、恒星間水素の凝集《ぎょうしゅう》ゾル、などというこれも意味と薬効のまるでわからないものを売っている店があるかと思うとスペア陰茎というのを扱っている店がある。その名のとおり取り外し自在の拡大縮小その他自立反応をする芋虫みたいに蠕動《ぜんどう》している妖しすぎるシロモノだ。用途は無限、と書いてあるが何にどう無限なのか古島にもわからない。

そこから三軒隣に目当ての「牙屋」があった。中国式の簡易装飾偽歯屋で、中国の南部で結婚式のときにみんながこれをつけていくことで急に流行りはじめた。セラミック製が一番ポピュラーで、光反射で七色に輝くものや夜でも効果抜群の咀嚼《そしゃく》発電によって内側から光る装飾偽歯がいま一番の売れ筋らしい。

香港あたりからきたいかにも金持ちらしいグループが大騒ぎしながら店前にたかっているので、古島はしばらく脇で待ち、その客が騒ぎのわりには反射式のごくありふれた「オパール連歯」一セットだけ買っていったのを見届けてから顔をだした。

「しばらくだな」

古島は無理して作り笑いを浮かべた。

ヨシオカはフクラマシにやられて半分だけしか顔の皮膚がないから、そこを青色のパーティ仮面のようなもので覆っている。田舎からきた客によってはそれが都会の流行りの顔面装飾と思い、それを売っているところを聞いたりするらしい。

古島の顔を見てヨシオカは露骨に嫌な顔をした。古島があらわれると、何の嫌疑でどういうふうに、どこに連れていかれるかわからないからだ。このところはもっぱら娼婦のキムの連続客殺しの手引きをしたと疑われている。身に覚えがあることだから、なおさら古島の訪問は迷惑だった。

「頼みがある。お前の知っている違法秘密医者がこの上のビルにいるな。あいつに連絡をとってくれ。事件の関係じゃない。こちらから奴に頼みがあるんだ。つまりクライアントだ。そいつのところにいける手配をして、入り口まで案内してくれ。そうしたらお前とキムの件は今日できっぱり忘れる。嫌ならいますぐその件で署まで連れていく。今日新しい証拠が出てきたんだ。これで確実に立件できる。お前を連れていくと完璧だ。しかし必ずしもお前がいなくても立件可能になった。だからおれの一存でお前のことを忘れてもいい、と言っているんだ。どうする？　どっちに行く？」

古島は一気に言った。途中でインド人らしい臍《へそ》出しの服を着た巨漢の女二人がこの店に関心を持ったようだが、古島はトーンを緩めず、つまりヨシオカに商売の隙を与えずそのデブ客を通過させた。

ヨシオカが片方しかない顔をしかめているのがわかった。それから隣の「顎屋《あごや》」の男に古島にはわからないどこかのネイティヴ語でなにか言った。店を少し見ていてくれ、というようなことを言ったのだろう。「顎屋」は鼻から下の部分装飾品を扱っていて、これはスリランカのペラヘラ象祭りから舞踏用に一般化してきたらしい。少し前にかおる子スミコから聞いたばかりの話だった。闇市にくるといろいろ勉強になる。

再び混沌《こんとん》とした雑踏をかなりのエネルギーを使ってとおり抜け、止めているパトカーのほうに戻っていくと、そっちのほうがどうもおかしな様子になっているようだった。なにかとてつもなく黒いものの巨大なかたまりがそのあたりにできていて、それら全体が巨大な風船のように膨《ふく》らんだりちぢまったりしているように見えた。

方向としてはどう見てもさっき古島がパトカーを止めたあたりだった。

まだ走るとたちまち誰かにぶつかるくらいの人の流れがあったが、古島は数人とぶつかるのも構わず走りだした。

もう間違いなかった。黒いもののかたまりはネンテンだった。この埠頭のまわりや運河のあたりにうんざりするほど棲息している遺伝子混合生物で、どうやらアザラシと人間の複合細胞が確認されているらしい。彼らはいつも海面に浮かんでいるほかに岸壁下の隆起した岩や「大破壊」で海に堆積《たいせき》したビルや建設機械、沈船の残骸の上などにいる。普通のアザラシより前鰭《まえびれ》がアンバランスに長く、それは人間の腕の骨格と筋肉細胞がそのあたりでより発達しているからのようであった。しかも彼らはウージーよりも人間の言葉をよく理解し、かなり明確な発音もする。つまり相当な思考能力があるのだ。

そのネンテンが古島のパトカーを三百匹ぐらいで取り囲んでいた。しかもよく見ると彼らはパトカーを数にまかせてズリズリと岸壁の方に動かしているようなのだった。鰭だけの動物でもこれだけの数が集まるとクルマ一台ぐらい動かせてしまうのだ、ということが最初は信じられなかった。

人間たちが、これはいったいどうしたことか、といくらか遠巻きにしてそのありさまを見ている。人々の中には、とりわけこの埠頭界隈では警察に反感を持つ者が多い。この調子ではパトカーが彼らネンテンに連れさられようとしているらしいのだが、下手にかかわりあってつまらない目にあわないほうがいい、と考えているようであった。

「こらあ、まてえ。お前ら、何をしている」古島は走りながら怒鳴った。独特のウゴウゴしたネンテンどもの大勢の声が一瞬静まり、全体の動きも止まった。

「首都警察だ。お前らそのパトカーをどうするつもりなんだ」

ここに到達するまでのあいだに古島は脇の下の革ホルダーに吊ってある拳銃に手をかけていた。

ネンテンたちの数はやはりざっと三百匹。そしてまだまだ岸壁の向こうの海から埠頭に器用な動作ではい上がってくる新手の姿が沢山見えた。そうして驚いたことにパトカーは止めておいたところからネンテンたちによってクルマ三つぶんぐらいは岸壁の端の方に動いていた。このままではパトカーはやがて海に落ちていくだろう。どういう意図によるのかわからないけれど、彼らはパトカーを奪取しようとしているとしか考えられなかった。

「おかしですか。これみんなで拾ったので、いま、わたしたちとても、うれしい」

ひときわ大きなネンテンが言った。体つきからしてそいつがボスのようであった。

「捨ててあるものじゃない。見ればわかるだろう。これは止めてあるものだ。ニンゲンが使っているもので、少しの時間だけ止めてあるものだ」

「では、拾ってはいけない、ですか」

「そう。捨てたゴミではないからね」

「あっ、そうですか。とても、それではおかしですね」

ボス・ネンテンは言った。

どうやらこの連中にもいささかの知性があって話だけでわかるようだった。古島は脇の下で握っていた銃把《じゅうは》を離した。ぞろぞろとネンテンたちが岸壁から海に戻っていく。せっかく興奮できると思ったまつりの邪魔が入ったようで、多くのネンテンは不服そうな顔をしているように見えたがもともとネンテンにはたいして明確な表情があるわけではないからそこのところはよくはわからない。

心配した犬男と、後部座席のアナコンダ男は古島がパトカーを止めたときと同じところに座っていた。遠隔作動のウィスカー・ビームで施錠をとき、ドアをあけた。

「なんなんだあいつらは。あれは海のやつらだろう。何をするつもりだったんだ」

犬男が一息に言った。驚いたのと同時にわけがわからなくてとにかく怒りまくっていたのだろう。

「それからなあ。お前にうまく騙されたのかとも思ったよ」

犬男がさらに吠えるように言った。そうか。おれがネンテンどもと謀《はか》って犬男とアナコンダ男を同時に始末しちまう、というストーリーもああいう展開にはありえたわけだ。そのほうが厄介ごとがいっぺんになくなってしまうのだからよかったかな。一瞬、古島も考えたが、そうなるとパトカー一台紛失の説明と責任でえらいことになる。

そのときちょうどパトカーの無線が鳴った。緊急を意味する断続信号だ。古島が通話機をとるとあまり聞き慣れない声が飛び込んできた。しかしすぐにそいつがコントンだということが彼の独特のイントネーションでわかった。

「古島刑事ですね。先程のあのブツがなにかわかりましたよ」

コントンの声は機械をとおすと耳ざわりなほどカン高い。

「あれは骨です。人間の骨でした」

コントンがクイズの解答を教えるみたいにして、ヘンに快活にそう言った。

踊る蛇頭

北山医師は昨夜「埠頭三角暗闇市場」で買っておいた好物の油饒魚肝粥《あぶらきもがゆ》と、最近開店したばかりのマンビラ族の屋台からキャッサバの粉をいれた焦げ餅「フフ」でそこそこ満足な遅い朝食をとった。

窓の外には黒い雨が降っており、半分に折れた東京タワーの輪郭がわずかに霞んで見えるくらいだった。それでも燐光《りんこう》の縁取《ふちど》りをした中国政府の巨大なガス入り滑翔浮筒《ぬめりづつ》が、中国女の絶叫調のカン高声で今月の政府スローガンを叫びながらゆっくり通過していく。こいつは無人なのでエネルギー切れになるまで三百時間ぐらいは勝手にトーキョーの空中を飛び回っている。しかも月はじめは二十飛行体ぐらいは飛翔しているはずで、他国籍の民間宣伝用飛翔体が運わるくこいつの前を横切ったりすると問答無用でビーム式の震天雷《しんてんらい》に狙い撃ちされる。黒い雨のときに飛翔している民間宣伝用飛翔体もたいてい無人だから残酷なことにはならないが、それによって墜落する機材の経済損失はバカにならない。

雨の朝は脂海《しかい》全体が薄黒く煙っているから風景もうろんにけぶり、そういう窓の外を眺めていても面白いことは何もなかった。

朝食をすませた北山は食べ残しと冷蔵庫の中の不用品を自在巾着《じざいきんちゃく》にいれ、黒い雨対応の防脂《ぼうし》ガッパをつけ、念のために偏光レンズの入った筒型ゴーグルを装着した。それから蓋《ふた》のついた塑包網袋《そほうあみぶくろ》を持って、非常階段に出ていった。外はこの季節にしては生暖かく、ドアからすぐ出たところに数匹のウージーたちのかたまりがあった。ウージーは黒い雨にはまるっきり影響されないので、庇《ひさし》のない踊り場で通常の彼ら同士の言葉である「きゅうきゅう」もしくは「きりきり」いう声でなにかしきりに言いあっていた。

「いい日ですね。ごきげん忙しですか」

そのうちの一匹が北山の顔を見て愛想よくわけのわからないことを言った。黒い雨がざんざか降っているんだから「いい日」であるわけはないのだが、彼らなりの折角の朝の挨拶だから北山も「みんなおはよう。今日もみんな元気でいいね」とまともに答える。

「それはもう、おしえてくれて、みんなうれしです」

互いにわけのわからない、でも気持ちのいい朝の挨拶をして北山は螺旋《らせん》状の非常階段をさらに降りていった。階段の踊り場からはみだしてかたまりあっているウージーたちのグループもあったが、人間が通るのがわかると驚くほど敏捷《びんしょう》に全体がくねり動いて踊り場の端に固まり、歩いていくスペースをあけてくれる。

めざすボス・ウージーは五階の踊り場にいた。めざとく北山の姿をみつけたボス・ウージーはひときわ大きいハーレムのかたまりから全身をあらわにした。黒い濃密な短毛で覆われたウージーは、黒い雨に濡れていると光沢が深くなるようで存在感がひときわ増す。

「悪い雨のなかにおはようございます。おでかけですか。お早いですね」

ボス・ウージーは如才なく挨拶した。

「用があって早くきたんだよ。元気かい」

「元気です。みんな元気です。元気があればなんでもできます」

ボス・ウージーをとりまいている雌のウージーたちがざわざわと全体で動いた。ボス・ウージーは朝から七、八匹とセックスに勤《いそ》しんでいたようだ。

「このあいだちょっと借りてったチビ・ウージーを捜しにきた」

北山はそう言いながら部屋からもってきた自在巾着の中身をボス・ウージーの前にそっくりあけた。今朝の朝食の残りと常人には賞味期限切れの雑肉ハムのイトくくりの大きいのが入っているから雌のウージーが大騒ぎになっている。ボス・ウージーは騒ぎはじめた雌のウージーの一匹にキイキイとなにか言い、言われた雌のウージーは螺旋階段を素早く降りていった。

「すぐここにきます。用役にたっていますか？」

「ああ。助かっているよ。あの子の頭にくっつけた生き物は元気でいるかな？」

どこまで通じるかわからなかったが、成り行き上聞いてみた。

「ああ。壁蛸《かべだこ》を頭に乗せたクロコですね。乗せたのはみんな元気でしたよ」

ボス・ウージーはミドリヘビを見たことがないのだろう。このビルの壁面にいる巨大化したクガビルを頭に乗せたのだと思っているようだった。クガビルはヘビのような足がいくつもあるからそう思うのも無理はない。

まもなくさっき降りていった雌のウージーがチビ・ウージーを連れて戻ってきた。

頭の上に緑のヘビがのたくってまるで踊っているようなのがよくわかる。雨に濡れているのでそれらがどのくらいうまく頭への植え付けに成功しているのかわからなかったが、とりあえず頭の上で踊れるくらいなのだから生体融合の過程はなんとかうまくいっているようだった。

チビ・ウージーは北山の顔を覚えているようだった。

「おう。元気そうでよかったな」

北山は近寄ってきたそいつの頭をおもわず撫でてやりたくなったが、ミドリヘビは頭をさわると嚙みつくことを思いだして手をひっこめた。それから部屋から持ってきた塑包網袋にそのチビ・ウージーをいれて、また螺旋形の非常階段を登っていった。

「また、どうぞきてもらってください。おいしい肉もらうの、とても、たのしです」

ボス・ウージーが精一杯の人間語の語彙を使って北山を見送ってくれた。

気の毒だったが、チビ・ウージーは部屋にいれるとすぐに手術台の小さなほうに拘束した。そうでないと、頭の上で沢山のミドリヘビが勝手に動きまわっていて、うっかりそいつらの頭をさわるとたちまち嚙みつかれそうだったからだ。ミドリヘビは黒い雨の中から乾燥した部屋に入ってきて異様に興奮しているようだった。

北山は肘《ひじ》まである防護用の手袋をつけて、頭の中に尾を植えつけたミドリヘビの全体をくわしく観察した。二十四植えたなかで四匹ほどがうまく生体融合できなかったか、あるいは神経組織のジョイントが外れて脱落したか、チビ・ウージーの頭から消

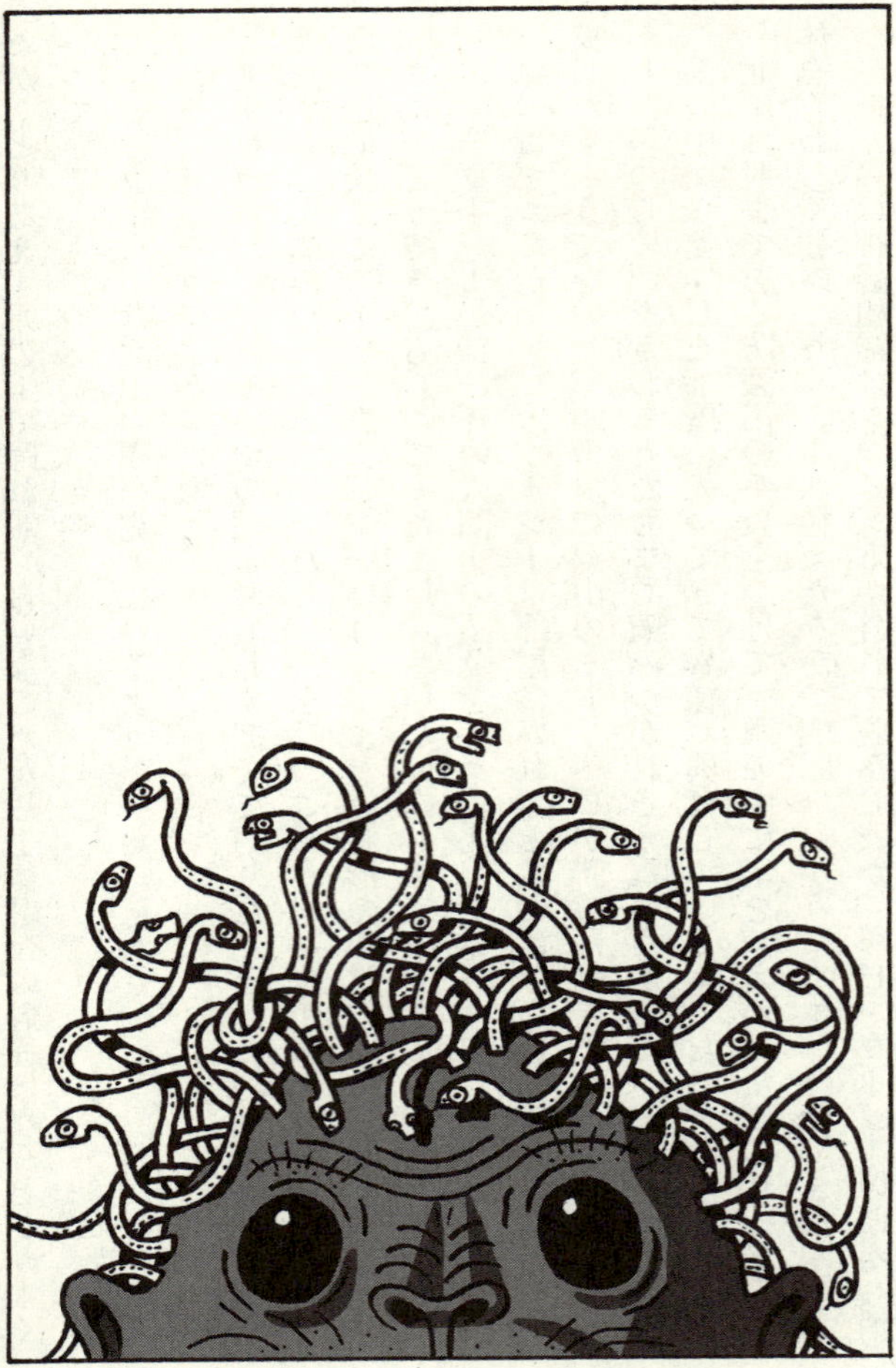

失していた。それ以外はみんないくらか成長しているらしく、それぞれ活発に動き回っている。

これならば植蛇の成功率は十分満足できるものだった。問題はこのミドリヘビがこれからどのくらいの長さに成長するか、ということと、そのための栄養はウージーが食べるものから吸収するだけですむのか、ということだった。チビ・ウージーは少しは喋るが、これまでのあいだ自分の頭の上で動き回っている別の生き物たちが何か食っていたのか聞いて確かめられるほどの語彙はない。実験室でしばらく観察するしかないようだった。

古島刑事はパトカーの警察無線を切ると、いまのコントンの話をほとんどまともに聞いていなかったことに気がついた。それはそうだった。いま古島はやっかいなアナコンダ男と犬男を抱え込み、どこかに行ってしまったヨシオカを再び見つけ、同時にガラ空きになってしまったパトカーをまたネンテンどもにどうにかされないよう防護する必要に迫られている。この雑踏のなかでそれらをいっぺんにどうやればいいのだ。

古島は数秒後に方針を決めた。

アナコンダ男と犬男を再びパトカーに押し込み、自分が運転して、闇市の真ん中に進入していくことにしたのだ。闇市の通路はなんとかぎりぎりの範囲でパトカーが入っていけるスペースがあった。

けれどいずれもいいかげんな造作《ぞうさく》になっているバラック店を壊してしまうと騒ぎはまた別の方向に発展してしまうからサイレンを鳴らし回転灯をつけた。それでごったがえしている雑踏の中に強引に入っていくことにした。こうすればあまり路地にでっぱりすぎた屋台の足などは店の者が一時的にひっこめてくれるだろう。

けたたましいサイレンと回転灯に驚いてしぶとい闇市の店や客もパトカーが進入していく先だけなんとかあけてくれた。ただし通りすぎるとまたもとの雑踏になり、その中にはこのパトカーがいったいどんな事件で現場に行くのか面白がってついてくる面倒な野次馬も結構いるようだった。

古島はそうやってなんとかヨシオカの牙屋の前にパトカーをつけた。素早くヨシオカの姿を捜したが見当たらない。あのまま奴に逃げられてしまうと、少し前に苦し紛《まぎ》れに考えた計画は元も子もなくなる。野次馬どもは停止したパトカーのガラスに顔をすりつけて中を覗いている。それを見て興奮した犬男が吠える。こうなると進むことも戻ることもできなくなる。にっちもさっちもいかない、というやつだ。

えっさか　ほいさ
ねこに　バイオリン
めうしがつきを　とびこえた
こいぬはそれみて　おおわらい
そこでおさらはスプーンといっしょに　おさらばさ

講談社文庫「マザー・グース 1」より

「おいやめろ。お前が吠えたって今はどうすることもできないんだ」

古島はやかましい犬男に言った。

「じゃあこれから何をどうするつもりなんだ、この間抜けデカがよ」

犬男もひきさがりはしない。パトカーのまわりの群衆がうるさいから、さっきまで吠えていた犬が急に人間の言葉を喋っている、ということはかれらにはわからない筈だった。まあわかったとしてもそれらの群衆によって何がどうなる、というわけではない。古島はとにかくヨシオカが戻ってくることに賭けた。

しばらく気絶したようにシートに横たわっていたアナコンダ男がもぞもぞするのがわかった。異様な周囲の騒ぎに目がさめたらしい。ふりかえると両足をいくらか開き、虚《うつ》ろな目をしてしばらくじっとしていた。なにかよくないことがおきている静止状態だ。そのうちに小便の臭いがしてきた。狭いクルマの中だから濃厚な臭いだ。

「畜生、最悪」

古島はうめいた。

人間の最大一億倍の臭気感度のある犬男が絞め殺されそうなキイキイ声をあげた。

仕方なく古島はオートパワーで四つのドアガラスの上一センチほどをあけた。ガラス一枚だけでもけっこう音の遮断《しゃだん》効果があったらしく、とたんにバクハツするような人間どもの罵声が直接クルマの中に飛び込んできた。パトカーが入ってきて商売を邪魔された近くの店のいろんな国の人々が手にした棒や箒《ほうき》などでめったやたらにパトカーを叩いている。しかしそれよりもなによりも一番うるさいのは古島のパトカーの意味のないサイレンの音だった。

しかし、それをとめることはできなかった。この音を聞いて、なにかおきてるのが自分の店あたり――と気がついたヨシオカがここにやってくるための唯一の誘導音だったからだ。

それはまもなく功を奏した。

片方だけの目を吊りあげた半分青仮面のヨシオカの顔がふいにフロントガラスの前に現れた。

ドアの内側ロックをはずす前に用心のために古島は脇の下のホルダーから古い型のリボルバー式拳銃をだして、パトカーのまわりをとりかこんでいる野次馬どもにそれとわかるようにして頭の上あたりでぐるぐる回してみせた。それから助手席だけのドアのロックを解き、ヨシオカに「入れ」と合図した。パトカーのまわりの群衆の騒ぎ声がいっそう大きくなった。彼らにはヨシオカが逮捕された、というふうに見えたのだろう。

パトカーの中に入ったヨシオカは、とたんに半分だけの顔を歪めた。

「誰が小便をしたんだ？」

「後ろの席のゾンビだよ」

古島は、やっといくらか余裕の戻った声で言った。

「それで連絡はとれたのか？」

聞きたい一番大事なことだった。

「いろいろ知り合いを騙してなんとか連絡はとれたよ。あの医者はひっきりなしに電話番号を変えるんだ。だから相当の金を使った。それはなんとかしてくれるんでしょうね」

ヨシオカは妙に気色ばんでそう言った。

古島は軽く頷いたが、いま奴の言ったことはまるで信用していなかった。それを証明するなんの確証もないからだ。この手の小悪党は、人に頼まれた仕事にはどんな話でも金儲けの口実を仕立てあげる。しかしいまはこの後部座席の厄介ものをなんとかすることだ。それにはもう少しヨシオカの手伝いが必要だった。

「それでその医者とおれが会う約束はとりつけたのか？」

「あなたが刑事ということが問題です。苦しいが元刑事ということにしました。今は単なる小悪党の探偵だ。そのために相手をそのように信用させる必要があります。フロアに入るための新しい解錠チップとIDカードが必要です。それを手に入れるのに時間と金がかかったんです」

「また金か」

「この世界の常識ですよ。マフィアだってちゃんとそれなりの金を払って会いにいくんですよ。おれが仲介したから間違いない」

古島は笑った。

「おいヨシオカ。今の一言で、お前は十年くらうぞ。キムの件をいれたら二十年だ」

「また脅しか。それならこの話はなしにしましょう。それでいいですよ。おれはこれでこのクルマから降りる。そのクソリボルバーでおれをいま撃ってもかまわない。そのかわりあんたらは二度とこの闇市から外には出られない。ここはだいたい警察の力が及ばないところというのは充分知ってるでしょう。だから今このまわりが大変なことになっている。ネンテンに頼んでまたこのパトカーを海に持っていかせてもいいんですよ。ネンテンをただの野生動物と思ったら大間違いです。やつらはちゃんと知恵があってやつらの経済がある。この闇市と運命共同体なんだ。やつらはなんでも屋の始末係。見返りに闇市はやつらに食い物をやっている。両方で会議だってしてるんですからね」

何時になくヨシオカが強気なのは、いまこのパトカーを取り囲んでいるのがみんなヨシオカの仲間だからだろう。

「ヨシオカ。わかったよ。お前の話を信じよう。まずキムの話はさっき約束したとおりだ。それからこれからかかる金については後の相談だ。成功報酬だ。そのくらいは当然の取引条件だろう」

古島とヨシオカはしばらく黙りあった。

それから、ほぼ同時に小さく頷いた。

「医師はいま別の手術をしていて、二時間はかかるそうです。それまで待てますか？」

ヨシオカは言った。

古島は別のことを考えていた。北山医師にこのアナコンダ男と犬男の〝入れ替え〟をやってもらったら相当な金が必要になるだろう。それを帳消しにするためには、再び自分が刑事であることを証明し、北山への態度を豹変《ひょうへん》させて、不法医療行為でしょっぴく、という脅しをかけることだ。相手は海千山千だろうからそんな安易な手が通じるかどうか見当がつかないが、要は金の力だろう。とにかく医師のところにさえ行ければあとはヨシオカのことも含めて成り行き勝負だった。

西部警察のビランジャーの第七バイク隊は五台が直線状に並んで、トーキョーの西を目指していた。道のところどころに見物人がいて手など振ってくれる。街道沿いにある小学校の子供たちなどはみんな窓に集まって歓声をあげている。

「よそ見するな。まっすぐ走るんだ。我々は事件の任務にむかっているんだ」

第七隊、翼健児《つばさけんじ》隊長がインカムで全員に伝える。「はい」とか「了解」というキビキビした返事がかえってくる。

先頭のバイクが常にレオンボイスといわれるライオンの吠え声を警笛《けいてき》まじりに高音放射しているから、パトカーと同じように信号に関係なく突っ走っていける。本当はただの墓荒らしの現場検証にいくだけだからそんなに急ぐことはないのだが、特権は最大限に使おう、という暗黙の了承が西部警察内にはある。だから目的地に着いてバイクから降りるときも、周囲に見物人がいるときは先頭のバイクから後方の隊長バイクまで、降りたときのパフォーマンスでキビキビした敬礼ダンスをすることが多かった。

三鷹の豊年寺《ほうねんじ》は、そのあたりでは中堅どころの寺だった。すでに門前に久々恰好の暇つぶしを得て胸を躍らせているだろうの住職が待っていて、バイクを降りたビランジャー五人を墓地に案内してくれた。そこも、これまであちこちで見たのと同じように墓石が倒され、その下のカロウト式の遺骨入れから骨壺がことごとくひっぱりだされ、遺骨はなにか大きな容器に集められたようで、空になった骨壺があちこちに転がっていた。

「これまでの墓荒らしと同じ手口です。なにかの重機を使ってそこそこの人数でやっている、という点で一致しています」

隊長の翼健児が言った。

「夜中に不審な音がしたのに気がつきませんでしたか？」

紅《くれない》まどかもキビキビした声で聞く。

「生憎《あいにく》わたしたちの住まいは、寺から五百メートルほど離れたマンションなものですから、さっぱり気がつきませんでした」

五十代半ばぐらいの住職が申し訳なさそうに言う。

「いえ、ご住職さんが恐縮することはありません。この墓荒らしはいま東京の西で頻《ひん》発《ぱつ》しています。だから同一犯人によるものと思われますが、その目的がわからないので苦慮しているわけであります」

翼隊長が言った。

隊員らはいつものように現場の写真を詳細に撮り、何人かは倒壊した墓石からの指紋採取をした。それからいつもやっているように三台のバイクがその寺を中心とした半径五百メートルの聞き込み捜査をやる。バイクで一軒ずつ訪ねるので老人などからはずいぶん派手な恰好をした郵便配達か宅配便業者に間違えられる場合もあった。二台は半径二から三キロ圏のパトロールにまわる。怪しい物はないか、怪しい人物はいないか。そういう狙いだが、バイクで回ってみたところでそんなに簡単に見つかるものではない、というのは隊員たちもわかっていた。

しかし、その日は寺から二キロほど西北にむかったあたりで、いままで見たことのない巨大な建物を見た。ビルにすると地上二十階建て以上はある。しかし工事中らしくその建物は全面的に白い防護布のようなもので覆われていた。しかもその周囲には建物から五十メートルほども離れたところを四角に囲んだ硬質プラウォールがめぐらせてあって、その日は休業なのか工事用の車が出入りするらしい大きな門は厳重に施《せ》錠《じょう》されていた。その建築物の詳細を示す表示板はどこにも見当たらず、どんな目的のどんな建物が作られているのかもまるでわからない。

捜査令状もないから強引に侵入して中の様子を確かめるわけにもいかず、施工主や工事会社の連絡場所も明記されていないから、問い合わせることもできない。

署に帰って登記関係からあらためて調べることにして、その日は全員帰還した。


古島たちは小便臭いパトカーの中で結局二時間きっかり待たされた。パトカーをかこむ群衆の解散をヨシオカに頼んだのと、二時間も閉じこもったままの古島たちに飽きたのとで、あたりは漸《ようや》く落ちついてきていた。群衆の整理には顎屋《あごや》が手伝ってくれた。顎屋はどうやらヨシオカの子分格らしく、こういうときには大変有り難かった。

黒い雨はまだ降っているようだった。密集した闇市商店の道の真ん中にパトカーが止まっているので通行人はみんな古島たちを睨《にら》み付けながらパトカーの左右の隙間を行き来している。そういうストレスにもういいかげん嫌気がさした頃に、漸くヨシオカの側頭耳管埋め込み式の電話があり、ヨシオカの上耳介筋《じょうじかいきん》がブルブル震えるのが見えた。

相手の言葉はじかにヨシオカの鼓膜を震わせて侵入してくるので、知らずに聞いているとヨシオカの頭がおかしくなって大きな声で独り言を言っているように見えるし聞こえる。

ヨシオカの返答している内容で、今日のフロア通過の暗証番号が伝えられているらしいとわかった。ヨシオカが無防備に復唱した番号を刑事は本能的に記憶した。

「やれやれ、やっと許可がでたよ。でも医師のフロアに行くまでの階段通路はホームレスや廃人や売人どもでごった返しているぞ。こいつらをどうやって連れていく？」

ヨシオカが後部座席のアナコンダ男と犬男を見ながら聞いた。

いつのまにか古島とヨシオカの会話は対等の口調になっている。両方の利害がほぼ一致してきているからだろう。

「このくたばりぞこないの男はおれが担いでいく。犬は勝手についてくる。だからお前は先頭を歩いておれたちが歩いていく足場を作ってくれ」

「わかった。しかしひとつだけ条件がある。お前が警官だということを証明するものを全部このクルマの中に置いていってくれ。とくにそのクソリボルバーを持っていると、階段の途中でリンチみたいにして奪われる可能性がある。奴らのリンチということは殺されてミンチにされて海のネンテンどもの餌になる、ということだ」

ヨシオカのリンチとミンチをくっつけたつまらない脅しの冗談は別にして、こういうところでは武装はかえって危ない、ということは古島にもよくわかっている。

ヨシオカはまだ知らない左脛《すね》の改造された筋肉ポケットのなかに埋め込んである警察証であるＰＸ棒はそのままにして拳銃だけ二重鍵付きのダッシュボードの中にいれ

た。あまり利用価値はないがそのあとに手錠を入れる。

用意ができて、三人と一匹はパトカーからやっと外に出た。何かの起動エネルギーが切れてしまったらしくアナコンダ男は相変わらず寝ているか気を失っているかのどちらかだ。仕方がないので古島が小便まみれの重いそいつを担ぎ、ヨシオカを先頭に医師のいる傾斜ビルの中央階段にむかった。

入り口のところからすでにどう形容していいかわからない「ごった返しの人間ども」が密集していて、そいつらはざっと三百人ぐらいはいた。みんな大声で何かをまくしたてていて、それはつまり全員不法に物を売っているか買いにきた連中ということだった。首都警察がもう完全に諦めている無法地帯のありふれた風景だ。ヨシオカはそこそこ顔がきくらしく、古島たち奇妙な闖入者《ちんにゅうしゃ》が進んでいくのをわざと妨害する者はいなかった。

しかし、そうではあってても、重いアナコンダ男を担いで階段を登っていくのは大変な労力を必要とした。勿論《もちろん》この奇妙な三人と一匹は全面的に目立っていたが、階段途中で行き倒れ寸前になっている年寄りや軽いヤク中たちには犬男は珍しい来訪者として歓迎の気配があった。

古島は目的のフロアに到着するまで三回ほどアナコンダ男をおろして息をついた。

そのたびにいろんな売人がいろんなものを売りつけにきた。全部違法物質で、もし首都警察にそれだけの力と意欲があったら全員逮捕できる。

　薬の売人が一番多く扱っているのは価格の安いアルカロイド系の脳代謝賦活《たいしゃふかつ》剤で、飲んだら三十三時間は極楽体験に浸《ひた》れるが、それからあとは一生飲み続けないと脳内意識が虫頭同様になる悪質な奴だった。虫頭になるとそこらの訳のわからない（しかし虫の好きな）腐れ残飯や壁の隙間にいる脂甲虫や赤舌などのぬらぬら虫を喜んで食うようになるから、ここにいれば栄養失調スレスレながら死ぬことはない。しかし中毒になったら薬を買うための金はいるから、そういう連中を集めて、とても普通の人間の神経では耐えられない、埠頭下の下水パイプの中の付着生物の採集や廃物からの再生素材集めなどの仕事をさせる悪辣《あくらつ》な差配が活躍することになる。これらの金属寄生生物はまたアルカロイド系とは別の効能の各種違法狂乱薬品の原料になるのだ。要するにここにはまともな人間はただの一人もいない、といっていいのだった。

　予定よりもだいぶ遅れたが、傾いた廊下を進み、なにひとつ案内表示のない部屋の前でヨシオカはこちらを向いて足をとめた。

　それからあらためて正面を向き、何度も来ているらしく、合金ドアの二ヵ所ほどを古島にはよくわからない速さでタッチした。ノックではなくそれが接触電波信号で内側にしらされ、約束された来訪者の到着の合図になっているようであった。

よく見ると合金ドアの上のほうに来訪者の背後まで確認できる反転プリズム型魚眼レンズがつけられているのが刑事の古島にはすぐにわかった。よほど用心深い、同時にあくどいことをしている部屋がそのむこうにある、ということだった。

じきにドアがあいた。ヨシオカが素早い動作で部屋の中に入り、アナコンダ男を担いだ古島がそのあとに続いた。すばしこいやつでどの段階で入ったのか犬男がもう部屋の中にいた。ドアは自動的に閉まり、犬男が興奮したしぐさでせわしなく部屋のあちこちの匂いをかいで回った。

北山医師はこれまでの印象とちがって穏やかな紳士の容貌をしていた。しかしうっすら不精髭が伸び、いかにも度の強そうな眼鏡の奥の目はかなり疲労しているように見えた。ヨシオカとは知り合いだからたいした挨拶はしなかったが、古島の登場には驚きながらも軽く会釈した。それからすぐに足元をせわしなく走り回る犬男に目をやり「おお！　もしかするとおまえはあのときの……」と感嘆のまじった声で言った。

「そうだよ。こんちくしょう。あのときの野良犬だよてめえ。まったく腹のたつ場所だ。あのときと同じろくでもない匂いがする。またてめえは何人かあるいは何匹か不法に殺したり消滅させたりしているんだろう、今ジージーいって動いている隣の部屋の分解釜ではいったい何を慌てて分解しているんだてめえ」

犬男はまさしく吠えるようにして言った。

それまではヒトコトも人語を喋っていなかった貧相な犬がいきなりめちゃくちゃ威勢のいいコトバを喋りだしたのでさすがのヨシオカも目を見張っている。

北山医師はそれなりに肝《きも》の据《す》わった男らしく吠える貧相な犬の乱暴な言葉を半ば笑顔で聞いていた。

古島の担いできたアナコンダ男は、入ってきたドアのすぐ内側に転がしてある。

「えらく緊急と言っていたが用件を聞かせてくれないか」

北山はヨシオカにむかって聞いた。

「そいつはこのおっさんからじかに聞いてもらったほうがいい」

ヨシオカは窓の外の煙った脂海のあたりを見ながら言った。広い東京だが、黒い雨はこのかつて東京湾と呼ばれた脂海の上に降ることが多い。海面を覆った脂《あぶら》ポリマーがそういう作用をしているのだ、と聞いたが理屈はいまだに判らなかった。

風船クラゲの群れが、この高いビルの窓の近くまで飛んできている。ちょっと見たかんじ白い鳥の群れのようで美しいような錯覚をもつが、よく見ると原始的な生物だ。黒い雨が降るとこいつが出てくることが多いが、その理由もいまのところ誰も解明しておらず、人間には何の役にもたっていない。

「今日は仕方なしにおめえに頼みにきた。〝入れ替え〟をやってもらいたいんだ」

「どれとどれの入れ替えですか？」

北山は聞いた。

「このドアの前に倒れている男と、さっき悪態をついていた犬だ」

「ご存じかどうか。あの犬は以前ここで人間から入れ替えたばかりの一度施術したことのある犬です。さっきの悪態でわかるように人間に戻すとあれはかなり凶悪なヤクザになりますよ」

北山の心配そうな言葉に古島は頷いた。

「そこに倒れている男はどんな素性なんですか。それからなんで倒れているんですか？」

北山の質問は当然問われるべきことばかりだった。

「名前も知らない男だよ。しかし本人はアナコンダのつもりになっている。あの巨大な蛇のアナコンダだ。でもここにくる途中からだんだん意識がなくなって、いまは睡っているんだか意識を失っているんだかわからない状態だがな」

「人獣合魂《じんじゅうごうこん》エンジン」でアナコンダになったのではなくて、どこかのバーチャルランドで一時的にゲーム変身しているだけかもしれなかったが、それは北山医師には言わないでおくことにした。

そのうち気がついてまともなことを喋りだしたら、当初の予定が狂ってしまう。今は一刻も早く、この面倒な蛇男と犬男を入れ替えてほしかった。

「この入れ替えは双方合意の上なんですね」

「確認書があるよ。うっかり外のクルマに置いてきちまったけどな……」

古島は苦しい出まかせを言い、それが嘘だということを北山はたちまち見抜いているのもよくわかった。

「費用がそれなりにかかるけれど……」

「心配するな。リアルでもドルでも」

警察から支給された特別刑事服の肩当ての内側から古島は透明なナノポーラス紙で耐水梱包《こんぽう》された札束をだしてみせた。ヨシオカも知らないものだったから、北山医師の後ろでそれを見て目を剝《む》いているのが見える。この高額リアルもドルも見せ金で、マフィアなどに追い詰められたときに使うようにどの刑事のスーツにも仕込まれていた。勿論何かの交渉をすすめるときにその表面を見せるだけで、捕縛《ほばく》されて中をきっちり確かめられてしまったらその結末はコンクリートに足を固められて脂海のなかだ。

ここでは成功報酬としての金だから、アナコンダ男と犬男の入れ替えがうまくいったと確認できたときにはじめて支払う、ということでいい筈だった。

そうなったら古島は、改めて北山医師と交渉することになる。

これもヨシオカには内緒にしていたが、古島にも耳管軟骨のあたりに警察緊急連絡専用の「歯がみ式」連絡装置が内蔵されている。歯のかみ合わせを少しズラせば、二十四時間態勢の緊急連絡が双方向でできるようになっている。

三角交換

闖入《ちんにゅう》してきた古島らは、単純に「三人と一匹」というべきか、あるいは、
①人間が二人に、
②非人間的意識（アナコンダ）を持った人間一人と、
③動物的形態（犬）をしているが人間的意識を持った一人、
というふうにとらえるべきか、判断に迷うところだ。

闇診療とはいえ、一応この時代ではかなりの先端医術の知識と技術がなければ成立しない超高度手術であるのは間違いないから、北山医師はさっきから「早くやれ、早く手術の支度をしろ」とうるさく吠えまくる犬男を無視して、形だけではあったが、同時に施術する二生命体の氏名年齢などの基礎データをコンピューターに入力してお

く仕事に入った。

しかしよく聞いてみると唯一事情を知っている筈の古島は、実は北山医師よりも「何もわかっていない」のだった。

北山医師は少なくともこの部屋のあっちこっち走り回り、しきりに吠えている犬男の〝思念〟とでもいうべきものがかつて「入っていたボディ」であるチンピラ風の男の風体《ふうてい》やそいつの所属していた闇社会の片鱗は知っていた。だからそのあたりのことは古島に聞くまでもない。

問題はアナコンダのつもりになっている男がいったい何者か、ということだった。今のままでいくとこのぐったりしているアナコンダ男に犬男の内側にある人間的思念や能力が移送されると、頭の程度は低いくせに図体だけ大きいチンピラが一人蘇《よみがえ》ることになる。同時にアナコンダのつもりの男は貧相な犬になっていくのだが……。

アナコンダ犬――というのがどんなものなのか、古島はあまり想像したくなかった。それは北山医師もどうやら同じようで（おそらく）何の罪もない普通の男が、アナコンダのつもりで安心しているのに、気がついたら犬になってしまった、というのではなんだか気の毒だ。

「何やってんだ。このやろう。あんな手術簡単だったじゃねえか。早く支度をしろ。

このウスノロインチキ医師がよ。早くおれを人間にもどすんだよこのやろう。まえやったのと逆のことをすればいいだけじゃねえか。こらあ。そっちの能無しデカもなにか働け。ウスノロ医師の手伝いぐらいしろってんだこのやろう。ぐずぐずすんなデレスケやろう。キャインキャインキャイン」

犬男はよくそこまで元気があるものだ、と感心するくらいさっきから続けざまに騒ぎ続けている。

「うるさいからあいつのほうをとにかく先に麻酔を打つなりしておとなしくできないか?」

古島は低い声で北山医師に言った。北山医師が気がついたかどうかわからなかったが、さっきこの犬男は「能無しデカ」などと口走った。このままでいると古島が今も刑事だと感づかれてしまう危険があった。

北山もうんざりしていたようで、小さく頷いた。このままでいると犬男は北山医師か古島に飛びかかりどんどん上に伝いのぼってきて首だの顔だのに噛みつきはじめるかもしれない。まだ小さく貧相な犬だからそうなる前に蹴飛ばしてしまえばすむだろうが、これが「人獣合魂エンジン」によってアナコンダ男のほうに移行していったとしたら、そいつの体が大きいだけにどうなることか。

今はアナコンダ男は「おもらし」したままぐったりしているからそのイメージはないが、これで犬男の乱暴な脳とその思考が入り込むと、ちょっと手がつけられない凶暴男になってたちまち古島や北山に襲いかかってくるかもしれない。

北山医師は、あくまでも落ちついて「合魂エンジン」に繋属《けいぞく》する電極やら、多角形をしたコネクターの複雑なユニオン継ぎ手などを接続し、何種類かの補助装置の点検やモニターチェックなどの準備にとりかかっている。

古島はちらちらと噂に聞いていた「入れ替え」をじかに見られるのだからいささか恐怖まじりではあったが、その装置や仕組みを少しでも理解しようと真剣になっていた。そのあいだにも犬男の騒がしい吠え声はずっと続いていたが、装置の準備のために北山医師は犬男の吠え声もあまり気になっていないようであった。

むきだしになったそれらの装置の隣に手術室があるようで、北山は手術台まで大柄なアナコンダ男を運ぶのを手伝ってくれないか、と古島に言った。いよいよ手術がはじまる、ということを知って犬男はさらに興奮し、アナコンダ男を移動させる北山と古島の足元をはしりまわり煩《うるさ》くてしかたがない。

アナコンダ男を手術台に横たわらせるのに二人して運んでいるのだが、犬男に足を取られて倒れないように注意する必要がある。なんとか長身の重いからだを手術台にあおむけに寝かせ、その四肢を太い革ベルトで固定する。

それからやっと犬男の番だった。

「くそ。この薄汚い手術台の上におれは二回も乗せられるんだぜ。コラッそんなに力をいれておれの股を広げるな。このやろう。おれのマラが丸見えじゃねえか」

血走った目でなおも騒ぎまくる。その貧相な四肢を補助の革ベルトで堅く固定する。

「早くやれよ。このチンケ医者。おれをまともにまっすぐ歩けるように早く戻すんだ。こらっ能無しデカ。お前も手伝うんだよ。さっさとやるんだキャインキャイン」

「早いところ鎮静剤注射を」

犬男がまたデカと口走ったので古島はやや焦って言った。北山にその用意はできているようだった。


「クスリはどのくらいで効いてくる?」

古島は聞いた。

「あと二分というところかな。こいつはチビのくせにやたら強情だから三分と考えておきたいですな」

「どう思う。このまま両者を入れ替えると、あのあくどいのが今度はこっちのでかい体に移行してしまう。この体で暴れられるとえらいことになりそうだが……」

「まあゴリラのようなものになるでしょうな」

ヨシオカがいきなり言った。

「そこで相談なんだ。あのやかましい犬のタマシイというのかね。生命の核のようなものになっている、思念というようなものかね。そいつをなにかほかの、もうすこし扱いやすい小さな生き物に移し替えることはできないだろうか」

「それをして問題ないんですか。それにそれだとこっちの大きな男はどうするんですか？　ことわりなしにチビ犬に入れてしまうと、今度はそいつが……」

北山医師は聞いた。

「このアナコンダ男はどっちみちどこの誰ともわからないはぐれ者なんだ。この男の思念を犬に移すとアナコンダ犬というものになるのかもしれないが、性格からしてこいつほど煩く騒ぎまくるようなことにはならないと思う。けれどチビの犬男をアナコンダ男に入れ替えるとあいつは今度こそ怒りに燃えてたちまち大暴れするかもしれない」

「そのとばっちりは面倒ですな」

北山医師も頷いた。

「だから、あんたに聞いたんだ。もっと無難な、小さな生き物がおたくにはいないかな、実験用に使っているモルモットとかね。医師はよく使うでしょう。そういう生き物にこの犬男の思念を移魂したら我々が扱うのも楽になるでしょう」

「ふふーん」

北山医師の目がキラリと光ったような気がした。

「ひとつだけ思いあたるのがいます。しかし言っておきますがだいぶヘンな生き物ですよ」

「こうなったらヘンでも気持ち悪いのでもなんでもいいよ。人間の言葉は言えるのかい」

「せいぜい赤ちゃんぐらいですかね」

「ますますいい」

手術室の横にもうひとつ部屋があって北山医師はそこに消えた。まもなく大きめの鳥籠《とりかご》のようなものに入った生き物をぶらさげて出てきたのを見て古島はさすがにのけぞる思いだった。全体は頭の禿《は》げた猿に似ていたが、その頭の上にうごめくものが沢山いる。よく見るとそれらはみんな緑色の細長いヘビのような生き物に見えた。それが猿の頭の上で嬉しそうにみんなで踊っているように見える。

「なんだ……これは？」

「だからそうとうヘンなもの、と言ったでしょう」

「頭にヘビを乗せて飼っている動物ということかね。共生、寄生？　それともヘビが頭から生えている……」

「後者のほうです」

北山医師はキッパリそう言い、大きな鳥籠に入ったそれを窓の近くによせてもっとよく見えるようにした。及び腰ながらヨシオカも首をのばしてしっかり見ようとしている。

「本当だ。ヘビの尻尾がみんなこの動物の頭から生えている。いったいなんなんだね、こいつは？」

「もともとはウアカリというアマゾン地帯の猿と、カワウソの遺伝子が融合したものと考えられています。これはまだ子供のウージーですがね」

「ウージー？　あのウージーかね。それならよく知っている。埠頭のあたりに沢山棲息しているという赤い禿頭《とくとう》のけったいな奴、というじゃないか。おれはまだしっかりそいつを見たことはないけれどな」

「そう。ここらの海にざらに棲んでいるあいつらです。このビルの外づけ階段なんかにもいっぱいたむろしています」

ヨシオカがすっかり感心した口調で解説する。

「なんでこいつだけがメドゥーサみたいに頭からヘビを生やしているのかい？」

「いや、これは私が実験用に生体融合させたもので、普通のウージーはみんな赤い禿頭です。どうだい気分は？」

北山医師は途中からチビのウージーに話しかけた。

「こちら今日も元気でごきげんよろしほでけっこです」

ウージーが言った。

「あっ、ほんとに喋るんだ、こいつら。しかもある程度通じる」

「知っている人間に対して反復反応して喋っているだけで、本当の思考から出ているわけではないのです。もっともなかには頭のいいのがいて、自分の意志で喋るのもいますが。こいつなんかはまだチビですがなかなか頭のいいやつです」

古島の驚愕《きょうがく》はまだ続いているようだった。

「このヘビには毒は？」

「ザンロといって季節によって毒の強さが少しずつ変わっていくタイプですが、実験の結果、赤芽球包核剤で体内から解毒中和させましたから、今は毒はありません。ただし寄生体の延髄根からの神経枝網と繋がっていますから、寄生宿主《しゅくしゅ》が怒ったりすると彼らも怒って噛みついたりする可能性はあります」

北山医師の説明は淡々として揺るぎなかった。

「しかしなんちゅうありさまなんだ。この生き物はまったく」

古島は呆れたようにして言った。ヨシオカも頷く。

「で？」

それから思い直したように北山医師に聞いた。

「ですから、あのやかましい犬男の思考本体をこのウージーに移魂して、ウージーはおとなしいアナコンダ男に移魂し、アナコンダ男の思念は犬男に移魂するというトリプル合魂という方法が考えられます。三角トレードですな。むかしのスポーツに野球というのがあって、こういう方法で選手のチーム異動がときどきやられたそうです」

「野球？」

「古きよき時代のプロスポーツです」

「ふーん。なんだかまだよく理解できないけれど、あの犬男がこのアナコンダのつもりの大きな男になって復活するよりは、おたくのいう作戦はなかなかいいような気がするな」

古島は同意した。

北山医師は緑色のヘビを頭の上でわらわら踊らせているウージーを、手術室の端にある小さなストレッチャーの上に乗せ、ありあわせの革紐でその体をしばった。そういう作業をしているあいだでも十五、六匹ほどのミドリヘビがなにがおきるのだろう、というような顔をしてあちこちその細長い体を動かし、いっちょまえにいろんなところを眺めている。鎮静剤とリジン管から入っていく神経筋肉弛緩《しかん》剤によって犬男もアナコンダ男も今は完全熟睡状態になっていた。

トリプルの合魂施術といってもいっぺんに三体を入れ替えてしまうわけにはいかず、順番に精神思念交換をしていくようだった。精密な仕事らしく北山医師はたちまちその仕事に精神を集中させていったようなので、古島とヨシオカは邪魔にならないように、手術室からいったん外に出た。

窓のむこうはまだ黒い雨が降っていて、実際の時間よりもだいぶ遅い午後に見える。中国政府広報戦術隊による機械鳥の操る『踊り幕』が「災福茫洋」とか「温厚篤実」とか「粗酒粗食」などといった幾とおりもの色変わり文字を交差させて横走りに飛んでいくのが見える。少し遅れてやはり小さな機械鳥の編隊がダミーの弓子、琴筒、三弦、銅鑼《どら》などの楽器を奏でながら通過していく。黒い雨のときには毎度出てくる政府のプロパガンダ隊だが、毎度のことで古島のようによほど暇な者しか見ていないだろうにご苦労さまなことであった。

それに反応したわけでもないのだろうが、垂直に大小いろいろな円錐《えんすい》形をしたものがいくらか頭を揺らしながら上昇していく。様々な廃液や促成細胞、水中廃棄ガスなどが絡んだ膨張ヘリックスがフクワライイカのスカートの中に入り、強引に空中上昇させているのだ。死んだ海も、黒い雨の刺激によって時にはこんなふうにいろんな変化を見せてくれる。

間もなく、手術室のほうから古島らを呼ぶ声がした。

「まだ不活性段階ですが、最初の合魂処理がすみましたよ」

北山医師がそう言っていた。

手術室に入っていくと犬が目覚めていた。まだ革の拘束ベルトでとめられているが、四肢のあちこちがわずかに動いている。

順番ではアナコンダ男の思念が犬に移行している筈だった。犬男のあのがさつな思念はウージーに移行している筈だが、ウージーの意識はまだないようで、頭の上の小さなヘビたちも全部ぐったりしている。

「今は犬男の思念が少し遅れてウージーのほうに移っているところです。やはり人間の脳が持っている思考容量は大きいですから単純なウージーの脳幹部に収納されるのには時間がかかっているようです。でも移行は全体に順調にいっていますから」

百戦錬磨の古島だったが、息をのむ思いでその説明を聞いていた。それによってこの三つの生命体がどう変化していくのか、興味深いが、予測が明確につかないぶん、恐ろしい気分でもあった。とりわけあの乱暴でがさつな犬男が、ウージーなどというけったいな生命体に移魂してしまった、と気がついたときにどういう反応をしめすのか、もう毒はないというが頭に十五、六匹ものヘビを生やしているぶん、犬よりも武器をいっぱい持っているというわけだ。暴れだしたら犬よりも始末が悪いようで、どうにも落ち着かない。

犬男の両目がゆっくり開いた。よく見るとそこらにありふれている普通の犬のごく自然な目覚めのようで、これまでのいきさつを知らなければ、どうということのない覚醒ぶりだ。果して目算どおり体は犬だが、いままでアナコンダのつもりだった人間の理性や知性が犬のなかにどう蘇ったのか、見ているだけではよくわからない。犬は革ベルトに固定されたまま、全身をこまかくふるわせてみせた。それから少し頭をもたげ、見える範囲のものを眺め、何か考えるようなまなざしになった。

その目は、さいぜんまでのあの凶暴な犬男とはあきらかに違って、今のところ自分の境遇がどんなものなのか、少しずつ必死に理解しようとしているように見えた。

「気分はどうかね」

北山医師が聞いた。

しかし、聞こえていないのか、聞こえてもさいぜんまでの犬男と違って人間の言葉は理解できないのか、さしたる反応はなかった。

「どういう急激な変化をするかわかりません。一応警戒しておいてください」

北山医師はそう言ってあおむけになって股をひらいたままの犬の四肢の革ベルトを順番に解いていった。そのあいだ犬はおとなしくしていた。

拘束を解かれると、犬は北山医師の手によって床に下ろされた。しかしまだそういう力がないのか、床の上に四肢をふんばって立つことはできず、そのままふにゃりとうつぶせになっている。

「まあ、これはこれでかなり当人には負荷のかかる思魂の移動ですから、慣れるまで時間がかかる動物もいるんですよ」

北山医師が説明する。

「なん、なん、なんですか。これはこれは。お早うございます。これはなんですか。

ごきげんよろしほでけっこです。でも、なんですか。この、この、このやろう。いったい何がどうしたですか」

ストレッチャーの上からキイキイした声がする。あの犬男が目覚めたのだ。今度はウージーの中に入っているから語彙が少なく、幼児が覚醒したようにも聞こえる。北山医師と古島は殆ど同時に立ち上がり、ストレッチャーに拘束されながらもぱっちり目をあけているウージーを眺めた。

頭の上のミドリヘビの大半も覚醒しているようで、見たかんじ動きがややおぼつかないものもいたが、寄生宿主と同じレベルで目を覚ましたようでてんでにわらわらゆっくり動いている。

「あれ。いったい、なにがですか。なにかヘンでおかしですね。どうして、なにがヘンですか。はやくこのやろう。おはようございます」

ウージーはしだいに支離滅裂《しりめつれつ》にわめきだした。ウージーの語彙でしか話せないが根性というのは恐ろしいもので、いままでウージーが喋ったことのない「このやろう」などという言葉を使っている。その声に刺激されたのか手術台の上にあおむけに寝そべっていた大きな男が目をあけた。

三角トレードの最後の一体が覚醒したのだ。順調にいっていればこいつにはウージーの思念や意識が移魂されている筈だ。しかもまだ子供のウージーだ。果して、起き上がった元アナコンダ男は、まず最初に目に入ったその部屋の吸水簡易掃除機を見つけて「アフアフ」と笑いだした。手術で流れた血や薬品、種々汚物などを吸い取る特殊掃除機だから遊び道具になるようなものではなかったが、北山は何もいわずに大きな元アナコンダ男の好きにさせていた。

「はやく、立ちたいです。おはようございます。元気ですか。みなさんよろしほですか」その合間にもウージーの姿をした元犬男がわけのわからないウージー語でわめいている。さてこいつをどうするつもりなのか古島は自分では何も手がつけられないいま不安に思っていた。

とりあえず口封じのためにここに持ち込んできた元ヤクザの犬男と、首都警察に処理をおしつけられたアナコンダ男は、北山医師の驚異的な技術によってなんとかなった。つまりは成功である。次にはその報酬を払わなければならなかった。それには耳管軟骨のあたりに仕込まれた『歯がみ式』連絡装置で首都警察に連絡をいれることになる。ここまで疑いもなく古島の頼みどおりにやってくれた北山医師を裏切るのは辛いことだったが、いっときの情け心が危機を招く、ということを古島は嫌というほど体験してきた。

奥歯を嚙みしめ『歯がみ式』連絡装置で通信をはじめようと思った矢先に北山医師がだしぬけに言った。

「診療代、および手術代は無用ですよ」

「ん？」

嚙みしめる寸前に言われたものだから、思わず古島は顎《あご》に両手をあててその動作を緊急ストップさせなければならなかった。まともに見ていれば、若い娘が何かの恐怖に顎を両手で押さえるしぐさのようにとらえられただろう。男のしぐさとしてはやや恥ずかしい。

「む、無料？」

「ええ。いいんです。このトレード移魂はこっちにもそれなりにメリットのあることなんです。だから手術代はいりません。そのかわりこの大きな男とチビ犬を私に預からせてくれませんか」

「こいつらを、か？」

アナコンダ犬とウージーの心を持った大男だ。どっちも古島にとってはすでに無害な生き物になっている。中身は違うけれど連れてきたものを連れて帰る、というだけの話だった。

「ええ、それがこの施術の報酬ということで……」

何にしても意表をつく申し出だった。その条件も願ってもない。こんなにうまくいくなんて古島は何か巨大なものに騙されている危険もチラリと感じた。無料にしてもらう条件を満たすためにはその申し出を聞き入れないわけにはいかなかった。まあいい。どうせこいつらは自分がなんだかわかっていない半端な生き物なのだ。とりあえずこの建物から出して三角埠頭の雑踏のなかにほうりだしてしまえば、あとは誰かがなんとかしてくれるだろうと思っていた。

北山医師には黙っていたが古島にとってはこれで万事うまくいった、ということになる。

「まあそうするのが道理だろうな」

古島は感情をおしころして頷いた。

「ところでひとつだけ聞いていいかな」

古島は改まった顔で北山医師に聞いた。

「そのけったいな実験動物はえらく凶暴な奴の精神で満たされてるんだよ。そんなのをひきとって迷惑じゃないのかね？」

「いや。モノは使いようですよ。使えないものよりは何かのときに使えるものの方が……」

北山医師は不敵に笑った。どうやら最初から手術の前にチラつかせた古島の金はマフィアなどとの取引のときの見せ金ということを知っている顔だった。

その頃、トーキョーの西を勝手にテリトリーとする西部警察第七隊の翼健児隊長は市民からの電話を受けていた。相変わらず署内にはオニビランがところかまわず動き回っていて、デスクに座っているといつ天井から糸をひいて放卵のために何匹ものぶっくり太ったのが下りてくるかわからない。そのためヘルメットのフェイスガードをおろし、電話を受けるのもたいてい歩きまわりながらだった。署内に入った有線の電話も交換からはそれぞれの個人の携帯電話に配信されるからその意味では一ヵ所のデスクにじっとしていなくてもいい。

翼隊長のところに入ったのは、定期的なタレコミだった。西縦貫道路沿いに住んでいる暇なマンションオーナーのボランティア通信員十五号からである。とくにボランティア通信員を組織しているわけではなかったが、この老人は自分から十五号と名乗って頼んではいないが毎日そのあたりの出来事を報告してくる。本人が通信員と思っているだけの話だ。

「それは何時頃から目立ってきているんですか？」

翼隊長は聞いていた。

「三日前ぐらいだと思います。大体四トンから五トンぐらいの白い幌《ほろ》つきトラックで、そういう形のものはボディか幌のどちらかに運送会社とかプラント輸送会社などの社名や製品ロゴが入っているものですが、そういうのが一切ない謎のトラックなのです。まあ一台や二台ぐらいだったらどうということはないんですがここにきて急に目立つようになったんです。どこか正体不明の会社か何かの組織が怪しいものを運んでいるとしか思えません」

マンションオーナーの十五号老人は歳のわりには歯切れよくそのように一気にまくしたてた。

「いや、貴重な情報をありがとうございます」

翼隊長は丁寧《ていねい》に礼を言う。

「それとですね。話はまた別のことなのですが、わたしのところの一番下の息子の嫁がですね。嫁と言ってももう四十二になるんですが、丁度子育てが終わって暇になっているからなんでしょうなあ。この頃亭主が会社にいったあと、昼すぎあたりからだいたい三日に一度ぐらいの頻度で外出するんです。それもまあ毎日恥ずかしいくらいの若づくりでしてな。しかも青いコートの下にチラリと真紅のスカートの裾を見せたりして実にまあなんというか、あれで主婦とはとても思えない姿かたちでしてな。これはどうやらどこかで男と逢い引きしているとしか思えない、とわたしは睨んでいるんですよ。名前は弘子と言いましてな、生まれも育ちも田園調布というのが自慢で、それがなんでこんな田舎のただの『調布』なんてとこに嫁いだのかって、よく亭主に噛みついているんですわ。『田園』がついていないだけただの『調布』のほうがよほど都会だわい、とわたしはわたしで思っているんですがな」

「なるほど、本当にそのとおりですなあ。御主人に言われるまで私も気がつきませんでしたよ」

「ね。言われてみればそのとおりでしょう。この弘子というのが普段から気がきかなくて、春になってここらは桜餅がちょっとした名物だというのに、義理の親の茶菓子に近くでそれらを買ってくる、ということすら気がまわらない。あれは密会している男に夢中になっているからだとわたしは睨んでいるんですよ」

「なるほど。確かにそのセンが怪しいですな。ありがとうございました。十五号。本日も貴重な情報満載でした」

「でもしかし、その弘子の実家の弘子の母親というのが岡山のザイの出でしてな。田園調布の家ももとは農家だったんですよ。つまり農家から農家に嫁いできたというだけの話なんですよ」

「なるほど。よくわかりました。十五号。いま緊急出動命令がでましたのでその話はまた伺います」

「明日の今頃の時間でいいですかな」

十五号は「緊急出動」という言葉に弱い。

「ええ。また明日の今頃たのみます」

翼隊長はあくまでも心優しい。それが西部警察が市民に愛されるひとつの大切な要素だということを隊長はじめビランジャーの隊員一人一人がよく知っていた。

十五号の言っていた、ボディにも幌にも社名や製品ロゴのない幌つきトラックの頻繁な往復というのは、一度きちんと調べてみる必要があった。

幸い、今日も西部警察ビランジャーは暇である。翼隊長はインカムでただちにパトロール出発の招集をかけた。みんな退屈していたらしくすぐにハキハキした返事がかえってくる。五分後にはオニビラン除けのデンドロアミシボリのゲートをくぐって全員西街道にむかって突っ走っていた。

「今日の目標は白い幌の四から五トンぐらいのトラック。幌にもボディにも会社名や運んでいる製品ロゴが何も書いてない、というのが目標射程。射程とはいうが決して撃つという意味ではなく〝適用範囲〟の意味である。みんなわかっているな」

翼隊長の指令はいつでもキッパリしている。

「了解」まっさきに紅まどかからの返事がかえってくる。これを聞くのが翼隊長の密かな楽しみ、というのをその他の男隊員はよく知っているから、紅まどかが返事をしたあとに次々にマサキや棚橋《たなはし》など男隊員らが「了解」の返答をする。

先頭のバイクのハンドルについたスイッチが押されレオンボイスが鳴り響く。本当はそんな緊急事態ではないのだが、でも五台のバイクが走るときにはこの「吠え声」が是非とも必要だった。

「幌つきの謎のトラック」などといっても翼隊長自身、あまり心から不審視しているわけでもなかったのだが、出動してきたかいがあった。西街道から西縦貫道路にむかうあたりで十五号の言っていたのとまさしく合致する白い幌になんのロゴマークも社名もついていないトラックを早くも発見したのだ。今どき白い幌のトラックはやたら目立つ、というのも発見をたやすくしていた。

第七ビランジャーは赤、青、桃色（紅まどか）、黄色、緑色の警笛つき回転灯を派手に回しながらそのトラックを取り囲んだ。

トラックはいかにも不承不承《ふしょうぶしょう》というような動きで路肩にその巨体を止めた。

翼隊長が西部警察である、という肩章を叩きながらそのトラック運転手に近づいていく。隊員らはこういうときの第一基本隊形を描いてそのトラックの左右から近づいていく。昼間なのでここらの小中学校は授業中で生憎見物人は誰もいなかったが、隊員ら自身が惚《ほ》れ惚《ぼ》れとするような一糸乱れぬ警備態勢であった。

運転席から顔をだしたのは色が黒く殆ど顔の下半分を濃い髭で覆ったインド人らしき人物だった。

「臨時検問です。IDカードと車検証を」

翼隊長が落ちついた声で言った。しかしそのインド人らしき人物からかえってきたのは日本語でもインド訛りの英語でもないひどく抑揚の激しいよくわからない言葉だった。

「ヘンデヘブ語です」

紅まどかがインカムで隊長に伝える。

「意味がわかるか」

「わたしにわかるインド系言語はヒンディ語、ドラヴィダ語までです。さらにこの人は宗教語をまぜて使っている可能性があります」

「検問を逃れるためにわざとではないか」

翼隊長が聞く。

「それはわかりません」


その頃、三角埠頭の傾斜したビルのなかで北山医師は電話をしていた。盗聴されないように貴重なシールド衛星回線を使っている。相手はいつぞやミドリヘビの植蛇を依頼してきた不気味なくらい美しい謎の女だった。その女に連絡するには、料金先方払いのいかにも面倒そうな申請を必要とするシールド衛星電話しかなかった。けれどコレクトコールの要領で簡単に繋がってしまった。

女はこの前と同じ女性にしては低い重みのある声で北山医師の話に応えた。

「実験は成功しました。本格的に植蛇できるミドリヘビ六十四を携えてこちらにおいで下さい。そのさいは三、四日ほど近くに住んで下さい。経過を観察する必要があります」

「嬉しいわ」

女はさきほどと同じ抑揚で言った。

ヘンデヘブ語

多国籍化した、といっても主にアジアエリアのヒト、モノ、文化が濃厚に浸透した国際都市トーキョーだから、アジア各国の言語解読能力は昔の比ではない。といってもインド西方高地の少数民族の使うヘンデヘブ語をすぐに理解し、同時通訳できる者はまだ少ない。

そういうときは普段あまり友好的ではない首都警察、中央警察、西部警察も、互いに協力しあう調査情報相互連絡協定「コミケ・サーベイツール」のネットワークが一応機能していた。

西部警察の第七ビランジャー、翼健児隊長が紅まどかにその連絡を命じる。低空静止衛星を使ったＦＤＰのエンコードシャワーを使って、各警察署の外事通信課もしくは当直担当の目の前のハードディスプレイやハンディビュアに記号、もしくは言語化された問い合わせがリアルタイムで起動表示される。

最初に反応したのは首都警察だった。こういう緊急通報は全て記録されていくから無視したりわざと反応を遅らせたりすると、あとで協定違反や、勤務怠慢が個人データに残るからどっちにしても不承不承だ。こんなときのことを「不運の黒天使が降りてきた」という慣例語句が各々の警察用語としてちゃんとある。しかもその日それを受け取ってしまったかおる子スミコはあと十五分で本日の徹夜明け勤務終了、というギリギリのバッドタイミングだった。

「もう。るさいわね」

口には出さないけれどはっきりした吊り目となって、かおる子スミコは受信確認のキィを叩く。古いドイツ製のシュペンベルガーの無骨《ぶこつ》な円形ディスプレイに問い合わせの跳ね文字が躍っている。

「インド系ヘンデヘブ語の同時通訳者ありやなしや」

古い機械なのでディスプレイされる通信文字も百五十年ぐらい前にドイツ諜報《ちょうほう》機関が使っていた「日本語」だ。慢性予算不足の首都警察は、こういう部門の装備近代化には絶対に予算をふりわけたりしない。

「一寸待機《ちょっと》」

かおる子スミコはわざとランダムアクセスから古代日本語を選んで応答した。それから署内の外事通信員アブジャビ・ダンダバニの個人ビュアに連絡を入れた。ダンダバニは一年前に入署したアジア通信担当の長髭男だ。

古代東アジア・東洋史に造詣が深く「国立古文語発掘研究所」といういまどきよくそんな機関が生き残っていたものだ、と誰もが驚くゾンビ・アカデミアみたいなところに在籍していた。勤続十六年のあいだちゃんと給与振込がなされていたというから「大破壊《ハルマゲドン》」のときに国家組織も首都機関のどこもこんな大学研究所の存在に気がつかず、コンピューターの給与支払いデータも基本チェックをスルーしたまま、誰のために行われているのかわからない研究組織をずっと存続させてきたのだ。

その組織の存在はアブジャビ・ダンダバニ自身が「江戸古代地図」のより多面的な探索照会のために首都警察を訪れたときにはじめて明るみに出た。

ダンダバニにとっては思わぬヤブヘビで、首都警察はどこか近隣の国の秘密研究組織の可能性を感じ、ダンダバニの要請など見向きもせず、その「国立古文語発掘研究所」を急襲し、いずれも老齢の二十数名の研究者を捕縛《ほばく》した。まだ犯罪的組織かどうかわからないという段階なのにひどい話だ。あげくはその国家と首都機能がほぼ崩壊したハルマゲドンの混乱を奇跡的に生き延びて、税金である給与を長きにわたって享受《きょうじゅ》してきた、地味で真面目な学者たちは、いきなり組織解体、失業の憂き目にさらされたのである。もっとも十六年間の税金泥棒として訴訟対象にならなくて儲けもの、という意見も多くあったのだが。

しかし古代から継承されるアジア各国語に堪能なダンダバニは、首都警察の外事課の便利屋として再雇用されるという、結果的にみればダンダバニにその気はまるでなかったとはいえ、多くの同僚研究者をだしぬいて自分だけ「いい目」にあったという、アカデミアのユダのような立場にもなってしまった。

インド人のダンダバニからはすぐに署内通話がかおる子スミコに入ってきた。

「急ぎの用件ですね」

「ヘンデヘブ語ってわかる?」

「はあ。バーガヴァタ派のヘンデヘブ語ですと、十七世紀あたりのものがちょっと不得意ですが、ハマヌーン北方信者の一般的なものならなんとかわかるかもしれません。これはもともと難解なんです。なにしろ猿の言語といわれている時代もありましたから」

ダンダバニは丁寧な男だった。

かおる子スミコはダンダバニの言っていることの半分も理解できなかったが、とにかく今入ってきた、あのかっこつけマンだらけの気にくわないクソ西部警察の要請にはさっさと応えられるかもしれない、という判断をした。

「連絡再開。一人、可能性のある当該人アリ。通信必要ありやなしや。イッヒ、ゲルベゾルテ」

このドイツ製の機械の返信用語にはかおる子スミコがタッチしていない言語がそれこそ猿のシッポのように勝手にくっついてしまうことがよくあるのだが、古いドイツの機械だから、かおる子スミコはそういうこまかいことは気にしないことにしていた。

西部警察の、まるでテレビのコマーシャルに出てくるはしゃいだ女のような声と話し方をする女刑事から「ありがたい、すぐにその人との三方向通話をしたい」という連絡が入ってきた。

「三方向というと？」

「職務質問の当該者と当方刑事とそちらのそのトランスレイターとです」

しゃれたことを言いやがって、と思いながらかおる子スミコは黙ってダンダバニに同時通話のできるハンディビュアを渡した。

最初はそのコマーシャル女のような声を出す刑事がダンダバニになにか説明しているようだった。やがてそれは理解されたらしく、すぐにダンダバニの、これが地球人言語かと思われるような言葉がハンディビュアにむかって発せられた。しゃしゅしょ系の発音を息を呑《の》み込みながら話すようなたしかに難解な言葉だった。

長い時間、路肩に止められていたので急速に苛立ってきていた幌つきの大型トラックのインド人らしい運転手は、紅まどかが差し出した携帯電話二つぶんぐらいの小さな機械から懐かしい母国語が飛び出してきたので、一瞬目に光が戻った。

そのハンディビュアからの相手の話をしばらく聞いていたが、やがて紅まどかにその機械を渡した。ハンディビュアから癖のある間延びした日本語が飛び出してきた。

「えーっ。通訳します。その人はマトーワ・ド・ワラカという名前で、ナカハマコウムテンに雇われています。仕事はトラックの荷物を運ぶこと。時間給なので早く仕事に戻して下さい、と言っています」

「我々をその荷物の搬入先まで連れていってくれないか、と聞いてくれませんか」

紅まどかはハンディビュアを通してダンダバニに言った。

「聞いてみます」

ハンディビュアは再び運転手に渡された。

今度は短い会話でビュアは戻された。

「だまって知らない人を連れていくとナカハマコウムテンのカネクラ課長に怒られるとマトーワ・ド・ワラカは言っています」

ビュアのなかでダンダバニは音声と文字でそう伝えていた。

「警察がこちらから連絡をとってあなたが怒られないように話をつけておきます」

紅まどかが快活なコマーシャル声で言う。

ビュアが再び運転手に渡される。

「保証がないと困る、と運転手は言っています」

戻ってきたビュアのなかでダンダバニはそう言っていた。それから少し低い声になって、

「インド人は、とくに西方高地の人はお金が好きです」

ダンダバニという人はなかなか率直なヒトのようであった。

「わたしたちを連れていってくれたら案内のお礼に七十リアルあなたにあげます。それはもちろんナカハマコウムテンには内緒ですよーと、ダンバニーさん。この運転手にそう言って下さい」

「わかりました。でもわたしの名前はダンダバニです」

それからビュアは再び運転手に渡されしゅわしゅわ言いながらなにか喋っていた。運転手が再び目を光らせたのがわかった。七十リアルといったらこういう仕事の一週間分ぐらいの賃金になる筈だった。

「翼隊長、そのくらいの現金もっていますよね」

紅まどかが確認する。

「足りなかったらみんなで出し合ってほしいが……」

翼隊長の顔はやや不満げだった。その金を捜査費として請求するのにどのくらいの労力と手間がかかるか一瞬考えてしまった顔である。しかしたいして大きな事件のない西部警察にとっては、これはもしかすると何かのビッグチャンスになるかもしれない、という胸躍るものがあるのも事実だった。

話はまとまり、ビランジャーの翼隊長と紅まどかの二人が荷台の幌のなかにもぐりこむことになった。あとの隊員は目立たないようにそのあたりに待機である。すぐにトラックは出発した。

ハンディビュアは常に回線をひらいておき通訳がわりにする、ということで首都警察の担当女性と話がついた。首都警察の通信担当の女性は終始不機嫌な声ではあったけれど。

トラックはやがて幹線道路をはずれ、ちょっとした郊外団地のようなところを抜けたようだった。幌の中の荷物は弾力のある空気緩衝《かんしょう》されているケミカル繊維に梱包され、トラックの車体の揺れに耐えられるように荷台についた鉄レールのようなものに固定されていた。幌いっぱいにはなっていないので、翼隊長と紅まどかは左右の隙間に場所を見つけてそこに座り幌の隙間から移動していくあたりの風景を観察していた。

やがてさきほどこのトラックを止めて検問したところから十分ほどしたところでスピードは緩み、外には誘導員がいて、目的の場所に入っていくようであった。そのあたりまでの外の風景を見ていて翼隊長と紅まどかは、断片的ながらあたりの風景に見覚えがあるのを感じていた。

「隊長、ここらには、以前来ていますね」

紅まどかがささやき声とまではいかないレベルの声で隊長に言う。

「うん。わたしもそれを感じていた」

スピードは落ちながらもトラックはまだ走っているのでそのくらいの声は外には聞こえないだろうと判断した。

「問題は荷物を下ろすときにどう隠れるかですね」

紅まどかが言った。

「どうもこの荷物、重そうにみえるからたぶんフォークリフトかなにかがあって、この荷台のレールを滑らせて下ろすのじゃないかな。それなら、作業員が荷台の上にあがってはこないから、荷台の後ろのくらがりに潜んでいればたぶん見つからないだろうと思う。荷物を下ろしおわったら様子を見て我々も降りよう」

ようやく隊長らしい説得力のある指示が出てきた。

トラックは大きな建物のなかに入ったようだが、それはビルのようなものではなく、とてつもなく大きな閉ざされた空間のように思えた。音の響きからそれと察せられるのだ。

なかでは沢山の種類の違う動力機械が稼働しているようで相当に賑やかだった。やがてトラックは所定の位置にきたらしく、車体が固定されるのがわかった。数人が幌の後部にいて、外側から幌をあけようとしている。自分らは警察であるとはいえ緊張の瞬間だった。

しかし翼隊長の言うように、レールに固定された緩衝材にくるまれた荷物は、レールの一番前に施《ほどこ》された大きな留め金を外すと、外に待ち構えていた荷台と同じ高さにまで持ち上げられている「受け台」にスライドされていった。人の手はあまりかからず、基本は自動的に操作されているようであった。荷物がプラットホームに移動すると幌は再び閉ざされ、トラックはまた移動する。どうやらそのあいだにも後ろに次のトラックが来ているようでかなり煩雑に同じことが繰り返されているようであった。それからどこに行くのかわからなかったが、次にトラックが止まったところで、翼隊長と紅まどかは、幌の左右の端からほぼ同時に外に抜けだした。素早く運転席にまわり、翼隊長はトラックのなかで財布からとりだし、両方で数えてかろうじて足りた七十リアルの札を運転手に渡した。それから口に人差し指をあてて目をつぶった。いかに文化尺度は違うといっても、このくらいは彼にもその意味はわかっただろう。それでもやや心配顔の運転手に、翼隊長は身振りで「もう行っていい」ということを示した。

トラックが止まったところはその大きな空間の一方の端のほうで、中はひどく暗く、思ったとおり巨大な閉鎖空間だった。見上げても天井は闇《やみ》のはるか先のようで初めはまるで見えなかった。その段階で二人にはわかってきていたが、少し前に三鷹で墓荒らしがあったときの周辺捜査で偶然いきあたった、厳重なシートで覆《おお》われ、何の建造物表示の案内板もなかった不審な巨大建物がきっとコレなのだ——ということだった。

内側から見るそれは全体に鉄骨が頑丈にはりめぐらされており、それにしっかりシートがかかっていて、外とは遮断されている。中は部分ライトの照明でそれぞれの作業がすすめられているようだった。

しばらくして目が慣れてくると、ビルにして地上二十階建てぐらいはありそうな巨大空間の半分ぐらいに、なにか大きな「内側建造物」のようなものができつつあるのが見えてきた。

全体が多面曲体のようなもので構成されているようで、そのまわりにもこまかい作業用の組み立てポールが複雑に交差している。

「全体になにかの生き物のような形をしていないか」

翼隊長が言った。

「はい。わたしもいまそう思って見ていました。たとえば神像のような……」

「そう。神様か。なにかそんな気配だな。するとここは何かの秘密の宗教団体がからんでいるようでもあるな」

幸い中の空間が大きすぎて、闖入《ちんにゅう》した二人がいる暗いコーナーの周辺には人の気配も、動いている作業機械もなかった。

「そうではあってもこの厳重な秘密くささはいったいなんなのでしょうね」

紅まどかが言う。翼隊長がさきほどから興味を持っていたのは、さっきトラックがとまって荷物を下ろしたあたりが、いまここでは一番活気があるなにかの「加工作業」をしている一角らしい、ということだった。流れとしては、あの幌トラックが持ってきた積み荷がそこで解かれ、なにかの建設材料としてそこで解体、加工されている、というかんじだった。

「せっかくここまで潜入できたんだからやっぱりあそこで何をやっているか確認しておきたいな」

翼隊長は言った。

そこには各方向からサーチライトがあたり、沢山の機械と人が作業にかかわっているようで、接近していくにはそうとう慎重に動かねばならないようだった。

「見つかったらどうなりますか。捜査令状なしですから、逆に我々が家宅侵入罪ですね」

「しかしやるっきゃねえよ」

「隊長、急にコトバ乱れてますよ」

二人はひそひそ声でそんな会話をしながら、職業意識というのはおそろしいものていた。

で、まだ方針ははっきり決めてはいないというものの会話と同時にその方向に接近し

作業をやっている場所のまわりには幸いなことに沢山の建設機械や資材などが置かれているので、そういうものに身を隠しながら二人はじわじわと接近していくことができ、やがて大勢の作業員の会話が聞こえてくるところまで到達した。沢山の声が聞こえてはいるものの翼隊長にはその会話の意味がまるでわからなかったが、紅まどかには少しわかる言葉もあるようだった。

「インドです。みんなインド系。地方のものもあって錯綜しています。まるでインド人の出稼ぎ建築現場みたい」

危険なほど接近しているのに紅まどかの落ち着きぶりに翼隊長はあらためて感心していた。

それに勇気を得て翼隊長は言った。

「あと少しだ。やつらのやっていることを視認しよう」

全体の動きから見て、翼隊長らが乗ってきたトラックの荷物と同じものがここに集められているのは間違いないようで、重機の隙間からそういう梱包が機械の刃によってはぎ取られているのが見えてきた。なかから出てきたのは白と灰色と褐色のまじっ

た枯れ木や残土のようなもので、それが大きな移動バケットの中に入れられ、その先にある大型トラックぐらいの機械の中に入れられる。バケットからそれらが投入されるたびに濃厚な蒸気のようなものが噴《ふ》きあがり、雰囲気としては低温溶鉱炉のようだった。

「あの内容物はいったい何なのだろう」

翼隊長がそう言ったとき、紅まどかが「隊長、これ、どうやらこぼれたものらしいですね」と言って灰色の汚れた二十センチほどの細長いスティック状のものをさしだした。とくに重くも、といって軽くもない。なんだかわからないが大切に防弾防水チョッキの背袋に押し込んだ。

作業は同じことを反復しているようで、それ以上の動きはないようだった。とりあえず満足し、重機や機材のなかの迷路のような通路をもとの暗がりに戻ろうとしたとき、二人はついに発見されてしまった。

鉢合わせ状態だった。大きな男で、目の上のあたりに二つの白色ＰＫライトが点灯し、それで素早く二人の細部にわたる照射サーベイを行ったらしい。その段階で侵入者であるということがたちまち確認されたのだろう。

「これ、人間じゃない」

そのとき紅まどかが低い声で言った。

なるほど落ちついてよくみると太い足が四本あった。ふたつの白色PKライトはそいつの目でもあり、その周囲に音波や熱などの探査孔《たんさこう》もついているようであった。

「隊長。ハンディビュアを貸して下さい」

紅まどかが低い声で言った。

ビュアはいつでも通信できる状態になっている。

「あの、なんていいましたか。そ。ダンダバニさん。音声確認できますか。いまからドロイドにアクセスします。こいつのもっている情報をそっくりもらえますか」

大急ぎで言って、紅まどかは目の前の四本足の大男の胸の前にある「受信ボード」にビュアを押しつけた。受信ボードは各種の外部機器をストレートにアクセス感受できるようになっている標準タイプのものだった。

巨大な四本足ドロイドは紅まどかの素早い行動に幻惑されたように静止したままダンダバニからの通信を聞いているようだった。秒速で交《か》わされる両者の通信は数分で終わり、通信完了の小さな虫ぐらいの点滅ランプがドロイドの受信ボードのまわりで光った。そこから素早くビュアを取り外し、紅まどかはビュアのむこうにいるダンダバニに聞いた。

「どうですか？」

「大体わかりました。たいへんなことです。みなさんはもうそこから出たほうがいいです。そのドロイドが安全な出方を案内してくれることになりました」

「やるな。お前」

翼隊長が感心した顔と口調で言った。

「急ぎましょう」


約束どおり金曜日の午後二時に埠頭三角暗闇市場の斜めに傾いたビルの七階にある北山医師のクリニックに二人の来客があった。

ドアにつけてある反転プリズム型の魚眼レンズで、顔を知っている二人の姿以外にその後ろに隠れている者は誰もいない、ということをきっちり確かめてから北山はドアをあけた。

「しばらくです。お元気だったか病気したかしないか」

先に入ってきた蛇つかいが愛想のつもりらしいおかしな挨拶をした。ベトナム系のブエントンチャイイと、メドゥーサ頭の依頼にきている悩殺系ののけぞり美女の二人だ。

女は今日も金色と銀色の左右に違う色の半固定式の流麗美装《りゅうれいびそう》コンタクトレンズを入れている。眼表を代謝液がゆっくり流れていて、光の具合ではそれが眼の奥底から潤《うる》んでいるように見える。

さらに体内循環注入による吐息系の汗匂《かんこう》フラクタルはこの前きたときとおなじファン・ル・ロロイの媚薬《びやく》芳香まじりだから、気の弱いやつは見ているだけでその蠱惑《こわく》攻撃にたちまちエレクトするか倒れてしまうかのどちらかだ。

北山は倒れてしまうわけにはいかないから、きわめて事務的に応接室に案内し、軽く経過を話した。この前電話で伝えたこととさしてかわりないが、今日はミドリヘビの繋着《けいちゃく》試験成果の現物を見せることができる。

女は腰のすぐ上ぐらいまである長い髪を今日は動くたびに回転しているように見えるまだら七色に染めている。手術となればたとえ第一段階とはいってもそれを全部刈る、ということはとうに知っているわけだから今日はわざとそういう派手なよそおいにしてきたのかもしれない。

「あら、今日はあんなのがこんなに近くを。面白い……」

窓の外を見ていた女がそのときいきなり無邪気な声と口調で言った。今日は黒い雨が降っているから中国政府の「おろっさん」系の飛翔体が機械鳥に引っ張られて低速で空中を移動しているところだった。少しバージョンアップした奴らしく、むかい風に丸い巨大な顔がいろいろおかしく変化していって本当に笑っているように見えるが所詮《しょせん》は子供だましの古い仕掛けなのでまともな人は誰も見ていないシロモノだ。

そのうしろを「労働汗栄―一陽来福」とか「苦楽同根―発奮忘食」などといったどうでもいい本日の心得のような巨大垂れ幕が風に揺れながら移動していく。

こういう無意味な中国政府の風景汚しは、どうやらこの女の住んでいるだろう高級高層住宅エリアにはあまりいかないようにコントロールされているようだ。話と仕事は早くすませてしまいたいので、早速繋着試験の結果そのものをお見せすることにした。

ヤクザをなかにいれちまったウージーなので、大きな鳥籠の中に入れてあるとはいえ相当乱暴な口をきくだろうとは思うが、こういう動物だから仕方がないんです、と女には説明しようと思っていた。おそらくウージーなどを見るのもはじめてだろうから、その面妖なありさまにおじけづいて、この話を先方のほうからいったん反故《ほご》にしてくれてもいいのだが、という気持ちもあった。

チャイに頼んで診察室の隣のオペ準備室からミドリヘビを十五、六匹頭にくっつけたウージーの入った鳥籠を持ってきてもらった。

さっきからウージーが異様にうるさい。鳥籠を囲った細い金属棒をつかんで全身の力でそれをゆすり、何か意味のわからないことを叫んでいる。その音声は突然入ってきた悩殺美女にむけられていた。北山は意味を察した。この両者をいきなり会わせてはまずかったのだ。

「くそう」

ウージーはさらにわめいていた。しかしウージーの語彙はわずかなので言えることはたかが知れている。それがかえって面白いと思う人がいるかもしれないが。

「なんですか。このやろう。ごきげんよろしほか。どこの美し女さんですか。その隣りはくそ刑事か」

ウージーは鳥籠のなかで叫んでいた。

「まあ。すてき。みんな動いているわ。頭の上でみんなわらわらと」

女はやはりウージーよりもそいつの頭の上のミドリヘビに最大の関心があるようだった。たちあがって鳥籠の近くに顔を寄せ、細部をもっとよく見ようとしていた。

「本当にみんな頭に移植されているんですね。みんな元気そう」

「こらてめー。みんな元気でよろしかったですねでよろしいか。おれをもとに戻せ。殺すぞこのやろう。本当だぞこのやろう。元気があればなんでもできる。ふざけんなこのやろう。クソしてみんなしね」

ウージーはわめき続けた。

けれど、女はその騒がしいウージーにまったく関心をはらわず、ウージーの頭の上でわらわらしているミドリヘビたちをうっとり眺めている。

「あなたにコレを移植施術するとだいたいこのような状態になると思ってください。ただしヘビの数はこの四倍ほどを考えています。それと蛇の毒をどうするか。宿主《しゅくしゅ》には害は及ぼしませんが、このままの毒性を保つか、要望によってはオプションでさらに毒性を強める、ということもできますが」

北山医師の説明さえも女はあまりまともに聞いていないふうでもあった。つまりウージーの頭の上の状態に女は完全に心を奪われてしまっているのだ。

はたして本当に大丈夫なのだろうか。

北山はそのときふと不安なものを感じた。狂気にたいする危惧《きぐ》だ。もともとこんなふうに自分の頭をヘビだらけにする、などという神経からして普通ではないのはあきらかだ。

しかし、この女にはそうする何か強い目的とその意志があるように感じていた。それでなければ最初からこんな話は成立しない。

「いいですか。今日にもあなたは第一段階の施術をするんですよ。植蛇です。一度はじめたら今日からずっとこの小さな動物と同じ共同生命体。同じ精神境遇になるんですよ」

あまり事前の注意を聞いていないような女にいくらか腹をたて、北山はいままでよりも強い調子でそう言った。

「李《り》さん。聞いておいたほうがいいですよ。コレ本当にお金かかるし、人生がかわるんですよ。そのへんのこと、あなた本当に考えたほうがいいとわたし考えるよ」

かたわらのチャイが言った。

女は心底から覚悟していたらしく、手術の準備にもまったく逡《しゅん》巡《じゅん》することはなかった。闇の手術であるから何かあったときにどれほど効力があるのかわからなかったが念のために「手術同意書」に双方のサインをかわした。それからなんらかの精神安定剤を勧めたが女は笑って「必要ないわ」と言った。

北山はそれに応えてきわめて事務的にまずは七色に輝いて動いているような腰までの長い髪を刈ることから準備をはじめることにした。申し出があってその仕事はチャイがやることになった。髪の毛は切るだけでなく剃髪《ていはつ》までやる必要があった。今は瞬

間揮発性《きはつ》のオイルを噴射しながら剃っていく電気式のものもあるが、女は古典的なT字剃刀《かみそり》で剃ることを望み、それもチャイがやってくれた。北山はそのあいだにさわぎまくるウージーの隙を狙って五時間以上は確実に効く瞬間即効麻酔剤をウージーの首の後ろに注射した。それからオペ準備室の奥の道具入れの部屋に鳥籠ごと押し込んだ。こいつが騒いで本手術の時の神経を極限まで使う微妙な手元にいらぬ影響をうけるのはごめんだ。

剃髪の終わった女にはユニットバスのシャワー室で全身を洗ってもらい、その上にじかに手術白衣を着てもらった。剃髪した女は顔がさらに小さくなってしまったようで、その下の豊満な肢体とのアンバランスが魔性をもって誘惑的だった。

手術台の上に寝てもらってから、足と手を革帯で固定化する理由を説明した。麻酔はウージーのときに実験済みだったので、あのときと同じように頭部だけの部分麻酔でいくことにした。ただし植えつける蛇の数だけ少しずつ麻酔注射しなければならない。

頭部にマイクロドリル・メスで穴をあける際に硬膜破損を注意する必要がある。頭蓋骨を覆う頭部の皮膜部分は非常に薄く、ここに六十四ものミドリヘビの尾を開いて尾部神経をひきだし、女の頭部の毛細血管になじませ、さらに微細な神経枝に結びつければ帽状腱膜《ぼうじようけんまく》直下の骨膜に覆われた頭蓋骨まで穴をあける必要がある。これが浅いとすぐにミドリヘビが暴れて自分で尾を引き抜いてしまう可能性があるのでそのあとは一匹ずつ尾と皮膜を縫い付けていくことになる。

ウージーのときは皮膜が固く、一本の尾につき四針ぐらいの縫い付けがやっとだった。従って完全に生体融合して植え付けができるのは半分もあればいいほうだろうと考えていたが、どちらの生体融合性《インターフェース》が強かったのか思いがけないほどの定着率だった。

しかし人間とウージーとではどう異なるのか見当がつかなかった。実験成果はあくまでもウージーであり、人間ではなかったのだから、すべては今回が初めて、と言ってもよいような手術なのだ。

女はおとなしく手術台の上に仰向けに寝て手足を固定された。それからウージーのときと同じように頭部の六十ヵ所の麻酔注射を施したが、女はずっと眼をあけてそれを見ていた。

まずは抗体とのタタカイだから六十本分の植蛇穴は頭部にまんべんなくまばらに分散させた。ひとところに集中させるよりはそのほうが被施術者の負担が軽いだろう、と見当をつけたのだが当事者の感覚がどういう具合になるかは聞いてみないとわからない。

麻酔が効いてくるまでのあいだにミドリヘビの尾の部分を大きく切り裂いて尾部の基幹神経を露出させる。全体がくったりするような頭部麻酔をしてあるがこれはミドリヘビにとっても苦痛らしく暴れたりするのもいるので、チャイにおしえて小さな麻酔刷毛でその部分を鈍麻《どんま》させるようにした。歯科医が歯に簡単なやすりかけをするとき使うような塗布麻酔だ。

一番難しいのはこの蛇の基幹神経と人間の頭蓋骨直下にある後根神経節を結びつける作業だった。これは自動拡大式《ズーム》単眼鏡をつけて絹針よりさらに細いJ字ひっかけ針で絡めるようにして縫い付けていく。六十四全部を確実に縫い付けるまで五時間きっかりかかった。北山は汗を吹き出し、立っている腰がいまにも崩れ落ちそうになってきたが、気丈なことに女は結局すべての手術経過を下から見上げるようにしていくらか笑みまで浮かべながら進行ぶりをすべて確認しているのだった。二つ先の部屋からウージーのさわぐ声が聞こえてきた。奴の麻酔が切れてきたのだ。切れかたが早い。

歩く足だけ

埠頭三角暗闇市場の雑踏にはまりこんでしまったパトカーをひっぱり出すために古島刑事は結局ヨシオカに頭を下げ、そのための謝礼というか、オトシマエのようなものを、殆ど「言い値」で払わされるハメになってしまった。

パトカーはネンテンどもの大集団によって一度海の岸壁近くまで持っていかれそうになったのだが、その再来襲を三角暗闇市場の雑踏が結果的に防いでくれたわけだから、その礼をちゃんとしておかなければ今度は三角暗闇市場の人々が黙っていないだろう、とヨシオカは言う。

ヨシオカはざっとこのまわりの百人ぐらいに一人二十リアルは払わないと収拾はつかない、と脅してきた。

それでもパトカーを紛失した場合の理由を考え、その作り話の証拠を偽造し、偽の証言者をつくりだし、直属の上司への詳細な状況報告や始末書をこしらえる手間を考えれば、カネで済むぶん「なんぼか楽」であるのは事実だった。そのうえ北山医師に「キムのこと」で脅しをかけ、入れ替え手術代を張消しにする必要はなくなった。いまはアナコンダ男とアナコンダ男犬を北山医師が預かってくれたことで、面倒な話のひとつはほぼ一件落着だ。

となると今大事なコトはやはりこのパトカーを雑踏からひきずり出すことである。さっきヨシオカと一緒にパトカーのところに戻ってきたときはここらにいる連中が回転灯やタイヤを外しにかかっている最中で、古島は拳銃を抜いてそいつらを追い払うのにしばらく余計なエネルギーを使った。

「まったくなんちゅう奴らだ。くたばった象だのカバだのにたかる死虫みたいなもんだな」

「あと五分遅れたら動かしたくともタイヤは四つとも外されていたね」

ヨシオカは顔の半分を覆《おお》った青仮面の奥のいつも血走った目をさらにギラつかせながら嬉しそうに言った。タイヤをとられていたらヨシオカの知り合いのクルマの部品故買屋《こばいや》に頼んで急場をしのがなければならない。また古島への請求書の数字が増えるというわけだ。

ヨシオカはまわりの物売りに小銭をバラまき、パトカーが出られるだけの道をあけてくれるよう頼んでいた。何人かが形式的にゴネて、小銭の割り増しを貰ったようだが、この狭いくねくね道の真ん中に居すわるパトカーは分解しないかぎり彼らの商売に邪魔であるのは間違いないから、市場の連中は一時的にパトカーが後退していく道をあけてくれたのはなによりだった。

古島もヨシオカもぎりぎりの細い通路をバックしていくときにけっして窓をあけることはしなかった。普段からパトカーと見るとこのまわりにいるすべての人々は反感や恨みしか抱かないのだから、うっかり窓などあけておくと中に何をほうり投げられるかわかりはしなかった。脅し用にニセ一歩蛇《いっぽだ》を専門に売っている奴だっているし、カンボジア系の丸めた糸蜘蛛《いとぐも》のカタマリをほうりなげてクルマいっぱい糸蜘蛛だらけにして喜んだりする奴だっている。ニセ一歩蛇は赤白まだらで見るからに凶悪だが、無毒で臆病で、せまいところに入れられると暴れまくる。本物の一歩蛇は嚙《か》まれると一歩いくかいかないかのうちに死んでしまうからそういう名がついた。

糸蜘蛛も別に嚙んだり毒を注入したりするようなことはしない子供の遊び虫のようなものだけれど、カタマリを解《ほど》かれるとすぐにクルマいっぱいぐらい簡単に散らばって暴れまわるので慣れない者には視界が奪われ始末が悪い。

ワアワア絶え間なくうるさい市場を汗だくになりながらなんとかバックで走り抜けて、ようやく埠頭入り口のあたりまで退却した。斜めビルと頭をつけて傾いた巨船による屋根がなくなって黒い雨がモロに降ってくるから、急に人の姿が少なくなる。

「ヨシオカ。すまなかったな。おかげで助かったよ」

古島がめずらしく殊勝なことを言った。結局ヨシオカのおかげで二つの難を切り抜けたことになる。

「合計二千リアルは貰わないと」

ヨシオカはタイミングよく言った。

「そんなにかよ」

古島は半分笑い顔になった。あきれ笑いというやつだ。

「だったらいいさ。また仲間を呼んでこいつをさっきのところまで戻してもらおう。部品を好きなように取っていっていいぞ、といえばたちまちだ」

「わかった。わかったよ。どうせ署の経理課には回せない経費だからお前の請求書はいらないよ」

古島は言い、特別刑事服の肩当てから北山医師への見せ金として用意してきた透明なナノポーラス紙にぴっちり梱包されたリアル札の束をひっぱりだした。

「おっとっと。古島さんご冗談を。そんな子供銀行みたいな金を受け取る気はハナからないですよ」

古島は動きをとめてヨシオカの青仮面の中の目をしばらく見つめた。なんだそういうことか。ヨシオカを少し甘く見ていたようだった。かといって、ここでこいつをバラして海にほうりこんでしまったりすると、古島はもう二度とこの埠頭三角暗闇市場にやってくることはできなくなる。無関心でいるようでこいつらの結束は互いにけっこう固いのだ。

「冗談だよ。お前みたいな奴の前でこういうコトも練習しておかないとな」

「インドジィナマフィアぐらいじゃないと、もうソレ通用しないんじゃないの」

ヨシオカはさらにうんざりすることを言った。

「護身用にこのクルマの特定プレートを預かってあります。今回の費用は今用意できないのなら後日それと交換ということで……」

ヨシオカは涼しい顔をしてそう言った。

特定プレートはこのパトカーの身分証明書みたいなものだ。いったいいつヨシオカはそれをかすめとったのか。鍵のかかったダッシュボードの中の二重張りの内側にはりつけてあるというのに。

負けは負けだった。たぶんヨシオカの仲間たちが古島たちが留守のあいだにやったのだろう。

署にかえってすぐに特定プレートがないのが判明するとは思えないからしばらく時間稼ぎして出来るだけ早くちゃんとヨシオカに金を払い、それを取り返すしか方法はない。

「署に戻る途中で芝白金の『鳳凰』にちょっと寄って降ろしてくれませんか」

「おまえあんな所に知り合いがいるのか」

古島は驚いた。鳳凰といったらアジア鼎式三尖塔《ていしきさんせんとう》のひとつ、超高層ビルだ。

「ちょっと使いっぱしりで」

嘘だか本当だかわからない。どこまでも油断のならない食えない奴だが、しかしそれはなかなか便利な奴でもあった。

丁度同じ頃、北山医師は十六匹のミドリヘビを頭につけたままのウージーを非常階段へ通じるドアをあけて外に放した。黒い雨が降っていたが、ウージーにはさして問題はない筈だった。かたちでいえば「釈放」であり実質的には「厄介払い」だ。鳥籠のなかで怒りまくっていたウージーは鳥籠から外に出されたと知って一瞬おとなしくなった。水分が気持ちいいのかウージーの頭の上でミドリヘビがわらわら喜んでいる。

「てめえ。なんですか。ここは雨ですね。雨はふりますか雨はふる。雨にけむる赤レンガ。私もぬれていいですか。二人きり今夜はずっとぬれたいのですかこのやろう。でもてめえこれからオレをどうする気なんだ！」

もとヤクザの思念や意識が入り込んだウージーはそこで一瞬迷っていたようだ。けれど本能的にせまい鳥籠からまったく解放されて外部に出られたことは嬉しいらしく、視界にはいる傾いたビルの傾いた非常階段からの傾いた海や空をひとわたり眺め回し、わけのわからない歌みたいのをつぶやいていた。そのありさまを確認して北山医師は静かにドアをしめた。

これから奴はウージーの仲間たちとどのようにやっていくのだろうか。人間の思考能力が入っているわけだから大勢いるウージー連中とのつきあいも賢くやればなんとかなるだろう。

あのような異形生物にされて可哀相な気もしたが、もともとはとうに壊れたトラクターにくくりつけられ、この黒い海に沈められている運命だったのだ。一命はとりとめたが、犬にされてしまって、チビで貧相な存在でいるよりは、黒い雨にも負けない、なんでも食えるウージーになったほうが「命の継続」としてはよかったような気もする。それはこれからの奴の生き方をみないとわからないことではあった。

問題はアナコンダのつもりになってしまったチビ犬と、ウージーの思念が入っているやたらでかいどこの何者かわからない元人間の扱いだ。今のところ両者ともおとなしい。デクノボウのような元アナコンダ男が狭い部屋では視覚的に邪魔だけれど、一応人間の姿をしているのだから無闇に黒い海に捨てるわけにもいかない。

両者に適当に食物をやりながらしばらく部屋に置いておくことにした。ウージーの思考しかできない元アナコンダ男は、まだ「ウー」とか「アー」ぐらいしか声がでない。許容量の大きな人間の脳にウージーの単純な思考が入ってきて、それらはどうしていいかわからず頭脳のなかにまばらに散ってあちこちさ迷いながら途方に暮れているかんじだった。

こういうけったいな生物を持ち込んできた古島に、彼らを連れて帰らせなかったのは、古島という一癖も二癖もありそうな刑事、あるいはたてまえ上の元刑事が立場上、結局もてあまして、最後はみんな海にほうり投げてしまうのが関の山、と見たからだ。

それらはみんな丁寧にコンクリートで固めて黒い海の底まで沈ませないかぎり、すぐに露出した遺体となって警察の調べにあう。犬はともかく元アナコンダ男の足どりを調べればすぐに北山のところにナニカアルと突き止められるだろう。あの古島という刑事はそのへんがあからさまにズボラに思えた。ここは慎重にやらなければならない。いま大事なのはかなり大きな金になりそうな「蛇頭美女」の育成だけだった。

健全な育蛇には毎日の検診が必要、という北山医師の指示どおり謎の蛇頭美女はクリニックのほぼ向かい側にあるホテルの一室に部屋をとった。隣室に世話人のブエントンチャイがこれから植蛇するミドリヘビのいっぱい入った網籠とともに入室している。

そのホテルは北山医師の繋魂《けいこん》医療クリニックの入っている傾斜ビルと頭をくっつけあって傾いている八万六〇〇〇トンの豪華客船「大雄飛《だいゆうひ》」の超特等船室フロアを改造したもので、北山のいる部屋と同じように傾斜した床に水平に床板を張っているので、天井はどうしても傾いている。けれど部屋は海に向いているので、入り口側の天井が少し低く見える程度で、海側にむかってかえって開放的に広がっているという錯覚をもたらしているらしい。加えて自動開閉式の防脂ガラスが嵌《は》められた大きなテラスを新たに増設しているので、一応観光用のホテルとして機能しているのだった。観光といっても白い雨か黒い雨かの脂海《しかい》と、二十四時間衰えないすさまじい人間欲望エネルギーに満ちた埠頭三角暗闇市場ぐらいしか「見もの」はないのだが……。

北山医師は女がその蛇頭を大きなスカーフで隠し、ブエントンチャイが大きな網籠を持っていちいち傾斜ビルの雑踏をかきわけてやってくるのはあまりにも困難とみて、自分が彼女らの滞在しているホテルに往診する、という約束をしたのだった。

そしてその初日。

闇市を間にして向かいにある、といっても北山医師はまだ「大雄飛」の中に入ったことはない。あちこちに出入口のある北山のいる傾斜ビルに比べると、「大雄飛」は出入口が二ヵ所に限られている。動けなくなったこの船には小規模ながらわりあいまともな会社や賃貸住居などが入っているから、入り口のガードも厳重で簡単には出入りできないようになっている。

傾斜ビルのようにホームレスを中心にしたジャンキーや怪《あや》しげな人工臓器売り、チンケな金融マッチポンプ、瞬間昇天瞬間復活剤屋、各種ええわいな屋（とにかく安い金でとにかく気持ちよくさせてくれるなんらかのクスリ売り）などなどいちいちあげていくとたちまち二千種類ぐらいになるあやしげな各種個人商店などはまったく入り込む隙がない。同時に非常階段に住み着くウージーやその下の海域に棲んでいるネンテンだの赤舌などの異態生物が侵入する隙間もなかった。

北山医師は二重扉になっている第一のコンバットガードの前で、面会許可証の申し込みをした。契約ガード会社の目付きの鋭い男が三人、簡易ガムラン銃を構えて北山が受け付け窓口の前で書類を書いているあいだずっと北山から目をはなさないようだった。厚い防御ガラスの中の受け付け係もやはりガード会社の男らしく、北山の書いた面会申し込み書のホテル宿泊者、李麗媛《りれいえん》の部屋に連絡をとっている。正式なＩＤカードがないと宿泊できないから李麗媛も本名で泊まっているのだ。

すぐに「承諾」のコールバックがあって、北山は二つの扉をとおりすぎフロント横のエレベーターに乗った。自分のところの傾斜ビルにもむかしはエレベーターがあった筈だが、今はその空間も無秩序にいろんな人や動物が住み込んでいるらしく、もともといいかげんな造作で床など作っているから時折いろんなものの落下事件があることを北山は耳にしていた。

「大雄飛」のエレベーターはやはり傾いた昇降路のなかを傾いたまま上昇し、最上階の七階で停止した。一般のホテルよりはだいぶ狭い通路をあるいて目指す李麗媛の部屋の前に立った。ブエントンチャイがドアスコープから覗《のぞ》いていたらしくすぐにドアがあいた。

はじめて見る「大雄飛」のホテルの客室はたぶん超特等船室をふたつぶんほどつなげたぐらいのスペースで、窓は大きく床まで広げられていた。客はこの安全な場所から白い雨や黒い雨の海を眺め、そこに来るいろんな飛行物体を眺めて束の間の異空間を楽しむのだろう。

李麗媛は窓際のソファからゆっくり立ち上がった。頭の上の半分ほど植えつけられたミドリヘビは全部むきだしだ。栄養がまんべんなく行き渡っているのだろう、数のわりには豊かに見えた。

「ともに健康そうで安心しましたよ」

北山医師はまずは思ったとおりのことを言った。

「退屈すると、ときどきわたしの顔の前まで何匹か頭をおろしてきて、ふわふわ踊ってなにか誘っているようなそぶりを見せるんですよ」

李麗媛は嬉しそうに言った。

「それからひとつ質問があるね。ヘビたちがこうしてひとつの場所に固定されているからなのかときどき彼らがたがいにかみ合ったりしているのを見るのでそれ見てわたし心配になるけど何か心配あるかないか？」

チャイが聞いた。

「まだ子供だからね。ふざけているだけですよ。本気でかみ合ったりはしない。それにその種類のヘビは歯が奥にあるからね。口先でかみ合っても傷がつくことはない」

「口の中の構造は知っているけれど、共かじりで痛めつけすぎないか、わたしそれは経験ないからね。でも聞いて安心したよ。みんな全部が一斉にケンカしたらどうしたらいいかわたしそればかり心配して少し痩せてしまったよ」

チャイが言った。もともと痩せているチャイが言ってもあまり実感がない。

「どうするか。すぐ仕事になるか、ならないか」

「どっちみち完成を急いでいるんでしょう。すぐに追加の手術にはいりましょう」

北山医師が言うと李麗媛は頷き、北山から手術着を貰った。隣の寝室に行って着替えるのだろう。

血やリンパ液などが多少出るのでチャイに頼んで床と椅子の上に超薄地のピリパリ超縮ミゾールを敷いて貰った。使い捨ての絶対不透過繊維だ。それからチャイの飼育しているミドリヘビの様子を見た。みんな元気のようだった。

「今日は二十四を目標にしよう。それがうまくいったらあと二回ほどで完成、ということになる」

「お姫さまが、とても嬉しい、と言ってきっとたいへん喜ぶね」

チャイが言った。

西部警察の第七ビランジャーは今日も忙しかった。いつものように署内での全員制服着用、インカムによる打ち合わせをしたのち、バイクによる連隊をつくって西にむかう。

環状八号線のところで五台のバイクはいったん分かれ、それぞれ枝道をたどって目標地点FZ307にむかう。このところ連日ビランジャーが観察地点をわけて調べている、あの謎の巨大建造物だ。

市民からタレコミのあった無印白幌《しろほろ》トラックが頻繁に行き来する巨大建造物の法的な登記は「モニュメント」となっていた。施工主は「IVV国際アイアーレ」となっている。内偵ではこのアイアーレは「愛があーればだいじょうぶ」を適当に省略した、というヒトを食ったものだった。施工主の実態はどうも国際共同資本と日本の法人によるホールディングカンパニーのようで、これまでの企業実績はその登記簿には無記載だった。

なんとも怪しい内容ばかりだが、西部警察幹部はそれだけでは正式な立ち入り検分などできない、という結論を伝えてきた。まあそれは翼健児隊長も理解できる。「怪しい」というのはまことに主観的なもので、この会社もその建造中の巨大建物もまだ何も法に触れるようなことを犯していないし、やっていることは目下のところすべて合法であった。

「しかし怪しい」

何時ものように目的地にむかうかつての農道らしき細い道を走りながら翼隊長はヘルメットのなかで呟《つぶや》いた。

「わたしもそう思います」

すぐに紅まどかの声がヘルメット内のインカムに響いてきた。

「なんだ聞いていたのか？　そんなに近くにいるのか」

「隊長の走っている一本北側のもと農道らしきところを走っています」

いつものように元気のいい歌うような声だ。

「そっちは今日無印白幌トラックを何台見た」

「五台です。全部インド系の顔をした運転手でした」

「こっちが見たのもそうだ。だいたい一台が三往復しているようだ。次はどこから積み荷を載せているかを確認しよう」

「わたしもそう思います。それから隊長。忘れていました。あのトラックの荷物の内容物ですが、この前隊長とあの目標FZ307で拾得した破片を分析した結果わかりました。骨です。人間の骨でした」

「骨?」

「はい」

「なぜそれを今朝のミーティングのときに言わん?」

「忘れてました。たるんでました。わたしもそう思います」

「それはわたしのセリフだ」

「はい。そう思います」

「おまえはバカか」

「はい。そう思います」

全員バカなんだか利口じゃないんだかわからないビランジャーはこのようにして、本人たちが気がつかないままそれでも少しずつ謎の核心に接近していくのであった。

芝白金に屹立《きつりつ》する中・韓共同資本による超高層ビル「鳳凰」の百六十二階ではこのビルのオーナーであり、中・韓資本によるアジア制覇の陰の総首領でもある黄托民《こうたくみん》と一人の美女がむかいあっていた。

その日は白い雨だったので眼下の脂海の全体がほの白く浮かびあがっているように見える。このビルの一キロ以内には接近しないようにコントロールされているが、五年前に強硬に新設された海洋横断第二ブリッジのあたりには中・韓のプロパガンダ飛行物体と散発的に戦っている対中・韓侵略阻止地下抵抗連合組織SRIIの無人ジャイロコプターがある筈だった。数においてどのみちSRIIに勝ち目はないが、脂海がよく見えるこのような日にはなかなかの空中ショーになっていた。

黄托民は、部下に用意させた軍隊仕様の超高倍率3Dモニターでしばらくその様子を見たあと、つまらなそうにスイッチを切った。

過食に加えて脂分摂り過ぎによる二百キロ超の巨体は、顔などすでに上皮糜爛《じょうひびらん》がおきている。そのため脂肪が瞼《まぶた》にまで蓄積しているので、正面から見ると殆ど両眼とも上瞼で塞《ふさ》がっているように見える。しかしいましがた3Dモニターを見ていたように、少し斜めを向いてその垂れ下がった瞼のどこか端のほうでなんとか巧みにモノを見ているらしく、向き直ったテーブルの前のキムに「姉さんによく似てきたな」とモガモガした声で言った。

キムは黙ってギヤマン社の回廊器に粉砕氷を入れた杏房酒桃をときおり口にしてい

た。

「その姉さんがこの数日姿をくらませている。まあそんなことはこれまでにもよくあったことだからわしも別に慌ててはいないが、もう少しすると大陸から外務大臣がやってくる。用件はだいたいわかっているが、この男が日本にまで出張ってくるということは、大陸の上層部連中がまずこの男の手で直接東京を支配しようとしている、と見ていい、ということだ」

きわどい話になっているので黄托民はそのあたりでいきなり声を潜《ひそ》めた。しかしこのフロアは黄托民の個人フロアのようなものだから、盗聴器のたぐいは絶対に仕掛けられていないのを知っての上だ。

このフロアの外周はくまなくディセーブルがかけられているから外部からの放射式音波探知は物理的にいって不可能だし、内側は毎週一度フロア全体にかかるバイフェーズ異周波探知のタテヨコスクロール検査をしているから、ここでの話を知ることができるのは神様ぐらいのものだ。もっとも神様がいたら、の話だけれど。

キムは依然として黙ったままだった。

最近、李麗媛と同じように左右異なった金眼銀眼のコンタクトを入れ、眼表を代謝液がゆるゆると流れているから黙っているだけでもますます妖艶さがきわだってきている。

「だからそのときはいいな。いつものように姉さんと途中で入れ代わって最後はお前が相手をして始末するんだぞ」

黄托民は昆虫を巨大にしたような顔でそう言った。

「つまりだな。この段階までくると姉さんの命はお前が握っているのも同じってことだよ。くわくわくわ」

黄托民の笑い声もまた昆虫の笑い声をいたずらに大きくしたようであった。昆虫が笑えるのであれば、の話だったが。


その朝、首都警察捜査二課で非番あけのかおる子スミコが早朝テレビの「ピキちゃんの占い天気予報」を見て「つまらねえ」とつぶやいたところで電話が鳴った。ここの署は宇宙ドコデモ無線携帯電話の時代に、いまだに有線で、アルミダイキャストの電話機が使われている。理由は、首都警察そのものが巨大な筏《いかだ》のような構造になっていて、季節や時間に関係なく連日湿度百パーセントの日々をおくっているからだ。湿度が高いとハイテク機器ほどすぐに故障する。いちばん大事な基本通信網がショートしてしまうと警察としては手足をもがれたも同然になってしまうから電話も耐久性が第一になる。したがっていまどき五十年前の「なつかしテレビドラマ」なんていう番組にしか出てこないような、見るからに重々しい受話器を手にして、かおる子スミコは五十年前の気分で「はい。首都警察です」と答えた。

「おう、やっとそっちにかかったか。よかった。よかった。やはり有線電話はいいのう」

老人の声だった。

かおる子スミコはその段階ですでにぐったりしている。だから非番あけはいやなんだ。

「わしはの。本来は西部警察のボランティア通信員十五号でな、西縦貫道沿いに住んでいる者ですよ。知ってるでしょが」

老人は少し咳《せ》き込みながらそう言った。

「ここは首都警察です。あなたの管轄はエリアからいって西部警察になりますね」

警察マニアか早朝覚醒型の暇な老人の電話だった。かおる子スミコは半ばあくびをかみ殺しながらできるだけおだやかにそう言った。

「そう。わしはだから普段は西部警察に電話しておる。でも今朝は誰もでんのじゃよ」

「あそこはいわゆるクラブ。その、趣味の警察ですから……」かおる子スミコは低めの声で言った。

「なんだって。近頃わしますます耳が遠くなってのう。何ですって？」

「いえ、こっちの話で……」

「警察があんた、こんな時間に誰もいなくていいのかね。朝とはいえもう七時半をすぎておる。少し早い工場なら早番の工員がもう働いておる時間じゃ。そうじゃろが。ええ！　あんた返事できんのか？」

「あっ、はい」

早朝ボケ老人にしてはいささか今の言葉づかいなど迫力がありすぎる。しかし早朝から何の用だかわからないのに見知らぬ人に怒られる、というのも合点がいかない。

「で、どんな用件でしょうか？」

「それがだ。わしは早起きの割には夜更かしの癖があっての。夜中の二時半ごろのことじゃった」

この手の話のはじまりはいたずらに長くなる危険があった。ここは用心しないと。

「その時間に、表の通りをなにかえらく大きな音をたてて通過するモノがいる。自動車では断じてなくて、かといってどう例えていいかわからない音なんじゃよ」

「例えばどんな？」

「強《し》いていえば、ヒトの歩く音と言うべきじゃろかなあ。ドスン、ドスン、という、日本むかしむかし話みたいな音じゃ」

　こりゃだめだ。と、かおる子スミコはそこで思った。どうやってキリのいいタイミングで電話をおわらせるか。間違えると十回、二十回とかけなおしてくるタイプだ。しかしそこでとりあえず続きを聞いてしまった。

「日本むかしむかし話のような音というとどんな音ですか？」

「鬼じゃな。鬼が歩いてくるような音じゃ。軒をふるわせ柱をゆるがすような……」

　深みに一歩足を入れてしまった、ということをつよく意識しながら、かおる子スミコは結局この話が一段落するまで付き合わねばならないだろう、と覚悟した。

「そこでわしは表に出たわけだ。夜中の午前二時半じゃよ。鬼を確かめるためにわしは外に出たわけじゃ」

「ふんふん」

　かおる子スミコはいつの間にか自分がいささか真剣にコトの成り行きを聞いている、ということに気がついた。

「で、何を見ました？」

「だからわしは夜中のその時間から西部警察に電話しておったんじゃ。馬鹿者めが！」

老人のその「馬鹿者めが！」には激しい迫力があった。

「で、何が？」

「足が歩いておった。それも巨大な足じゃ。足だけがふたつ歩いている。ひとつの足だけで長さ十メートルぐらいはあったろうか。いやもっとあったかもしれん。最初は白いバスが二台飛び跳ねるようにして進んでいるのかと思った。でもバスじゃない。白っぽくてとにかくでかい足が歩いておった。足だけが歩いておった。あんた、それをどう思うかね」

どう思うかね、と言われてもかおる子スミコとしては困る。

ありえません、などといったら話はさらに枝葉の深みに錯綜し呼吸も苦しくなっていくだろう。ここはすべてを老人福祉の精神に委ねて、話を合わせていくしかないようだった。

「それはどちらの方向に歩いていったのですか？」

「西じゃ。西をめざしていた。わしがそれを目にしたときはもうその足がだいぶ進んでいった頃じゃったから、それしか証言できないのは心苦しいがのう。まさかおいかけていって、どこに行きよる、と聞くのもはばかられた。なにしろ相手はくるぶしの下の足だけじゃ。足に耳は普通はついてないじゃろ」

「おっしゃるとおりです。通信どうもありがとうございました」

かおる子スミコは普段使わないような丁寧な言葉で答えた。

「おお。それだけでいいのかね。しかしいまどきめずらしい、きっぱりしたいい返事じゃのう。うちの一番下の息子の嫁に聞かせたいくらいじゃ。嫁といってももう四十二になる。だけどこれが気がきかない」

偶然ながらかおる子スミコと同じ歳だったのでついいらぬことを聞いてしまった。

「どんな不満ですか？」

「不満もなにも、これがどうもわしの見るところ浮気をしておる。平日の午後に派手な恰好をしてイソイソとでかけよる。口紅なんぞひいて。ああいうのは結婚式ぐらいしかせんもんじゃろ。警察のヒト、この嫁をすみやかに逮捕監禁してくれんかね」

西部警察

北山医師は傾斜豪華客船改造ホテル「大雄飛」の一室で手術がほぼ完了した李麗媛の真向かいに座って全体の様子を慎重に観察していた。李麗媛の隣に嬉しそうな顔をしたブエントンチャイが座っている。

「計画よりも早くできてわたし安心したよ。何も問題ないね。みんな喜んでいいか」

ブエントンチャイがヒトのいい顔で聞いている。

「一、二匹少し動きの鈍いのがいるけれど、まあこれだけの数だから血流吸の悪い個体も出てくるでしょう。そのうちみんな平均して活発になりますよ」

ミドリヘビは結局百二十四終えたところで植えこむスペースがなくなり、李と相談してその数で満足してもらうことになった。百二十四といってもそれぞれがてんでに頭の上で踊っている風景というのは、自分の施術ながら、かなりの壮観だ。こうやって向かいあって落ちついて話をしている間にも李の頭のまわりではわらわらとミドリヘビが伸びたり縮んだりしててんでに踊っており、賑やかなことこの上ない。

「しばらくは蛇たちに栄養がいきわたるように動物性蛋白《たんぱく》系の食事を普段よりも多く、しかも頻度たかく摂るようにしてください。考えかたとしてはこれはあなたの寄生虫ですから、それにまんべんなく養分をいきわたらせるためなので、これまでの三倍ほど食べても、あなたの体が太るということはありません。逆に栄養摂取が衰えると、蛇たちは自分で何か食べようとしますから、あまりいいことにはなりません」

「たとえば?」

「まあトモグイですな。隣同士で食いあうようになる」

「それ、とてもよくないよ」

「ですからちゃんといつも多めに食べておくようにしてください」

李が静かに頷いた。緑色のわらわらも全体でわらわらしながら李の頭と一緒に前に傾く。蛇に弱い人はそれだけで飛びのき失心したりすることになるだろう。

「最後にひとついいですか」

北山医師は少しだけ改まって聞いた。

「はい」

質問を聞く眼差しになって、李が金色と銀色の目を少しまばたかせた。

「こたえたくなかったら別にいいんです。でもアフターケアのこともありますから一応質問させてもらうんですが、これだけ苦労して時間をかけて、お金もかけて、ここまでする目的を知りたいんですよ。前に復讐というようなことをチラリと言ったのを覚えているんですが」

「ええ。その復讐です」

さらりと李は答えた。けれどあまりにもさらりと応えてくれるので医師にはその内容まで聞ける雰囲気ではなかった。弁護士かなにかだったら話は別になるが。

「ではそれが首尾よくいきますように。それからこれはいわずもがなのことですが、外に出るときはミドリヘビをおとなしくさせるために常になにかで包んでいたほうがいいですよ」

李はまた頷いた。同時にわらわらのかたまりが前方にかたむいてきた。

前から話はしてあったようで、ブエントンチャイがかたわらから緑色の大きなスカーフのようなものを取りだした。慣れた手つきで李はそれをかぶり、顎《あご》の下できっちりしばった。後方にいくにしたがい風もないのにスカーフが賑やかに躍っていたが、外に出ればそれも気にならないようになるだろう。

古島刑事は首都警察の総務の片隅で、出前の踊り子花茶を嫁呑壺《のみすずり》に差し込んだアルキメデスのストローからせわしなくずるずる吸いながら、かおる子スミコの話を聞いていた。首都警察の前に、まるで本署の専用食堂のようにして店を開いている「紅楼《こうろう》菜館《さいかん》」の食い物は、安いことは安いが油ぎったものばかりで評判が悪い。けれど一番早く確実に出前してくれるので、署員は半ば諦め気味でここから出前をとっていることが多い。ひとつだけいいことはどんなものでも一飯一菜を頼むと、かならず踊り子花茶が大仰な嫁呑壺に入って届く点だ。蕾《つぼみ》のような花茶に湯を注ぐと、蕾がひらいてくるくる回りながら芳香と味をだす。蕾がひらくときにぶくぶく泡立つのでこれを呑《の》むにはアルキメデスのストローが必要だった。アルキメデスのストローはくわえて軽く吸うと二重筒の内側が回転してどんどん勝手に茶があがってくるようになっている。

たかが茶にしてはおそろしく大仰な仕組みだが、少数民族のトンシャン族の一家が経営しているので「このお茶飲まないとみんなしわがれ病になって死ぬしかないよ」と、開店した当初から言っていた。しわがれ病になるのは嫌なので客はみんな喜んで飲んでいるが、そのしわがれ病がどんなものなのか実は誰も知らない、というのも確かな話なのだった。

「で、その情報はウエにあげられたのかい？」

古島は聞いた。

「日頃から〝みなさまの首都警察〟と大騒ぎして言っている以上、どんなタレコミでもとりあえずウエに報告するシステムになっているわ」

「で、どうなった？」

「それがどう処理されたかまではあたしの知るところではないわ。とくに知ろうという気もないし」

「でも面白いじゃないか。その通報者がどこかアタマがいかれていないかぎり、話としては面白い。とくにここんところ、広域にわたっておかしな事件が頻発しているからな」

「通報者は暇な詮索老人よ。市民平和ボランティア通信員のモニターにもなっているし、今は実質として機能してないけどボランティア通信員のカードの登録番号も生きていたし、頭がいかれているわけじゃない、というのだけは大丈夫でしょ。いまのところは」

「もう一度おしえてくれ。バスぐらい大きな足が真夜中その道路を歩いていた、というわけだよな。それも二台」

「二足よ。あたしが二台と言うとそいつは何度も二足と、言いなおしていたんだから」

「どう違うのかね」

「あたしに聞かないでよ。バスぐらいのクルマなら走る、でいいでしょうが、それは足なので、空中を飛び跳ねるようにして移動していた、ということでしょう」

「なんだろう、それは」

「あたしに聞かないでよ」

「一応、事情聴取ぐらいはしていいケースだろうが。国際情勢も緊迫していることだし」

「だから、あたしに聞かないでよ。まあ住所からいってあそこは西部警察の管轄だから、こちらから出ばらない、ということもあるんじゃないかしら」

「西部警察なんて、あれは趣味の警察だろ。何の捜査力もない。アニメバイクで走り回ってあっちこっちでカッコつけてるだけだろ。そんなのにまかせて何がどうわかるんだ」

「あたしに聞かないでよ」

かおる子スミコは本気で怒りだした。そういう話になったあたりでようやくアルキメデスのストローは嫁呑壺から一滴も茶を吸いあげなくなっていた。

　事件の匂いのするところ、必ず金の出入りがあって、そこに頭を突っ込めば何か必ず儲け話がある、というのが古島刑事のながいことかかって会得した処世訓だった。しかも「おいしい事件」になればなるほど向こうから泳ぐようにさまよいこんでくる、という処世訓の第二則というのもある。

　古島が刑事としてそこに首を突っ込むにはとりあえずでっちあげでもいいから事件を捜査するための被害届が必要だった。古島はかおる子スミコから、再三異常報告を電話してくる都の西エリアに在住するその通報者のアドレスを聞いた。連絡はもっとも古典的な地上有線電話であるという。いまどきそんな利用経費の高いものを使っている家庭があるとは驚きだった。きっとそのあたりの保守的な土地持ち、なんていうところだろう。

　古島はふるめかしい四桁の局番と四桁の個別番号を自分のハンディビュアにインプットし、内部に入っていった。そつなく立ち回るためには、署に帰ったときぐらい上司のところに行って、さっき大急ぎで作った数通の「担当事件経過報告書」を提出しておく必要がある。顔を知っている刑事や警官、顔を知らない刑事や警官。最近入ったらしい異態進化した特殊捜査員などとすれ違う。

一瞬ウージーによく似た、足鰭《あしひれ》二足歩行の生濡れ動物とすれ違ったので緊張した。蟹頭《かにあたま》フロッグメンなんかと組んで水域調査担当をしている水域スペシャリストだろう。

古島が署に戻したパトカーの特定プレートがない、という「事故」はまだ発覚していないようだ。緊急警察車両管理課の係が勤勉な奴だったら、八時間ごとにコンピューターによる特定プレートの確認を含む電子走査をしているところだが、ここしばらくそんな真面目な奴は車両課に一人もいない、ということも古島はよく知っていた。

自分の所属課にむかう浮き回廊はいつもより揺れが激しかった。首都警察そのものが、船が連結されてつくられている寄せ集めの浮き島みたいなものだし、それらを繋ぐ回廊はどれも老朽化していて、このところしょっちゅう漏れ水騒ぎがおきている。いつか誰か間の悪いやつがこの浮き回廊を歩いている途中に、回廊ごとすっぽり脂海《しかい》に沈んでしまうのではないか、と署員のもっぱらの「あり得るかもしれない」笑えないジョークがそろそろ本当になるのではないかと噂されるようになった。

そういう歩きにくい揺れる回廊を進んでいく途中で、外事課の遠藤《えんどう》の顔をむこうに見た。遠藤は古島と首都警察の同期入署で、すでに古島よりはるか上に出世しちまったエリートだ。ただし古島と遠藤には共通の秘密があった。

駆け出しの頃、警察官舎のボロアパートにポン薬売りの、ちょっと顔のいい娘を捜査といって二人で連れ込んで、所持していた中国製催淫剤「泉津《よもつ》醜女《しこめ》」を没収し、それを本人に使わせて、二人して犯してしまったことがある。この薬を使っている当人には記憶がいっさい残らない、ということを聞いていたからだが、やってみるとそんなものは幼稚な伝聞にすぎず、娘はしっかり自分らを記憶していた。相当にしたたかな娘で法外な慰謝料を請求された。それもいますぐよこせ、という。警察官舎に連れこんでのことなので、曖昧にして逃げる訳にもいかない。払わないとそのまま署に駆け込むからね、とすごまれて、さるぐつわをかませ、そのまま毛布にくるんで圧車と呼ばれる壊れた手押しローラーにワイヤーでしばりつけ、脂海に沈めてしまったことがある。

偽物のIDカードを持っているくらいだから失踪しても事件にはならない、と見当をつけた上での簡単な後始末だ。まだ古島も遠藤も若かったから、どっちにしてもこれからが自分らの未来だった。二人の秘密は、女から奪った偽のIDカードを半分にしてそれぞれが持ち、共通同罪の「保険」にした。

このことはいまだに隠蔽されたままだから、二人は安泰でいられる。しかし同時にそれは暗黙のうちに相互の「脅し」の基礎ネタにもなっていったのだ。

十年ほどはどっこいどっこいの勤務成績だったけれど、大学で北京語とインド古典ヘンデヘブ語を専攻した遠藤は、それらの国の要人がどんどん日本に深く入り込んでくるにつれて、その語学力が武器になっていき、いまでは「外事課」ユーラシアエリアの第二課長というエリート街道をまっしぐらだ。相変わらず現場回りの古島とはだいぶ差がついてしまったが、共通の秘密を握っている者同士としてはエリート街道を歩んでいるほうが、何かのときの爆弾破裂の被害が大きい。

そういうキナくさいことは互いにこれまでじっくり話したことはないが、古島が考えているようなことを遠藤も考えているだろうということは改めて話をしなくてもわかる。

それにまた、職務が大きく違っているので署のなかで顔を合わせる、という機会も少なくなっていた。古島が最近ひそかに用心しているのは、遠藤があまりぐんぐん出世街道を駆け上がってしまうと、いつまでも現場回りの刑事でしょぼついている古島が、例の「秘密」を武器にして自分に脅しをかけてくるのではないか、という不安を募らせ、なにか途方もない策略を用いて先に古島を叩き潰そうと考えるのではないか、という構図だった。遠藤が本当のところどう考えているのかわからないが、古島は、立場が逆だったら自分はきっとそう考えるだろう、と確信していた。だから近いうちに会う機会があったら、それとなく探ってみよう、と考えていた。そんな機会がぐらぐら揺れる浮き回廊のなかでいきなりおとずれたのだ。

「おお」

と、遠藤は薄暗い回廊のなかでいち早く古島の顔をみつけ、笑いながら片手をあげた。署内の階級差はだいぶあるものの、このへんの呼吸は、やはり人の心を逸らさないエリートの余裕だ。

古島もまけじと笑顔で片手をあげた。

「なかなか会わないもんだなあ。同じところで仕事してるのになあ」

遠藤は言った。

「おれは相変わらず、この腐れ街のあっちこっちで黴《かび》だの脂だのにまみれている毎日だからだよ」

古島は若干の皮肉まじりにそう言った。

「そうか。近頃ますますとんでもない事件が頻発しているからなあ」

遠藤はまともに応える。

「そっちのほうこそもっと大変だろう。韓国をそっくり呑み込んだ中国がインドと組んで、経済ばかりじゃなくいよいよ日本の背骨をそっくりへし折りにかかってくると、巷《ちまた》ではそんな話ばかりだがな」

「それは相変わらずだよ。でも最近のおれたちが注意しているのは中国よりもインド勢力のほうなんだ。インドは最近ロシアとも結託して、真っ向から中国資本のマフィア勢力とぶつかっている、という情報がアジアエリアではもっぱらだ。あらゆるファクターから見てどうやらインドが近々何か仕掛けてくるという情報ばかりだよ」

「連合中国にインド・ロシア連合が敵対してかみつく、というわけか。いよいよ日本はそれであとかたもなく消滅か」

「いや、鳥部隊からの情報を分析すると、経済掌握よりも人心掌握が最初に企てられているらしいぞ」

鳥部隊——なんて初めて聞く言葉だった。やはり外事課の第一線にいる奴の情報は先鋭的でさらに精密だ。遠藤に対していつも抱いている敗北感をまたもや色濃く感じながら、古島はハッタリでそんなの当然知っている情報、というような顔をして聞いていた。

「人心掌握か。具体的にどんなことから始めるつもりなんだろうな」

このへんの情報は素直に聞いておいたほうが、これから先の自分の行動にも大きく影響してくるだろう、と古島は考え、もう少し詳しく聞こうとした。

「それが、なかなか難しい。インド・ロシア連合のやつらも相当に腹をくらないと、強大な連合中国にぶちのめされてしまう、と読んでいるだろうから、なかなかその戦略が読めないんだ。いまもこれから、その会議に出るところなんだよ」

「そうか。とんだところで足止めしちまったな。まあ頑張ってくれよ。まだおれたちのような日本の純粋なゴミ捨て場回りの現場刑事は巷の雑踏で逞しくやっているからよお」

「おう。お前も街の平安、よろしく頼むよ。あっそうだ。街の平安といえば思いだしてよかった。最近三角埠頭のあたりで、人間なんだけど人間とはいえないような動作や行動をしている人間だか動物だかわからない正体不明、国籍不明の人間を見た、という情報はないかな？」

「なんだか難しいな。人間だけど人間じゃない行動？　例えばどんな」

「そうだなあ。大昔の例で言えば狐憑《きつねつき》だな。むかしはあちこちにいたんだそうだ。人間なのに動作ややることはまるっきり狐と同じような娘とかね。そういう、一般的に考えればまともじゃない人間のことなんだ」

「キツネ人間かあ？」

「いや、それはむかしの例の話でな、なんでもいいんだ。例えば人間なのにいつも上を向いて吠えていて無意味にのしのし歩いている人とか、人間なのに自分は蛇だと思いこんでいて、ちゃんと歩けるのに歩かないでそのへんにのたくっている蛇のつもりの人間、とかだよ」

古島には大いに思いあたるところはあったが、そういう情報は簡単には晒《さら》したくない。ここはしらばっくれていることにした。

「まあ、どっちにしてもヘンテコな話なんでね、一時的な騒動かもしれないけれど、そんな話を聞いたりしたら、おれのところまで伝えてくれよ。じゃあまたな」

ネクタイの結び目に軽く手をやって、遠藤はまたさっきのような如才ない笑顔を見せて片手をあげ、古島の横を通過していった。やはり言うことの断片に古島とは大きな差が表れている。残念だがこれは仕方がない、立場と実績の差だろう。古島はこれまでの騒動でヨレヨレになっている安物スーツの胸ポケットからハンカチをだして、知らぬ間ににじみ出ていた額の汗を拭った。

東京の西では子供たちに人気の西部警察のカラフルバイク連隊「ビランジャー」が、このところ毎日活気に満ちて動き回っていた。

ビランジャーの翼隊長は、以前忍びこんだ謎の巨大建造物の監視を続けていた。ロゴも社名も一切ない謎の大型幌つきトラックは相変わらず頻繁にその建造物に出入りしているが、最近はその出入りの管理が前よりもさらに厳しくなってきたようであった。

建造主はそのあたりではひときわ高い、高層ビルといっていいほどのその建造物のまわりの土地を広範囲に購入し続けてきたようで、その巨大建造物を中心にして今では五キロ四方ぐらいが、その施主の土地になっているようであった。

そこに行き来する幌つきトラックの運転手は相変わらずインド系の顔をした人ばかりで、例のヘンデヘブ語が会話の中心になっているようで、翼隊長が何ヵ所かに仕掛けた長距離ワンポイント指向のライフルマイクでとらえる彼らの会話は通訳に聞かせないとまるでわからないものばかりだった。

けれど通訳してもらっても、かれらの喋っていることは、主に女のことが八割で、東京のどの街のどこにいくと、自分らのはいれる、セックスまで可能な店ができた、とか残念ながらそれがつぶれた、という話や、ダールとナンのうまい店の情報とか、このあたりで一番快適に野糞のできる場所はどこだ、というような話ばかりで、肝心の、その謎の建造物に関する情報はまずなかった。

でも超望遠撮影隊からはときどきヒントになりそうな映像がキャッチされた。最近になってトラックや泥まみれの四輪駆動車以外に黒塗りのワゴンの高級車や、ときにどこの国のものかよくわからない宝石のようにデコレーションランプをちりばめた不思議的高級車が派手にキラキラ輝きながらやってくるようになった。それらのクルマはすぐに巨大な覆いの役目を果している白い建物防護布の中に入ってしまうので、どんな人がやってきているのか、については依然として何も分からなかった。

　首都警察から西部警察に古島刑事がやってきたのは、そんな、不断の努力のわりには実りの少ない張り込みの日々だった。

　首都警察の警官たちが西部警察は元々は消防庁が自然に全体を運営するようになった趣味の警察だから、とよく軽蔑したようなことを言っているのは、「大破壊《ハルマゲドン》」以降に首都警察や中央警察が「分署」政策でテリトリーを分化したときには一応、都の西を管轄する警察として承認されたものの、国家が崩壊して肝心の承認機関が曖昧になってしまったのと、強力な繁殖力のオニビランによって署内がそっくり覆われてしまい、本来の警察機能がまるで失われてしまったからだ。

　今は「日本の平和を守るため」に消防士を助けるため、無償で勤務している独立警官が、自主的に東京の西を守る、という使命に邁進している程度だったのだ。

　とはいえ表向きはレッキとした警察の表情を保っているから、その日の古島のように、首都警察から派遣されてきた刑事には敬意を表して対応した。ただし西部警察署内はオニビランだらけだから、ソトからの来客を公式に迎えるのも、近くの神社の境《けい》内《だい》の仮設テントの中などであった。

聞いてはいたが、西部警察の式典時に着用する制服は冗談かと思えるようなちょっと反応に困るデザインで、まず真先に目に入ったのがナチスドイツふうの逆台形の巨大なクラウンに前つば。ぶあついガンパッチの両肩には黄金の肩章がついていた。ダブルボタンの下にはハンドウォーマーポケットがあり、全体にいかめしいフォーマルなのかカジュアルなのかよくわからなくなっている。トドメとしてはアクセサリーを兼ねたような柄の長い短剣を肩吊り革の先にぶら下げている。

仮設テントの下には七、八人の幹部級らしき制服姿が待っており、古島がタクシーを降りると全員立ち上がって敬礼し、ヨレヨレスーツの古島を迎えてくれたのだった。

長谷《はせ》川大地《がわだいち》と大書してある名刺をまず最初に渡してくれたのは、西部警察の署長だった。名刺の肩書にそうある。それから次々に幹部級が古島に名刺を渡した。礼を失しないように古島も慌ててめったに使うことのない自分の名刺を差し出した。

挨拶が終わると、中央の折り畳み椅子に座るようすすめられ、普段着のおばちゃんが大きな盆にお茶をのせて持ってきた。

「伊藤から用件を聞いております。Q４に対して首都警察が大変関心を深めておるという話でしたね」

署長がてきぱきと核心に入ってくれたので助かった。Q４というのは最初電話で問い合わせたとき、このあたりで何度か目撃されている〝未確認歩行物体〟、例の夜中に歩く巨大な足のことを言うのだと古島は学習していた。

「ほかに起きているいくつかの未解決未確認情報などをあわせますと、どうもトーキョーの西エリアではこれから何か大変まがまがしいことが起きる予兆があると、これはわたしどもの署のコンピューター情報室のいくつかの最新データの集積が示していることとなんですが」

半分以上デタラメだった。オニビランにやられた都庁内にできた西部警察本署の情報機能は停止も同然だし、なによりも西エリアの住民の「生活安全保障保険会」の会費と寄付金で機能している市民警察だから、ここにいる幹部は制服だけは立派だが、そいつを脱ぐとお茶屋だったり植木屋だったりと本来の警察機能は殆どもっていない、というのが実情なのだ。「趣味の警察」と首都警察の連中が言っているのはそのことだった。実態としてはむかしあったという自警団の組織に近い。

古島のそのコンピューター発言に、仮設テント下の警察幹部たちはみんな押し黙った。どうやら一様に緊張が走っているみたいだ。

「どんな危険予測ですか？」

さっき名刺交換したが、名前まで覚えられなかったナンバー2らしき年配のチョビ髭《ひげ》が言った。この人は与えられた制服が少し大きいらしく全体にダブついているが、雰囲気はヒトラーに似ていた。

「まだ署の機密事項の分析途中なのでいかに同じ警察同士といえどもいまの段階でくわしくお話しできる状態ではないんです」

西部警察幹部の質問は簡単に一蹴《いっしゅう》されたが、古島の言った「同じ警察同士」という表現で仮設テント下の幹部たちに安堵の気配が一様に走ったのを古島は敏感に受け止めていた。

古島の用件に応じるために、西部警察はいま摑んでいる情報を簡単にまとめた資料を渡してくれた。それらの殆どは翼健児率いる機動バイク連隊ビランジャーからの報告をまとめたものだったが、ナンバー2のヒトラーは、そのあたりの顚末《てんまつ》はあえて省き「当署の分析によると重点目標はこの二点になりますで」と、語尾がどうもヒトラーらしくない土着語ながら簡潔な報告をしてくれた。

最初のファイルは「西旗雄一郎《にしはたゆういちろう》八十二歳の観察記録」とタイトルにある。ヒトラーの説明によるとこの人が〝未確認歩行物体〟の最初の目撃者であるという。

時間にあまり余裕がないために、西部警察の車両で、早速本人のところまで案内してもらうことにした。三台あるという警察車両のうちの一台は七人乗りのワゴン車で、素人がやったのか白塗りペンキの下に、それ以前に使っていた「ニコニコ西陽《にしび》保育園」という赤い文字がまだうっすら見えている。西陽保育園なんて夏にはいかにも暑そうだが、きっと夕陽のあたる西にむいてその保育園が建てられていたのだろう。いまはその乱暴に塗った白ペンキの上に「西部警察第一機動隊」とものものしい文字が書かれている。

さっきいた幹部たちのしかつめらしい制服はなにかの式とか公式訪問のときなどに着るものらしく、古島を案内してくれる警官の一人は運転手などやらせてしまっては申し訳ないのではないか、と思わせる初老に近い警官だった。

紺色の地味ながら正式制服よりははるかに機能的な薄手生地で体にぴったりした作業服タイプのものだった。守衛かクレーン車の運転操作員などに相応《ふさわ》しい恰好だが、ひとつだけ違うのは胸のところにくっきりと星の形をした大きなバッジをつけていることであった。星の真ん中にはＷＰの浮き文字が立派である。ウエストのポリスなのだろうか、と思ったが敢《あ》えて聞かないでおくことにした。予想以上に沢山の説明が返ってくると面倒だ。

「いまこのクルマのボディに『第一機動隊』と書かれていましたが、機動隊は何機まであるんですか」

古島は聞いた。

「いや、機動隊は一機だけです。あとは交通整理用の機材を載せるものと広報車ですな。むかしはもっと部隊があったのですが……」

「シンプルなんですね」

「予算が限られているもんですからね。でも今でも本当に機動力がある五台のバイク編成隊があります。最初の頃は二十三隊ほどもありましたが老齢化がすすんでバイク乗りが減りまして、今は何隊機能しているのだか……」

初老の警官は言った。

めざす最初の参考人は西縦貫道沿いにある中型マンション「コーポ・カルメン」のオーナーである。すでに電話連絡が入っているので、老人はマンションの外に出て警察車両のくるのを待っていた。

正式な意見の聴取と聞いて張り切ってしまったのか、白いゴルフズボンに、ちょっと派手すぎてミスマッチっぽいチェックのベストをつけて、いくらか曲がり気味の腰をよっこらしょうと無理やり伸ばしている。

老人は、警察車両をマンションの玄関前の小さなクルマ寄せに入れるよう案内し、古島と初老警官を自室の応接間に案内した。

和洋折衷のいろんな置物がある応接間にはひときわ現実的で大きなこのあたりの精密地図らしいものが壁に張られている。出窓の棚の上にはかなり大きな暗視スコープ付きの二十倍率ほどの双眼鏡が誇らしげに置いてあった。

かたどおりの挨拶をすませ、奥さんが紅茶を運んできたところで古島はすぐに質問に入ろうとした。長年のカンでこの老人はひとつひとつの話が長い、ということが最初の数分でわかったからだ。

あんのじょう、話は、むかしこのマンションを建てたときはまわりは銀杏《いちょう》の林が沢山あってそれはそれは見事なものだったんですよ、というところから始まった。それについて大きく頷いているが、なるべく質問はしないようにしてやり過ごし、できるだけ早く肝心の話の詳細を聞こうと考えていた。

このあたりは犬を飼っていないとまともな生活者じゃない、などというおかしな見栄が定着しているようで、いまの時間はまだ見当たりませんが夕方近くなるとあちこち犬を散歩させる人で、この閑静な住宅街が犬臭くなるくらいなんですよ。

西旗さんは、どんなことでもこうしてじっくり話ができるのが嬉しくてならない、という表情で、次々に「このあたりのこと」の説明を続けた。

もう失礼にはならないだろう、というタイミングで古島はいきなり質問をした。

「ところで、以前何度か警察に報告していただいた、バスぐらい大きな『歩く足』なんですが、それは何処からどのようにして見つけたんですか。最初のときでも最近の場合でもかまいませんが」

西旗さんは大きく頷いて、よっこらしょうという感じでソファから立ち上がった。双眼鏡の置いてある出窓のそばに近づき、古島たちに見えるように体をひらいて、そのむこうに白く光って見える道路を指さした。

西縦貫道路とはゆるやかな角度のX字を描いて交差している。一般道よりは少し規模の小さな、田舎にいくとよくある農業整備道路といったかんじの道だった。

「あそこを西北にむかって飛んでいたんですよ」

「飛んでいた？　歩くんじゃなくて飛んでるのですか？」

「まああれでも結局は歩くということになるんでしょうが、あのバスぐらいの大きさにしてはいやに軽々と跳ねるようなのが不思議でしたよ」

「それは足が自分で歩いている、という感じですか。それとも空中からつり下げられているという感じですか？」

「つり下げるねえ。とにかくびっくりしてたんで、その足の上のほうまで双眼鏡で見る余裕はなかったんですよ」

西旗さんは申し訳なさそうに言った。

「あっ。うちの弘子がまた外出ですわ。いや息子の嫁なんですがね、だいたい週に二回ぐらい、ああやって化粧しておしゃれして出ていくんですよ。どこいくって買い物がそんなにあるわけはないでしょう。あれは絶対どこかで男と逢い引きしているに違いないんです。刑事さん、あれをいま逮捕することはできませんかね」

 やや傾きはじめた午後の陽のなかでその弘子という女性はたしかに田舎の道には目立ちすぎるおしゃれをして嬉しそうに飛ぶように歩いている。銀色がかったハイヒールがよく目立っている。その気で見ると靴だけがあやつり人形のように飛び跳ねながら進んでいくようにも見える。

みんな西へ

やや飲み過ぎの重い頭の奥にチクチク突き刺さるような「食いつき電波」が間欠的に古島刑事の大脳のどこかを刺激していた。

昨夜久しぶりにカメ首横丁の自分の部屋、ボロアパートの三階に帰ってきたときには、ある程度酔った体には負担が強過ぎてもう飲むだけ体に悪影響しか与えない脂吟《あぶらぎん》醸《じょう》「爪《つめ》の垢《あか》」通称「臓酒《ぞうしゅ》」を飲み過ぎていた。「蔵酒」ではなく「臓酒」で、これはいろんな動物の臓物を発酵させて作った相当にあくどい闇の〝狂い酒〟だが、まだ違法ではないので文無しどものラリ酒としてけっこう焼糞じゃない自棄自棄《やけやけ》人気があった。

古島は翌日は非番だったから、やや気が緩くなって港湾近くの因縁市場の隅にあるバケモノ酒場のようなところに行って、そこらで交わされる酔っぱらいどもの話に何か情報はないかと酔ってもまだ職業意識を払拭《ふっしょく》できないまま、どんどん飲み続けていたのだ。

その悪酔いの破壊頭をチクチクついている電波は古島のハンディビュアからのものだ。昨夜メーンスイッチを切らずに寝てしまったのだ。ちくしょうめ。

呻《うめ》きながらハンディビュアを服の内ポケットからひっぱりだす。なさけないことに上も下も外出着のまま寝てしまったようだ。

悪酔いでさらに半覚醒状態の最悪の状態でも、その声で判別できるろくでもない奴からの電話だった。安物の中国手機から掛けているらしくハンディビュアのモニターに相手の顔は出ないが、その声は埠頭三角暗闇市場のヨシオカに間違いなかった。

「まだお休みだったですかね、刑事さん」

ヨシオカはチリチリした声でそう言った。

「なんの用だ」

古島は地底から吠えるような声で言った。

「機嫌悪いですね。でもちょっとこのことは知っておいたほうがいいんじゃないかと思ってわざわざ連絡したんですからそう邪険にしないほうがいいと思いますよ。ついいましがたのことですからまだ警察も通信社も知らないコトで……」

相変わらずこすからいヨシオカの向ける誘い水だ。水といえばいますぐ水が飲みたい。ただの水だ。あくどい酒にやられて喉が塞《ふさ》がりそうになっているのがわかってきた。ヨシオカの電話はそのままにしてそこらに転がしてある水カンの蓋をあけ一息で飲んだ。頭をあげると脳が膨張して頭蓋骨をいまにもぶち破ろうとしているのがわかる。

「なんだ？　早く言え」

「情報ですよ。買いますか。どうしますか」

「ちくしょう。聞いてそれだけの価値がないとわかればただちに五十リアルこっちに払うならば聞いてやる」

「それは狡い。ならば通信社のほうにしますよ。彼らだったらすぐにヘリを出すでしょう」

「いったい何が起こった」

「だから二百リアル」

「わかった。早く言え」

口で言っているだけのこんなカネはあとでどうとでもなる。それでなくともヨシオカには二千ぐらいの借りがある筈だからもうどうでもいい。

「約束ですよ。その分これまでの貸した分に加算します」

「いいから早く言え」

「ウージーたちが移動しています。ざっと二千匹はいると思われます。あいつらあそこにあんなにいたんですねえ。海はウージーだらけです。いやウージーだけじゃない。あのでっかいネンテンもそのあとに続いています。水しぶきがあがっています」

ヨシオカの奴、興奮してまるでテレビの現場実況だ。

「海の中って脂海《しかい》を泳いでいるのか？」

「そうです。先頭は頭に何か太い動く角みたいのを何本もつけたウージーです」

「本当か？　なんだそれは。あいつなのか！」

「わかりません。でもやつらのリーダーみたいです。もしかすると例のあのウージーじゃないかと」

「お前はいまどこにいるんだ？」

「埠頭の先端です。ここらの人がようやく気がつきだしたところですよ」

「やつらはどこへむかっている？」

「わかりません。海の先です。あのままだと向かいのシーサイドゴールデンパークのむかしのマリーナのあたり、あるいはもっと右に流れてむかしの羽田空港あたりを目指しているんじゃないですかね」

古島は頭のなかにそのあたりの光景を思い浮かべた。上陸するとすぐにベイサイドの幹線道路にいける。もっともいまはその道路は陥没だらけでクルマは走れないが。

「今日の雨はどうなんだ」

自分で立ち上がって窓をあければ聞くまでもないことだったが、今は窓際に移動するのでさえも辛い。

「今日は白い、こぬか雨です。したがって視界良好」

そのあとヨシオカの声が一オクターブあがった。

「あっ。一番あとからヘンなのが続いているのがみえます。なんだあれは。なんか大柄な人間みたいです。人間だけどウージーみたいな泳ぎかたです。あっ、背中にあれはなんだ。あっ。あれは犬ですね。小さな犬を背中に乗せてウージーとネンテンのあとを追っています。すべては謎に包まれている集団移動です。情報代は二百リアルです。この貴重な情報はヨシオカが埠頭三角暗闇市場からお送りしました」

ヨシオカはそのありさまの流暢な報告に自分で酔ってしまっているのか殆どテレビレポーター口調と化している。

芝白金にある中・韓共同資本による超高層ビル「鳳凰」の、綺羅星美南《きらぼしびなん》タワービル百八十七階のフラットにある李麗媛の部屋のドアを叩く者がいる。自動包身ソファに深く体をしずめたまま、李が集中管理ディスプレイを見ると、ドアの外にいるのは蛾《が》虫《むし》だった。黄托民《こうたくみん》のとりまき子分のなかでは最近蛾虫が急速にのし上がり、今では「深海シャチ」の支配人にまでなっている、ということを李はつい最近聞いたばかりだ。

「深海シャチ」は表むきは豪華大飯店だが、その奥にある本体施設にはホテルを中心にした中・韓の耽美《たんび》奉仕技術を超ハイテク複合させた巨大装置が隠されている。

そこには黄托民が招聘《しようへい》した外国の要人を最初に歓待する多目的接待コースが用意されている。各種マッサージ、足揉み、腰揉み、頭部軟性化、踵《かかと》の角質吸い、複数の全裸女がくねくねからみつく脂揉み、コリアンセチラーゼの混入した花露温魅湯、湯上がりの全身同時微動のもち肌こねり、途中に随時各種の特殊刺激強壮薬が、蜜杯、蒸気、手揉み擦り込み、混合補給酸素などによって要人を浮きたたせていく。それからあとはあらゆる要望に応える甘露酒のコレクション。おなじくどんな要望にも応えられる豪華食事の数時間。

要人客らはそのくらいの時間になると全身がとろけるような状態になっている上に、数時間のあいだあらゆる方法で施された催淫効果によって、酔いの深さのわりには体の奥深くから噴出する熱い欲望の膨張で精神を制御することさえできなくなっている。

そこでホテルの自室に案内される。しばらくすると灯が自動的に濃密な妖艶色にかわり、特別な女が部屋にやってくる、という仕掛けだった。

その日はロシアのアジア方面特命全権大使ウラジミール・ポトノフがビッグゲストだった。黄托民が狙っているのは中国・韓国連合にロシアを抱き込み、台頭するインド勢力とロシアの連携を絶つことだった。ここでポトノフを籠絡することは、黄托民のずっと狙ってきたアジア制覇という最終目的の仕上げに近かった。

李麗媛は自分のその日の相手を知っていた。これまで黄托民の裏政治のために各国の要人をどれほど慰め喜悦《きえつ》の夜を与えてきたかわからないくらいだ。いい暮らしができる代償に李の本当の人間性は全部封印されてきた。妹のキムと自分は黄托民の色攻略のための二枚看板だったが、キムはあるとき脱走した。巨大な喧騒の巷にまぎれこんだキムはその腹いせから街で下らない大金持ちを気取る親父たちを誘い、金を奪ってそのうちの何人かを行方不明にしてきた。キムの武器は膣《ちつ》の中に仕込んだ肉食ナマズ「カンジェロ」だ。閨房《けいぼう》における絶頂時に起動する陰茎バラバラ攻撃ほどの、絶頂から絶望への究極攻撃はない。

最初の頃は黄托民とその周辺のごくわずかな幹部だけがこの街の猟奇的事件の真相を知っていたが、黄托民は途中で戦略を変えていた。キムの仕業と警察にチクったのが黄托民の意をうけた蛾虫の仕業らしい、ということも李はわかっていた。その情報で警察がキムを追っているのも、そのキムを蛾虫が殺す手筈になっていることも李は知っていた。黄托民の裏政治を素早く隠蔽するためだった。

けれどキムは逃げおおせている。だから自分だって、いつ誰かに牙を剝くかわからない。そしてその牙をやっといま剝き出すときがきたのだ。

蛾虫に手びきされる恰好で李はホテルへの通路を歩いていった。李が日本の花嫁がつけるような大きなかぶりものをしているのを蛾虫は最初いぶかしがった。

「お前の様々に色を変える長い髪が欲情した男にはなによりもたまらないというのに、そうやって隠したらもったいないじゃないか。それもあたらしいファッションかい？」

歩きながら蛾虫は聞いた。ひところの猫かぶりの口調と違ってこの頃の蛾虫はすっかり雇用側の人間の口調だ。

李は応えなかった。蛾虫ごときの成り上がり者にまともに返事をする必要はない。しかしそのいっぽうで蛾虫も李がいっこうに彼の誘惑を歯牙にもかけないのを恨み、たかが高級売女めと思っているのが、その態度と口ぶりでわかる。

ポトノフの泊まっているフラットには他の客は入れないようになっていた。カジノと女がセットになっている一般の宿泊客は一連の濃厚サービスのあとにあてがわれた女と寝て、あとはカジノで朝まで、というのが通例だった。

蛾虫は部屋の近くまできて、立ち止まり、あとは「いけ」というふうに李をうながした。李が部屋をノックし、あきらかに待ちかねたような性急なタイミングでその瀟《しょう》洒《しゃ》なドアがひきあけられた。

ポトノフの絶叫が聞こえたのはそれから三十分もしない頃だった。李は足早にポトノフの部屋を出て、かねてから考えていた厨房裏の従業員通路をぬけて自分のフラットに戻り、用意していた小振りの荷物を持って自分の部屋を出た。外に出るまでボーイと二組の酔った客と出会ったが、その時間の他の客はみんな女と寝ているかカジノで最初の勝ち負けをきめた頃で、従業員の多くは遅い「まかないめし」を食っている。その従業員通路と荷物運び専用のエレベーターを使って、李は白い雨の降る外にするりと出た。

古島は痛む頭と悪辣な吐き気を堪えながら一応防脂ガッパを羽織って外に出た。署にいけばパトカーを出せるが、事態をちゃんと見極めてから行動したほうがいいと判断し、流しのタクシーを探したがその気配はない。一ブロックほど歩いたところでいきなり横丁からバイシクルが出てきた。パキスタンあたりからきたらしい濃い顔をした男が粗末な三段ギアの自転車で荷グルマを牽いている。相当に乗りごこちは悪そうだが、歩くよりはいくらか速そうだ。顔つきで古島が乗りたいと思っているのがわかったらしく、そいつは異様に長い前歯を見せて大袈裟に笑った。

埠頭三角暗闇市場——と目的地を告げる。白い雨は霧雨のようなもので、天候条件はまあまあだった。ただし路面のデコボコがじかに頭痛に響く。

「道は知っているかね」

古島は聞いた。

「知ってまさあ。あのあたりは今はここらで一番賑やかなところになっちまったですねえ」

東京に詳しい男らしかった。B級幹線道路に入るとクルマの流れもけっこうあり、デコボコ揺れも少なくなった。気がつくとその運転手は耳にイヤホンをつけている。

「今朝あのあたりで何か騒ぎがあったらしいね」

リサーチのために聞いたが運転手は何も知らないようだった。

「ラジオを聞いているんじゃないのかね」

「いえ。ふるさとの歌をいつもこうして聞いています」

「へえ。どんな歌なの？」

聞くんじゃなかった。

「タアヘルディオン、イハトルマアデン、キャトキャト、タアヘル、いはとんとん」

いきなり大きな声のおかしな旋律で歌いだした。歌うぶんだけ気分が高揚し、そっちに力が入ってしまうのかスピードがはっきり鈍った。

「もうわかったから……」

と言ったが夢中で聞こえなかったらしい。

なんとか埠頭に到着。相変わらずひしめく大勢の人間の隙間を縫ってその先端までバイシクルで行ったが、当然ながらもうヨシオカの姿はなく、そこから見る脂海は白い霧雨のなかにけぶっていた。近くでプラスチック硬板をヘナヘナのプラノコで切ろうとしている老人に、今朝がたウージーがみんな海を渡ってしまったというのは本当かね、と聞いた。

「ああ。みんな行っちまったよ。帰ってくるのか埠頭のみんなは心配していたよ。あいつら残飯を食ってくれるから、いなくなるとここらの海はゴミでたちまち腐ってくるからなぁ」

老人はその動作のわりにはしっかりした返答だった。

古島は、そこでいくらか思案したが、少しだけの迷いで決断した。ここは「恩」を売っておくところだろう。

このあいだ久し振りに会った首都警察の外事課の遠藤に電話を入れた。外事課の連中は外からの情報に常に注意しているからハンディビュアをそこらに置きっぱなしにして呼び出しを聞き逃す、などという古島のようなことはない。すぐに利発そうな遠藤の声が聞こえた。

「ま、たいしたことでないとは思うんだけど、あのビルと豪華客船が傾いて頭をくっつけあってる埠頭を知っているだろう」

「知っているぞ」

明快な応えがかえってきたが、遠藤は何かほかに重大な事件にぶつかっているのか、どこか急いた感じだった。早く用件の要点を知らせてくれ、という感じだ。

「あそこに棲息している通称ウージーと呼ぶアマゾン猿とカワウソから異態進化した生き物と、ネンテンという同じく異態系の生き物全部が脂海を渡って対岸のシーサイドゴールデンパークもしくは昔の羽田空港あたりにむかったようだ。みんな長いこと安泰に暮らしていたのに理由がわからん」

「そうか。全部で何匹ぐらい？」

「あわせてざっと二千五百ぐらいかな」

「多いな。レミングみたいだな」

「この情報はそっちにまだ入っていなかったかね」

「お前にいま初めて聞いたところだ。感謝するよ。もう少しこちらで詳しく調べさせよう」

遠藤はやはり急いた口ぶりだった。

外事系で何か重要なことが起きたのかもしれない。

電話を切り、また少し考えた末、まだカネを払っていなかったバイシクルにもう一度乗り、タクシーの走っている環状八号線もしくは西縦貫道路のあたりに行ってくれるように頼んだ。

白い雨なので海岸通りには沢山の浮遊生物や宣伝用の飛行体がフワフワしている。

賑やかなのは機械鳥の物売りだ。コウノトリがちょっとバランスを崩しているみたいなコウモリ傘のような羽根をカシャカシャ不器用に動かして、簡易朝食を売っている。防脂袋に入ったナンの挟み揚げとかブリトーの太いやつ。スコットランド名物と看板に書いたハギスなんてのも売っている。壊れたようなコウノトリは四羽いて地上一メートルぐらいのところに商品の入ったバケットをみんなしてぶらさげている。

自動三輪車がのそのそやってきて「ええーご家庭内でご不要になりました骨がありましたら無料でお引き取りします。えー骨はありませんか。ホネーホネー」。

遠慮というものはなく、ただもう不景気で気持ちの悪いことを繰り返し言っている。こんなシロモノがなんでいまだにそこらを走り回っているのか古島にはよくわからない。

ちょっと高い空中からは間もなく開業するという水平回転空中バスの試乗者を募っていた。噂ではもうじき反重力を利用した回転乗り物が営業を開始するという。たぶん回転翼に人が乗れるようにした乗り物で「反重力」というのは嘘だろう。そんなのが実用化したとしたら常識的な物理学がみんな崩壊する。その程度のことは古島にもわかっていた。

しかし下から見上げるそれは思った以上に巨大なシロモノだった。首都を一回りし、西の郊外までのルートがまず開通するという。景気が最悪続きの世の中でちかごろ唯一の活気のある風景だ。

幹線道路でバイシクルを降りた。五リアルだった。走った距離にしては安い値段だ。ただし時間の惜しいひとには向かないかもしれない。古島がそうだった。空きタクシーをつかまえるまでそれから十分ほどかかった。見当をつけてむかしの羽田空港まで飛ばしてくれるようにたのむ。

「なんだかそこに大量の水棲動物が上陸したそうですね」

運転手が言った。

「ニュースでやっていたんだな」

「さっきまでね。今はもっぱら高級ホテルでロシアの偉い人が殺された話でもちきりですよ」

「誰が死んだ?」

「ウラジミールナントカ、という人で、ロシアでもだいぶえらい人らしくてこれはもしかするとえらい騒ぎになるかもしれないらしいですよ。惨殺《ざんさつ》らしいですから。いまんところ中国が暗殺したという見方が強いみたいですしね」

「ふーん」

なにかよくわからないが、直感として、あのウージーたちの集団移動と今の暗殺はどこかでつながっているような気がした。といってもどちらの情報もまだほんのカケラしか知らないのだから確証は何もない。ただしそこらを這いまわる刑事の人知を超えたカンとかいうやつがブンブン頭の中を回っている。おかげで悪酔いの頭痛もまた戻ってきたのだが。

首都の西に動きがあった。

わりあい平坦な田園地帯にいきなり作られ始めた正体のはっきりしない、すっぽり巨大な防護布に覆われた高層ビルのような高さの建造物の建築現場へのクルマの出入りが激しくなった。無印の幌つきトラックは殆ど連結したように前よりもひっきりなしに出入りするようになっている。

西部警察のバイク隊がこの幌つきトラックの尾行を何度もやってルートはつきとめている。それらは東京湾岸地帯の埋め立て倉庫街にあるやはり周囲を厚い防護布で覆った巨大なスペースから出てきてまたそこに戻っていく。

大量の荷物がそこにあって、幌つきトラックは働き蜂のように、東京の西郊外の巨大な建物とを往復しているのであった。

西部警察のビランジャーらによる観測は次第に監視の様相を呈してきており、首都警察への報告は毎日頻繁に送られた。

その一方で、多摩川沿いの住人からさまざまな不審情報が首都警察や西部警察に送られた。新聞社も取材に動きだし、ついに警察の捜査よりも前に、新聞がスクープ写真を掲載した。それは驚くべき光景だった。何百匹とも知れぬビロードのような滑らかな毛艶のある生物が川原や川の中などをどんどん進んでくる光景だった。

生物学者の解説がついていた。

「これは二十年ほど前の大破壊《ハルマゲドン》によってあらゆる生物相に異態進化がおき、とくにケミカル汚染の激しかった東京湾、いまは『脂海』と呼ばれているところに棲んでいた生物が次々に奇妙な進化と変化を繰り返した。この写真にある生物は汚れ続ける海から川沿いにあがってきた、生物学的にはまったく新しい異態動物である」

これを読んで多摩川沿いに住む人々は戦慄した。いつどんなかたちでこういうヘンテコな動物に襲われるかわからない。

住人はヒステリックにそう叫び、多摩川沿いの小学生以下の児童が通うところはことごとく登校登園禁止、しばらく休校休園の措置をとった。

警察のパトロールも強化された。もうボランティアの西部警察だけでは手に負えず、首都警察のパトロール隊が投入された。彼らは橋の上などに投光器などを備え付けたが成果はゼロだった。怪しい水棲生物たちはそういうものがあると全体で水の中にもぐり難なく通過した。埠頭三角暗闇市場のすさまじい生存競争を生き抜いてきたウージーやネンテンたちは、人間が想像する以上のサバイバル能力を身につけていたのだ。

李麗媛を迎えたのは北山医師だった。待ち合わせ場所は「深海シャチ」のほど近くにある目隠し居酒屋「まっくらけ」だった。この酒場は席に案内されると従業員によってかなり厳重な「目隠し」をされる。座る席は自由で、たいがいはわざと知らない人の座っているテーブルについた。そこで自分の酒を注文し、それを飲みながら見えない同席の人とごく自然に話をする。必然的に目隠し女の座っているところに新規の男客が座った。もちろん目隠し男の席には女の客がちゃんと来てくれる。店はいつも賑わっていたが、相手が見えないと自然にそうなるのか、あまりうるさくない会話が交わされていた。

その夜は北山医師が先にやってきて目隠しされたままハーリー酒を飲んでいた。ハッカのきいた気つけ薬みたいな酒だ。

数分後、殆ど音もたてずに李麗媛は北山医師のテーブルに着いた。

李のやってきたのを気配で知った北山医師は李の頭の上にある百二十四のミドリへビの具合を気配で感じようとした。彼らは一様に興奮しているように感じられた。

「で、結果は？」

北山は静かな声で聞いた。

「それを話す前にわたしもお酒を頼んでいいかしら」

李は言った。

「そうだね。失礼。さぞかし喉が渇いているだろうからねえ。どういう結果になったかの心配ばかりで、気が回らなかった。すまない」

「いいんです。たいしたこともなくすみましたから」

「よかった」

北山医師と李の隣の席でちょっとした口論がはじまった。科学者同士らしく累加電流とシンクロトロン軌道放射についていきなり意見が分かれたようだった。やはり男と女の声だった。話の様子でその二人もいきなりここで出会ったわけではなく待ち合わせた知り合い同士のようだった。

二人の声が高いので、北山と李はそれほど気をつかって囁くように話さなくてもよかった。

「わたしがかぶりものを取ったとき、その男はわたしの下にいたわ。ロシアの大男よ。わたしはそいつに跨がったまま頭の上の沢山の友達をお披露目したの。そいつは最初幻覚だと思ったらしいわ。でも現実のわたしの百二十四の仲間の動きが速かった。面白がっているように三十四ぐらいが嚙みついたわ。それぞれ嚙む場所を違えてね」

「そいつは叫んだの？」

「叫んだわ。でもわたしたちのフラットには誰もいないから叫んでも無駄だったけれど……」

その話が終わったところで北山医師は「ここを出よう」と言った。

かれらが部屋のありさまに気がつくのはまだ先だろうと思ったが、現場の近くでいつまでも危険な時間を過ごすことはない。

目隠しをとって、北山は店の横の駐車場においてあるプジョーに李を連れていった。

「これから一時間ぐらいのドライブになる」

北山医師は言った。

「クルマがでたらスカーフを外していいかしら」

「まあ都心部の交差点などにストップしたときは注意が必要になるが、こんな時間に隣や向かいにいるクルマの中までヒトはあまり見ないから問題ないだろう。真横に止まったクルマの運転手が君の頭をみてもなんのことだかすぐには見当もつかないだろうしね」

プジョーは夜の闇のなかに出た。

「ところで聞いておきたいのだけれど先生は結局キムとも寝たの？　まだカンジェロを移植する前に」

「それはなかったよ。キムにはそれまでの人生の話をまだ何も聞いてない段階で手術をした。感情は完全に医者と患者のものだったし」

「キムも患者と言うの？」

「身体的、精神的に置かれた立場を考えるとね。まあ結果的に君ほどひどくはなかったけれど……」

「じゃあわたしも患者ね」

「そうだね」

「医師と患者はこんなふうになりやすいの？」

「すべてがそうというわけではないよ。逆に我々のような関係は珍しい。君が施術の前にすべてを話してくれたからね」

「おかげで手術が一日遅れたわ」

「メドゥーサは抱けないよ」

プジョーは東京の西にどんどん進んでいった。雨がまた降ってきた。そのほうが北山医師と李には都合がよかった。

首都警察の多摩川捜査隊のなかに古島刑事も加わっていたが、西にむかう橋の上から探照灯をかざして謎の水棲生物を迎えうつ、という捜査本部長の方針が出たときに古島はこっそり隊を抜け出した。そんな派手なことをして発見できるわけはない、とわかっていたからだ。

パトカー五台に大型探照灯つきの特殊車一両の大部隊からこっそりはなれ、もうひとつ川下の橋にむかった。闇のなかで慎重に彼らの気配をさぐったが、まだそこまで到達していない、ということがわかった。彼らの習性からいって川の左右どちらかの岸辺沿いを進んでくると考えるのが妥当だ。危険を察知したら水の中に入るだろうが、かれらの基本は肺呼吸だ。進んできた後だったら左右どちらかの川原の葦《あし》などの草がなぎ倒されているのが確認できるだろう。なにしろ二千五百匹以上の大群なのだ。その推測のもと古島はさらにいくつか下流の橋まで下っていった。

時間と彼らの進行速度を考えて、そろそろこのあたりで待っているのが妥当だろうというところで川原に降りた。どちらの岸を進んでくるかわからないが、そこはカンに賭けた。間違えて反対側に行ってしまったら、次の上流の橋まで急ぎ、そっち側の川原に降りて待っていればいい。

古島をそういう単独捜査に駆り立てるものはひとえに「手柄」だった。ウージーのこの行進のリーダーを捕まえてしまうのもいいし、写真に撮ってマスコミに売るのでもいい。できればその両方をモノにしたかった。

まだ発覚はしていなかったが、古島はこのところ刑事としては命とりになる失策ばかりしている。ここらでひとつぐらい手柄をあげておく必要があった。

カンだけでしかなかったが、左側の川原で待つことにした。幸い首都の西は白い霧雨になっていて、このところでいえば「いい天気」だった。

そうして川原の草むらで待つこと三十分、ついに草や土などをこすって進む大量の生き物の気配を得た。

脅かしてはいけない。

ということを大きく念頭に置いた。彼らの生態は三角埠頭でしばしば見ている。もともと気のいいおとなしい奴らなのだ。だからどんどん進んでくる連中の進路の方向にむかい合ってしゃがんで待っていた。直前まで気がつかないくらいに気配を殺していた。そうして先頭のウージーときわめて近距離で顔を合わせることになった。

さすがに先頭のそいつは驚いたようで軽く「ウーウー」というように唸った。それから、

「なんだてめえ。こんなところにいきなりいるのよくありません。おどろくとわたしたちみんなおどろくよ」

おかしな言い方をして全体の進行を止まらせた。そいつは犬男の中身を移魂されたウージーだった。頭の上になにかくねくね動く帽子のようなものをかぶっているが帽子全体があちこち動いている。

「なんだおめえは。なんでこんなトコにいる?」

お互いに同じことを言った。

降臨

古島は見覚えのある、頭の上にミドリヘビを十数匹わらわら踊らせている小柄なウージーをしばらく驚きの表情で見つめていた。

いつの間にそんな力量を持ったのかわからないけれど、北山医師によって実験的に植蛇されたウージーは、かつてヤクザグループの中堅として統率していた時の思念をそのまま移魂されているからなのだろうか、この短期間で相当な集団指導力をもってしまったようであった。

川原の闇のなかに座った古島とむかいあい、互いに緊迫した数秒の沈黙時間にも、うしろに続くその他おおぜいのウージーやネンテンどもは蛇頭ウージーの何かの命令を受けたように黙ってじっと静止したままでいる。

「なんでお前たち、みんなしてあの埠頭を離れてこの川を遡《さかのぼ》ってきているんだ？」

気をとりなおし、古島が先にいちばん知りたいことを聞いた。

「うるせい。今日は白い雨でいい天気でよかったですね。だけどおめえにいちいちそんなこと説明するのは、よく考えてもよくわからないのよ。なにか急にぼくたち全員こうしたくなっちゃったんだもん。おめえこそなんでここにいるんだこのやろう。こんなふうにしてぼくたちを脅かすのはやめてください。あなたね。そういうことはとてもよくないよ」

素直なウージーの頭脳にヤクザの思考メカニズムが混入しているものだから相変わらず言いかたのトーンが目茶苦茶だ。

「みんなしてこの川を遡ってどこへ行く？」

古島はさらに聞いた。

「みんなしてぼくたちもっとウエにいくんです。そういうことになっているんです。だけどうるせい。おめえがそんなこと聞いてどうすんですか。あっ。もう行かねばなりません。行かねばの娘です」

そのときミドリヘビを頭にのせたウージーは、ピクンと体をはね上げるようにしてそう言った。それはちょうど無線とか携帯電話で何かの指令をうけたときの反応に似ていた。

「わかった。だけどよく聞け。この先三つ目の橋の上に首都警察がかなりの人数でお前たちを捕まえようと待ち構えているぞ。警察のおれがこんなことを言うのはおかしいと思うかもしれないが、だけどこれは本当の話なんだ。三つ目の橋が見えてきたら全員早めに陸にあがって川原を横にそれて、小さな道などを探して素早く迂回して、橋を越えたらまた川に入ったほうがいい。いいか。これは大事なことだからな。『迂回』という意味はわかるな」

古島はリーダーのもとヤクザウージーに言った。言いながらなんだか本当におれは警察のくせに相当ヘンな立場になってしまったなあ、と思った。ウージーの頭の帽子みたいなものがついに脱げて十数匹のミドリヘビがわらわら踊っている。いままで気がつかなかったが、なんだかそれはウージーの頭の上のアンテナのようにも見えた。

「どもごきげんよろしほでけっこです。そんなことどっちにするか、そのときになったらぼくたちで決めるもん。だからてめえいちいちうるせいんだよ。このポリ公はよお」

ウージーはレゲエふうの蛇頭を激しく振ると、いきなり川の中に飛び込んだ。そのあとに続いて大勢のウージーやネンテンも飛び込んだので、あたりにはもの凄い水音が響いた。

北山医師のプジョーは助手席に李《り》を乗せて夜の幹線道路を突っ走っていた。李は「ヘビたちにいい空気を吸わせる」のだと言って、頭のスカーフをとったままだった。前部座席のガラス窓を少しあけてある。白い雨がときおり細かい水の粒子になってそこから入り込んでくるのが頭の上の沢山のミドリヘビにちょうどいいらしい。

「どこにむかっているの？」

李が聞いた。

「七頭《ななあたま》バイパスとの交差点でもう一人待ち合わせている者がいる。出会ったらそいつと同じ行動をとる」

「わたしの知らない人？」

「まんざら知らない仲じゃない」

「顔をあわせたことがあるというの？」

「たぶんな。君が気がつかなくても、そいつの部屋のドアに設置してあるトロイダル屈折レンズとミラーで君がわたしのクリニックに出入りするところをすべてモニターしている筈だから、一方的に君をよく知っている」

李は何も答えなかった。沈黙の意図がわからず北山がちょっと横をむいてその顔を見ると片方の金色の目がギランと光っている。李が用心するときの目の光だ。

このルートを走る沢山のクルマ相手のサービス産業ブロックになっているケバケバネオンの区画を走りすぎ、プジョーはやがて待ち合わせ場所であるらしい、大きな番傘をトレードマークにしている縦横回転式の立体モータープールゾーン「カラカサ」に入っていった。放電式電子パネルに、互いの自動車ナンバーを暗号化して入力すると、その巨大なカラカサドームのどこかしらで、待ち合わせのクルマと横向きに出会うようになっている。秘密の男女の逢い引きや、ヤバイ取引をするものにとっては非常に便利なクルマ専門の待ち合わせ場所だった。

北山医師がメーンのコンソールパネルの光軸ベースに、その日だけの双方向交換ナンバーを入れると、すぐに反応があった。その日待ち合わせの約束をしている相手はすでに到着しているということだ。

合流ポイントは54＝GF381の接点だ。クルマごと回転式の移動円盤に乗って空中を漂うようにして、双方で待ち合わせポイントに近づいていく。その段階では互いの電波交換が一切ないから、絶対に他人にその接触ポイントが知られる危険はなかった。

三分ほどかけてむかしの遊園地の回転カップ遊具みたいにして大きな回転から小さな回転に移行していき、二台のクルマはやがてこの巨大なカラカサドームのどこか一点で横向きに接触した。相手は六、七色の環境温度対応、通称カメレオン発色をギラギラさせたうんざりするくらい目立ちまくりのイタリア改造車だった。フロントとリアにそれぞれ形の違う短いアンテナがいくつも突っ立っている。

「ピンクハリネズミと言っているんだよ。なかにはクルマと電気にいかれた奴がビリビリ放電しながら乗っている」

「なんなのそれ？」

李はそこでまた不安そうな顔つきになった。

「やることなすことみんな狂っているが、技術は確実なんだ。そうして奴の力と技術によってあんたのその頭の〝わらわらちゃん〟がみんな喜んでくれている」

自分の頭の上なので気がつかなかったが、どうやらこのカラカサドームに入ってきたあたりから自分の頭の表皮が異常に突っぱっているような気がしていたのは、ミドリヘビたちがみんなで異常にコーフンしているかららしい、ということに李は気がついた。

横づけしたプジョーとピンクハリネズミがそれぞれ前部席の窓をあけた。ピンクハリネズミの運転席には大きなヘルメットを被った男が座っていた。ヘルメットからはアフロヘアがはみ出し、それよりひとまわり大きく、絶えずバチバチせわしない音をたててはみだし電波が躍っていて、フェイスガードあたりまで漏洩電流が跳ねまくっているのが見えた。ヘルメットの後ろからは太い何本かのコードが後部座席にまで流れていて、そこから高価なオービタル白金エネルギーによる接触燃焼エンジンの唸る音がかすかにした。「イエーイ。オタク元気なの。しばらく見ないからあたし失敗だったの」

デカヘル男は言った。

「失敗だったのじゃなくて〝心配だったの〟だろ。ところで今日の電気はどんなかい」

北山医師が聞くと、

「やや軽ね。もっと重いのがときどきパキューンとこないと、あたしのシビレ脳幹がカスカスいっててもう欲求不満そのまま！　うずいてうずいて」

北山医師と電気オタクの会話は李にはさっぱりわからなかったが、言葉の応酬とその調子から互いに元気いいぞーという見本のような会話をしているようだった。

「隣が李さんだ。李さんも久しぶりだな」

「ここから見るとそちらの金眼銀眼の方のミドリヘビも元気そうよ。わらわら踊って口なんかあけしめサービスしちゃってよく働いてくれているのね」

デカヘルが口軽にそう言った。

「いよいよ作戦開始になった。ウージーたちは今頃今里橋あたりまでやってきているんじゃないか」

北山医師がようやく笑顔をやめて早口で用件に入った。

「さっきからやつらと通信しているから移動軌跡データは確実にとれてるけど、かれらはまだその少し手前ね。さっきヘンな男が先頭ウージーにいきなりからんできて、少し進行が遅れたから」

「誰だ。そのヘンな男というのは?」

「電波だけではわからないのよ。あのウージーの頭でわらわらいってる受信発信のミドリヘビさんたちは、こちらの金眼銀眼のお姉さんからくらべたらほんの僅かな数でしかないから、そのぶん過負荷によるタイムラグがあるのよ。だから映像は少し遅れるの。でも今回の事情をある程度知っている奴じゃないと、あそこで待ち伏せなんて考えられないけれどね……」

「いったい誰だ、そいつは。弱ったな。ここまできてちょっとした計画ミスも許されないのにな」

「その男、きっとあの刑事だと思うわ。古島とか言った」

ふいに李が言った。

「わかるのか?」

「わたしの頭の上のミドリのわらわら君たちがわらわらいって通信電波送ったり受信したりしているそのうちのいくつかがわたしにも理解できてきたのよ」

「驚いた。本体も進化しているのか」

北山医師がかなり感動した顔で言った。

「指令電波の発信基地——つまりあたしのことだけど、そのあたしにここまで接近しているからじゃないかしら」

デカヘルが言った。

「そうか、それもあるんだろうな」

北山医師が頷き、デカヘルが満足そうな顔をした。オービタル白金の自動補充があったらしく後部座席の接触燃焼エンジンがいくらか唸り音を増した。

「ところでこれからどういう動きになるの」李が聞く。

「こいつに新しい指令がきたらおれたちはここから一気に最終目的地に突っ走る。でもその前にアナコンダの動静を知る必要がある。そことは旧式のハンディビュアでしか会話できないから多少の通信内容漏洩の心配はあるが、言葉を単純化させる訓練は完全にできているからまず大丈夫だろう」

「いよいよ、会えるのね」

「そうだよ」

李の左右の金色と銀色の瞳から涙が流れているのがはっきりわかった。

「きたわよ」

デカヘルが叫んだ。

「誰からだ？」

「ウージーからよ。瞬間映像も入ってきた。さっきかれらの進行を邪魔したという男の顔がわかったわよ。あたしのメットの右横を見て。そこのコムタゼ・ディスプレイに間もなく出るわヨ。むこうの電波が弱いからほんの一瞬だから注意してね」

小さなディスプレイに現れたのは思ったとおり古島の顔だった。ウージーの頭の上に植えつけられたミドリヘビの根幹にある電流発生塊は頭に電動ドリルであけた直径三ミリの穴にひとつやっと入るくらいの大きさなのだから、その程度の微弱発信もやむをえない。それでもってデカヘル男の発信する複雑電波を受信し、ウージーのリーダーは仲間たちをここまで引っ張ってきたのだからそれだけで称賛ものだった。

「そのほかの通信員はどうなっている」

北山医師が聞いた。

「そうなの。この西地区には十二人も配置されているのよ。みんな民間人だから、まだ目立ったことはおこしてないけど、一人だけ、三鷹に近い西縦貫道路沿いのマンションオーナーが西部警察の通信員十五号と勝手に名乗ってて、そこに嫁いだ西旗弘子という嫁が舅にいくらかマークされてるわ」

デカヘルが解説する。あらゆる浮遊電波をとらえて毎日リアルタイムで分析している電波オタクの情報収集力とその分析はやはり驚異的だ。

「それは何の係をしている？」

「アナコンダのメンタル面での飼育ね。アナコンダは狛江《こまえ》の先の水耕農家をダミー会社としてそこに池を作って待機させているの。アナコンダは本来水生だからね。餌をやる係はほかにいるけれど、西旗弘子はインドの大学に留学してヘンデヘブ語を専攻したのよね。夫の宗教が動機じゃないかしら。そういうのってよくあるでしょ。それで何時のまにか大形爬虫類の生態心理学を学ぶようになって、それでその人たちから目をつけられた、っていう訳なの」

デカヘル電波オタクの説明が続く。

「その、弘子……さんっていったっけ。その弘子さんは何をどう疑われているんだ？」

「たびたびへんなときに出掛けるから、舅が誰かよその男と浮気してんじゃないかって思いこんでいて、警察にしきりにそれを言っているらしい。でも弘子さんからの通信だと、それだけのコトだから問題はないって……」

人間通信基地みたいなデカヘルメットにはそんなふうに沢山の情報がつまっているのだろう。このタタカイは情報戦でもあるから北山たち防衛ゲリラにとって、この絶えず残存衛星からの情報を収集し、指令を出している動く情報基地デカヘル男はかけがえのない武器だった。そしてタタカイはいよいよ大詰めに来ている。基本的な情報交換をすませて、プジョーとキンピカイタリア車ピンクハリネズミはそれぞれ別の出口から街道に出ていった。

主婦、西旗弘子は、いつものように家族の夕食の支度をすますと、舅に断って、マンションから薄暮の外に出ていった。ＩＴ産業で革新的な仕事の成果を着々とあげている夫は、毎日仕事に忙しく、帰宅はたいてい十二時をすぎてからだ。しばしば会社の仮眠用のベッドで泊まってきてしまうこともある。そのため弘子は夕食を作ってしまうと、あとは自由時間といってよかった。少し前までは舅と一緒に食事をしていたが、いつもムッとして会話を一切しない舅と食事をしているのに息苦しくなり、最近は一人で先に食べていてもらう。そのことは夫に相談して決めたことでもあった。

「うちの親父は偏屈で、たとえ嫁でも他人には心を開かない、という性質はもう絶対変わらないから無理をして付き合わなくてもいい」と、多忙の夫は言ってくれたのだ。

「無理して毎日あの偏屈顔とつきあってノイローゼにでもなってしまったら大変だからな」

夫は理解ある人だ、と弘子は思っていた。同時に、夫も、あの会話をしようとしない父親との接触を嫌って毎日遅いのかもしれなかった。

弘子はマンションから五分ほどのところにある生協マーケットと、その後ろ側の道を少し入ったところにある鍋島《なべしま》ハイブリッドテクノ養鶏所に三日に一度行く。鍋島養鶏所は、むかしは地上に通称「鍋鳥」と呼ばれる養鶏施設があったが「うるさい」というのと「臭い」という理由で近所の民家から立ち退き要求を受けていた。

そこで経営者は養鶏施設をそっくり地下に移してしまった。相当な設備投資が必要だったと思われるが、今のスーパーで売っている牛や豚などの主要肉は全て合成肉で、それにそれぞれ別の味と弾力と風味と匂いをつけて「人工牛」「人工豚」にしているので、今や本物の肉はせいぜい養鶏所などの施設で飼育される鶏《にわとり》ぐらいになってしまっていた。

かつて鶏は「ブロイラー」「機械生産肉」などといわれてもっとも軽んじられていたが、今はそれが逆転して、本物の食肉である鶏がもっとも高級で、また値段も高かった。「鍋鳥」の地下飼育作戦は成功したのだ。

西旗弘子は、ここで生きた鶏を二羽買う。鶏は暴れると羽根が散るので、脚をきっちりしばり、それを軽い、しかし臭いも音も外に出ないプラボックスの箱にいれてもらい、組み立て式のスーパーローラーに載せて再び街道に出る。

それから密かに借りてある賃貸駐車場にある自分のピックアップトラックにそれを載せて、街道を西に二十分ほどとばした。

幹線道路を川側にまがってまた二十分ほどいくといかにも高級野菜を栽培していると見える完全密閉型の有機野菜生産農園にむかう。そこで南島に自生するアダンの木に実る、むかしは動物しか食べないといわれたパイナップルに似た果実を育てている、というのが表むきの事業だった。

農園の周囲は完全に硬化プラブロックで囲まれており入り口には二十四時間態勢の守衛がいた。日本人ではなくひと目でインド系とわかる。弘子のピックアップトラックを目にすると守衛は立ち上がり、ヘンデヘブ語で一応の確認番号の照合をする。それからいつものようにヘンデヘブ語の軽い冗談をいくつか。弘子とこうして母国語を使えるのは守衛にとって大いなる楽しみらしい。

入り口のドアがあき、弘子のクルマはそのまま完全防護された密閉農園の中に入っていく。中にもインド人の農園管理人が数人働いており、弘子を見るとみんな快活な挨拶をした。弘子が自分で操作していい個人認証型の鍵をあけ、鶏の入ったプラボックスをスーパーローラーに載せたまま奥に入っていく。

浅いプールがあって、もう弘子と鶏の匂いを察知して巨大なアナコンダがゆったり接近してきた。

「なにもかわりないわね。空腹以外は？」

弘子は日本語で言う。

それからプラボックスの三角板をひらき、二羽の鶏をひっぱりだすと、縛ってある脚の紐を解いた。危機を察知し、二羽の鶏が鶏的なカナキリ声で叫ぶ。弘子はプール付きの温室を出る。するすると巨大なアナコンダが水からあがってくる様子がドアのガラスに映っているのが見える。アナコンダが鶏を追うのはアナコンダの運動にいいことだった。

黒い脂海でしっかり栄養をつけたアナコンダをこの密閉農園に運んでくるのは、もともとこのでっかい生き物を持ち込んできたインド人らの役目だった。強力な麻酔処理をして大型のトレーラーに載せて、すみやかに秘かにコトを進めた。住民の目をそらすためにぬかりなく巨大なふたつの足の行進ショーを行なった夜だった。

インドの戦略組織がアナコンダをわざわざアマゾン奥地から輸入し、トーキョーの黒い海に持ち込んできたのは、中・韓連合に支配されているトーキョーを混乱させる多目的作戦の一環だった。中・韓連合が正確な分析に間に合わないうちに東京湾の黒い脂海を混乱させ、かれらの各方面におけるトーキョー掌握を少しでも遅らせようという目的があった。それにはもう十数匹の巨大蛇の投入が計画されていたが、原産地の生態系が加速度的に破壊されていくなか、独自で繁殖させていくしか現実的な方法がなくなり、インド戦略組織は中途半端なままこの巨大蛇作戦を中断していた。

しかしそれとは別の、民衆の人心を摑むためのカーリー作戦が進行し、インド古代ヒンドゥの守護神、コブラのかわりに巨大神をもっと強烈に引きたてるアナコンダを起用することにしたのだった。

アナコンダは黒い脂海の中でネンテンなどを餌にしていたが、かなりの数の人間も呑み込んでいた筈だった。あまりそういうことは得策と思わなかったインド戦略組織は、途中で海中の人骨収集機を改造し、アナコンダの頭脳にヘンデヘブ思想を少しずつ植えつけていった。それはアナコンダの確実なドロイド化を進めることになり、半自動機械の巨大蛇ができつつあった。ヘンデヘブの頭脳がそこに繫魂《けいこん》されたが、時おり海中で遭遇した生きている人間と入れ替わることもあった。インドのドロイド生態科学者たちは神に近づきつつある大蛇としてそういうイレギュラーな転換も受け入れインド式の人獣合魂エンジンを使って大いに進化させていくことを進めていた。

古島は西縦貫道路沿いを二十分ほど歩き、やっと二十四時間営業の「艶然館飲寝奉仕中心」のチェーン店を見つけた。中国資本の男性向け身体サービスセンターだ。もともとの利用者は移動中の長距離ドライバーが中心だったが、そこへわざわざ行く近隣の住民客なども増えてきたため、最近では都市周辺にもこのテの店が増えてきた。

長距離ドライバーがここに入ればクルマの総合整備、オイルや燃料補給、ドライバーの入浴飲食、その間の衣服クリーニング、宿泊者のための女性提供、マッサージからセックスまでと、一連のサービスが施される。もっとももともと一般人相手だからコールガールはまず百パーセント中古のドロイドだった。会話限定、表情限定、基本動作三パターン程度のやつだ。

古島は三時間のサービス限定コースを選んだ。白い雨に濡れて冷えきった体をまずは温めるために入浴とマッサージ、食事をしているあいだに服のクリーニングをしてもらう、というもっとも簡単なやつだ。そのあいだ貸し出されているバスローブ姿で、警察用のハンディビュアをひらき、世間の様子を調べた。

いちばん大きなニュースは、ロシアのアジア方面特命全権大使ウラジミール・ポトノフの不慮の死に関することで、中国政府は三人のヨトギガールズの実名をあげ、その娘らの過剰サービスとポトノフの服用した複数の男性興奮剤、両性用媚薬などによる心臓過負荷を死因にあげていた。

けれどロシア側は、中国政府からの報告と詳細写真だけではそれを認めず、自国の専門医を差し向け、その医師と自国軍隊の監視のもと遺体を自国に引き取ることを要求、十五時間のあいだにそれが行われることが決定した、と報じられていた。死亡推定時間から考えて、すでにポトノフの遺体はロシアの専用機のなかにあると考えてよかった。

死因に不審な点があった、と判定された場合、中国とロシアの関係はいきなり不穏なものになる。相対的に、中国と敵対して日本全土の支配を争っているインド勢力の台頭が考えられる。アジアにおける統一を長年画策していた連合中国に対抗して、ロシアと連携したインドが、次に何をするか、電波メディアはそのことを大きくとりあげていた。

「その秘密はおそらく東京の西にあるんだよ。ちくしょうめ」

古島はハンディビュアの検索機能をフル回転させながらそのことを報じているニュースの断片まで調べたが、何もひっかかるものはなかった。もうすこしインサイド情報を外事課の遠藤に聞いてみようか、と思ったが、彼こそポトノフ騒動でてんてこまいの状態だろうと思い、今はあきらめることにした。

八本脚の「おたすけボーイ」が、昆虫の触角みたいに見える頭の上の館内アンテナを数本フラフラ踊らせながらクリーニングの終わった古島の服を持ってきた。おたすけボーイの胸のあたりについているカード挿入口に、全館共通の利用カードを差し込むと、中国娘特有のカン高い声がそいつの頭のあたりで「シェイシェイ」と言った。

まだ雨の降る外に出る時間だった。総合レジでレンタカーを頼んだ。カウンターにいるやつも旧式の複眼ドロイドで、支払いを中国・日本相互通用カードでするように求めてきた。照会が行われているあいだに古島はさっきのビュアで見た記事を思いだしていた。

あの国家間緊張のニュースには日本国の文字はどこにもなかった。中国属国になった日本とはいえ、多くの日本人はまだ昔ながらの日本人の暮らしをしている。しかし中国によって「宗教と崇拝」の権利を取り上げられてから、日本は日本人としての誇りを完全に崩壊させてしまった、といってよかった。それまでそれほど神道と仏教が日本人の精神の基盤をなしていたとは思えなかったのだが、崇拝する対象を失うということは、思ったよりも国家の存続に大きくかかわっていたようだ、ということがはからずも判明したのだった。

　今は地上三十階建てのビルぐらいにまで巨大化し、全体を白い保護布に包まれた謎の建造物は、この周辺十キロ圏のどこからでも見える派手な威容を誇っていた。あれほど頻繁に出入りしていた無印幌のトラックもいまはあまり出入りすることもなく、それでも近くにまで接近すれば、隠された内側からは常に建設工事らしきいろいろな音が聞こえていた。その建物の周囲は相変わらず厳重な防護壁に囲まれ、ところどころにある出入口をガードする色の黒い制服の人々は軽火器まで携えていた。

　いったい何ができるのだろうか、という興味は中央マスコミまでが折りに触れて取り上げるほどに膨らみ、週に一度ぐらいはどこかしらの記者がその周辺を徘徊し、ときにちょっとしたトラブルを起こしていた。実質的に機能崩壊した日本政府だったから、警察も具体的には一切介入することはできず、謎は謎のままだった。

けれど、その沈黙したままの謎の建造物の内容に関するようなメッセージが、いきなり掲げられたのは、古島が艶然館からレンタカーを借りてその周辺に接近してきた夜のことであった。いまや高層ビルのようになっている建造物の上のほうだけ保護布がはずされ、そこから数百本の色とりどりのサーチライトが一斉に動いて夜空をゆるがせていたのだった。古島は同じような派手すぎる光の空中乱舞をだいぶ以前見た記憶がある。そうだ。連合中国が日本を経済統治した年の記念祭の夜だった。古島がまだ学生だった遠い昔のことだ。

今、目の前のそれもおそらく爆裂燦然燐光剤かなにかが含まれた多数多色の光源を連続破裂させているのだろう、と古島は記憶をまさぐり、推測した。

とにかくやたらに派手な色とりどりの光の帯が何千本も天空にむかって躍りあがっているように見えた。白い雨は先程から濃密に降り始めていたから、その雨と破裂するように躍る光の帯がからみあって、音が何もしないぶん、なにか空から神々しいものが降臨して、大きな建造物がそのお迎えの器になっているようにも見えた。

数百本ものはじけるような光の軸が夜空に躍っているのだから、周辺の人々がやがてぞろぞろ外に出てきた。走っているクルマは止まり、乗っている人々が中からとびだして空を見上げている。しばらくするとその夜道にひときわ大きなざわめきがおきた。何か地上でも異様なことがおきているようだった。

古島はクルマから降りて騒ぎのする方向に走った。数えきれない程の打ち上げ花火の束のような空に対して古島個人では今のところは何もできないが、地上の騒ぎだったらそれが何か見届ける必要がある。そういう反応をするのはやはり警察官の本能なんだろう、と古島は苦笑する思いで走っていた。

幹線道路に沢山の人がいて、その先に何か大きな動くものがあった。やはりこの夜空のような派手な色をきらめかせながらゆっくりこっちにやってくる怪物のようなものだった。けれど怪物にしては人々が我先に逃げ出してくることもない。むしろその巨大な動くものに魅了されているようにも見えた。古島はさらに走り、そいつに接近していった。

動いてくるものは巨大な靴のように見えた。きらめく光の装飾にいろどられた歩く靴である。さらに接近していくとそれはバスぐらいの大きさであることがわかった。どうやって動いているのか、その巨大靴はまるで誰かが履いているように飛び跳ねながら移動してくる。

やがてその仕組みがわかってきた。靴の中に大勢の人間が入っているのだ。仕組みがわかってしまうと怖さはまるでなくなる。靴の中の人々はそれぞれの位置で、おそらくそこに仕込まれている機械を使って上下に靴を踊らせているのだろう。その少し後ろから、同じような装飾と大きさの靴がやってくる。地上からだと理解しづらいがちょっとした建物の上などから見ると二つの巨大な靴を透明な巨人が履いてゆっくり歩いてくるように見えたことだろう。

北山医師と李の乗ったプジョーとデカヘルの乗ったド派手イタリア車がその騒動のどまんなかにやってきた。

「予定どおりだ。白い雨の今夜でないとこれほどうまくはいかなかっただろうな」

北山はフロントガラスのむこうで夜空にむかってはじけとんでいる沢山の光の束を眺めながら李に言った。

「キムが呼んでいる」

李が言った。

「あの電波オタクが各方面に指令電波を発信しているからだろう。そのなかにはキムの受信と送信がある。アナコンダの中にいるキムはあの光の花束みたいなでっかい建物にむかっている筈だよ」

「それが予定どおりにいっている、ということなのね」

「そうだ。そっちのわらわらちゃんに何か受信はないか」

「わたし一人ではわからないわ」

「デカヘルのクルマをもっとこっちに接近させよう」

北山が言い終わらないうちに、そういう会話を察知していたかのようにド派手イタリア車がプジョーの後ろに接近していた。

「オタクの出番だよ」

クルマの窓を少しあけて北山が言った。

「もうやっていいの。うずうずするわね」

デカヘルが後部座席の接触燃焼エンジンの出力をあげたらしくヘルメットの周辺が漏洩電流でバチバチいっている。

「中の連中とうまく連絡がとれているんだろうな」

「むこうもさっきからお待ちかねよ」

デカヘルがコンソールパネルのいくつかのポイントに手を触れた。目の前の巨大建造物のてっぺんで躍っていた爆裂するような光の束のひとつひとつが白色に変わりながらその高さをさらに増し、大きな光のかたまりのようなものを作った。それは次第に空中に座っている巨大な人の姿のようになっていった。

それが空中からゆっくり降りてくる。

「何？　どうしてるの」

李が聞いた。

「ホログラフィだ。あの建物のてっぺんにいる連中が今、上空に濃い蒸気のかたまりを作っている。まあ小さな雲というわけだ。それが今あんたのところにじわじわ降りてくる」

ふいにヘリコプターの音が接近してきた。警察のヘリではなく、異変を知ったマスコミのヘリのようだった。

「いい宣伝になる。タイミングもちょうどだな」

「ここでクルマを止めないで下さい」

肩の跳ね上がったアニメチックな制服を着た女性ライダーのような人がそのとき北山のプジョーの窓をコンコン叩いた。制服の胸に「西部警察」という文字が誇らしげに躍っている。その位置でなくてもいくらでも様子を見ることができる。北山はクルマを発進させた。

女神カーリー

　これからいったい具体的にどんな展開になっていくのか、李《り》にはよくわからなかったが、自分がやることの一番大事な「役割」は北山医師から聞いて少しずつわかってきていた。もとより手段や経過はどうあれ一番最初にこういう展開になっていくことを望み、北山医師に相談したのはほかならぬ李自身だったのだから。

　自分の頭にミドリヘビを植えつける、という後戻りのきかない大胆なことを北山医師にやってもらうためには、その目的の根幹をある程度北山医師に話しておかなければ、北山は施術に踏み切ることはなかっただろう。李の目的は当初もっと内輪の小さな復讐だったが、その話を北山にしたことによって、話は急速にもっともっととてつもないスケールのものに膨らんでいった。しかしどうであれ、李が最終的に目指すことに繋がっていくのだから不満はなかった。北山医師が目指したいものと一致していることが、幸せなめぐりあわせのはじまりだった。

　北山医師は植蛇手術の折りに傾斜ビルの秘密クリニックの隣室にいる電気中毒のデカヘルメット男に密かに頼んで、あらかじめ一匹ずつのミドリヘビの脳幹に電磁波のマイクロ送受信機を取り付ける精密作業をしてもらっていた。それらのミドリヘビを李の頭に植えつけることにより、李は知らず知らずのうちに次第にその全身が周囲の微弱電波を送受信できる体質になっていった。その日も早朝からいくつもの周波数の異なる電磁波情報を濃密に集めていた。

　李の頭の上のミドリヘビが受信した微弱電波は、すぐ近くにいる漏洩電流バチバチのデカヘル男の乗っているピンクハリネズミの後部にある接触燃焼エンジンによって増幅され、デカヘル頭のなかで通信言語化された。

「いま入ったのはオタクの身内のアナコンダからの状況報告だったわよ。どうやらそれにも小型の双方向電磁放射シュルトが組み込まれているみたいね。通信はえらくクリアだったわよ」とデカヘル男。

「なんて言っている」

「目標ポイントに順調に進んでいる、というなかなか具合のいい内容だったわ」

「じゃあこっちもそういうふうにしよう」

北山医師はプジョーを発進させた。目立ちまくりのピンクハリネズミが忠実な大型犬のようにしてそのあとについてくる。

あたりはさらにどんどん増えていく人々によってお祭りのようになっていた。また何機かのヘリコプターが上空を派手に交差しながら飛んでくるのが見えた。全体を防護シートらしきもので覆った三十階ほどの巨大な建造物から上空にむかって放たれている数えきれないほどの色とりどりの光の帯が空中で躍っている。その光の帯にむかってゆっくりゆっくり降りてくる巨大物体の輪郭が次第にカタチになってきていた。どうもそれは巨大な「ヒト」のようだ。

しかしいまや遠くから見ると屋上付近から盛大に動き回る光の帯を躍らせている地上三十階ほどの建造物は光の帯を噴射するでっかい箱型のロケットのようにも見える。宇宙へ飛んでいくロケットと違うのは全体がサカサになっていて、空を向いて無数に集まった噴射管が空中にそのエネルギーを噴射しているようにも見えることだ。つまりそのまま地面の中に突き刺さり地中深く潜っていってしまうようにも見える。美しいが巨大すぎて怖いような風景だった。すべてがゆっくり進んでいるので、すでに遠巻きにした人々は大群衆という規模になっているようだ。

「ジョーとしては大成功だな」

ゆっくりプジョーを走らせながら北山医師は言った。プジョーとピンクハリネズミはその群衆を押し退けるようにゆっくりゆっくり接近している。そのほかのクルマはいっさい止められているが、北山が素早くなにか交渉して、さっき北山のプジョーやピンクハリネズミをとめた「西部警察」のいやに目立つしゃれた制服を着ている女性警官のバイクが先導している。北山が何を言ってそんな優遇措置を女性警官にとらせることができたのか李にはわからなかった。

李がこれから自分のやることでわかっているのはひとつだけ。あとはあまりよくわかっていない。でもそれで李はかまわないのだ。北山医師によると、李の頭の上のヘビたちが通信のアンテナがわりになっていて、自然にいろんな情報が李の頭脳神経そのものに入り込んでくるようになっているという。何にしても李は長年の復讐が果たせればそれでいいのだった。たとえ自分の憎む人間を直接自分で倒せなくても、倒す力の象徴になっていけるのならそれでいいのだった。つまり中国・韓国連合政権の崩壊と、それによって黄托民《こうたくみん》が失脚することだ。こいつは政治的精神的拘束によって李と妹のキムの人生をめちゃくちゃにした。

「降臨のスピードがえらくゆっくりだな」

北山医師が李とデカヘル男に言った。

「あれでいいんでしょ。できるだけ神々しく見せるのが大きな目的でもあるんだから、ああいうのでいいのよ」

デカヘル男が野太いお姉《ねえ》言葉で言った。

「それにしても降臨している神様の輪郭が少し曖昧だな。下からの光が強すぎるからなのかもしれない」

「レーザー照射のバランスコントロールは周辺四ヵ所で操作しているらしいわ。でもインド人はこういうのたいてい大雑把なのよ」

デカヘル男が言った。

「まっ、しかしたいした問題じゃないだろ。インドは映画大国だ。彼らはホログラフィを使って天空の雲に巨大なヴィシュヌ神とかシヴァ神などを映しだし、天空でものすごい神々の戦いや交合のスペクタクルを展開させる技術を持っている。でもそれはこれから折りに触れてやればいいんだ。最初はこのくらいの小出しでいくほうがいい。うひゃ。しかしまたどんどんヘリがやってくるな」

これだけの「巨大ショー」である。すでにトーキョー中のマスコミがやってきているとみていいだろう。

川岸からウージーのすさまじい群れが大天空ショーをやっている巨大な建物にむかっていた。先頭をいくのはミドリヘビを頭に踊らせているリーダーのウージーだ。このリーダーシップのあるウージーもデカヘル男が受信している世界各国の秘密信号を解析し、ひとつの方向を見つけ出して、李のミドリヘビから発信させ同調を待っている受信装置にそのまま送っている。ミドリヘビ同士だからインターフェースが合致し易い。リーダーのウージーはずんずん進んでいた。そいつの背後に大きな三角形を描くようにしてウージーの群れは続き、川原を上がり、その先の何本かの小さな道に流れこんだ。一番うしろのほうには体の大きなネンテンの群れがいる。さらにネンテンの群れのうしろに白い肌をした大柄の男が息をきらし、あえぎながら続いていた。そのとなりを貧相な犬が、大柄の男をいくらか気にかけるようにして、同じスピードで続いていた。

やがてウージーたちは天空ショーをやっている建物の背後にむかった。そちら側から見物している人間も何人かいたが、ウージーたちの群れに気がつくと悲鳴をあげて逃げるか慌ててそこらの人家に飛び込むかした。

ウージーらには「人間たちは誰も襲わない」という電脳通信が徹底していた。かれらは埠頭にいた頃から、先天的にそのゆるやかな電脳通信能力をもっていたようだ。そしていまはそれを全員に発信できるより強力なパワーを頭に載せたリーダー・ウージーのミドリヘビが担っていた。

「これから行くところは、海よりも安全で、ただ毎日のんびりしているだけで好きなものを食い、セックスしているだけでいい。だからみんなこい」

そういう電脳通信がみんなに伝わっていた。当然ながらどうしてそんないい生活ができるのか、などという難しいことは誰も考えない。ここまでの海と川の旅でウージーたちはてあたり次第に出会うものを食ってきた。海とは味の違う珍しいものがいっぱいあったからおのおのしあわせな旅でもあった。

「あたまてっぺんにょろにょろ兄さんのいうこと聞いていればいいことばかり」

ウージーたちはウージー言語でときどきそう話した。

この奇妙な大集団にレンタカーでやっと追いつきそのうしろを泥だらけになって歩いているのが古島刑事だった。結局古島は迂回、迂回を繰り返し、ここまでやってきてしまった。現場にくると思いがけない天空ショーだ。電波信号によるテレパシー能力のあるウージーの団体行動はわかるが、そのウージーに続いてネンテンたちがどうしてみんなしてその方向にむかっているのかがさっぱりわからないままだった。単なる動物的本能という程度なのかもしれないが何か強力なリーダーシップがないと絶対無理なような気がした。

全身がくたびれきってもいたので、少しだけ休憩し、そのあいだに署にハンディビュアで連絡をいれた。すぐにかおる子スミコが出た。画面の隅に双方の顔がディスプレイされる。明るい照明のなかでかおる子スミコはビッグカップでなにかを飲んでいるところだった。なんだか知らないがおれもアレがほしい。喉が渇いていた。古島はそれを見てさらにぐったりした。

「なにか大きな事件があるかい」

「たいしたものはないわ。せいぜい西東京の田舎で届け出なしの火事のような花火大会が行われている、というニュースぐらいかしら。さっき二課のテレビでやっていたわ。一般放送よ」

「ポトノフ事件はどうした？」

「遺体がロシア本国に運ばれていったわ。そのあとの続報はまだ何もないようね。これも一般テレビで見ただけどね。だからいまのところは平和だわ」

古島は少し考えたあと外事課の遠藤を呼び出そうとした。長い呼び出し音のあとに二ヵ所の自動繋電《けいでん》が働いたがそのどれも本人に繋がらなかった。舌うちして、古島は立ち上がった。

「西部警察」のカッコいい制服を身につけた女性警官のバイクに先導されて、北村医師のプジョーとピンクハリネズミはずんずん人込みをかきわけて問題の「逆噴射ロケット」のような巨大建造物に近づいていったが、まだ全体が見渡せる位置で北村医師はかるくクラクションを鳴らし、先導バイクに停止の合図をした。

「どうしたの？　もうすぐなのに」

背後に続くピンクハリネズミのデカヘル男がストレート繋ぎになった車間通話のイヤホンでそう言ってきた。

「まだ全体が見えるところで、この天空ショーの最後のあたりまで見ていきたい、と思ってさ」

「なんだか知らないけれどそれであんたの用は間に合うの？」

デカヘル男が言った。

「大丈夫だ。それよか客観的にアレがどう大衆に見えるのかおれたちも知っておいたほうがいい」

「ならしばらく見物ね」

デカヘルの対応は早かった。

プジョーの窓の外から子供たちのカン高い声が聞こえる。「ビランジャーだ。カッコいい。サインもらおう」先導してくれたバイクの女性警官に数人の子供が走っていってサインをねだっているのが見えた。李は再び大きなスカーフで頭を覆っている。この群衆のなかでは窓の外から丸見えだ。

巨大建造物の真上からは沢山の色とりどりの光のなかで踊るようにしてなにかとてつもなく巨大なものが相変わらずゆっくりゆっくり降りているところが、ほぼ真下の位置から見える。群衆はどよめき、なかには地面にひざまずいて祈りをささげている年寄りなどもいる。

「もうじき、この天空ショーが終わると、君はメドゥーサの髪をした女神カーリーだ。そうなったらしばらくは簡単にはあえなくなる。最後にひとつだけ聞いておきたいことがあるんだがいいかな」

北山医師は隣の席の李に言った。

「いいわよ。どんなこと？」

「黄托民に頼まれて、これまで要人を何人殺したのかな？」

一瞬、李の片方の目が金か銀に光ったようだった。

「ずいぶんあからさまなことを聞くのね」

李は言った。きつい言い方ではなく、少し笑っているようだった。

「十人ではきかないわね。あいつがそのたびにのしあがってきた数だけと考えれば誰と誰か簡単に見当がつくでしょう」

「よく一人も怪しまれなかったな。いや、君ではなく黄托民がだよ」

「下請けの〝始末屋〟に仕事のできる奴がいたからじゃないかな」

「蛾虫《がむし》か?」

「いいえ、あいつではなくて。あいつは黄のただの使い走り。スグレモノの始末屋にあなたは会っているはずよ。少し前にあなたのところに行ったでしょう。いつも迷彩服を着たガサツなやつらと一緒に若い男を連れてきたのがいたでしょ。やり手の実業家みたいなちょっと知的なかんじの髪に白いものがまじった」

北山は素早く思考をめぐらせた。

「あっ、あのときの……。かなりやり手ふうのヤクザだったたな。若い奴の〝中身〟を犬にしてくれという依頼だった」

「そう。あの人」

北山はガーンという気分だった。

「あのやたら強がっていた若い男が処分されるのは親分の女に手を出したからだと聞いていたが……」

「可哀相にね。あんなことぐらいでさ」

李は言った。静かな声だった。

「可愛い子だったのよ。少しガラッパチだったけれど、あたしにはよく尽くしてくれたわ」

「ええ？　なんだって、そうすると親分の女っていうのは、あんたのことだったのか？」

「まあ、そういっても間違いではないでしょ」

李はけだるそうになっていた。

「見つかってしまったのか？」

「黄は嫉妬深いからね。まあ薄々感じていて嵌《は》めたのかもしれないわね。それとも蛾虫がチクったのかも。あの子の手に入りそうなところに電子照合カードと日替り転換の合鍵をわざと置いておいたのよ。そうして現場をおさえた」

「手のこんだことを……」

「黄托民は本当に残忍な奴だったからね。要人を殺《や》るときは、わたしの出番は決まっているから、そういう時はわたしがその要人と食事などして、わたしとそっくりのキムが夜の部屋で途中で入れ替わっていた。キムには膣《ちつ》に武器があるからね。それで始末した。わたしたちはその頃まで一体化したヨロコビとコロシの姉妹だったのよ」

世界各国の要人がたとえ丸裸の女と二人きりになるといってもその部屋の回りには大勢のガードマンがとり囲んでいた。それでも李やキムたちが確実に狙った要人の命を絶っていたのにはそういうカラクリがあったのだ。

北山は思いだしていた。あの乱暴きわまりない若い男は、本当は気のいい奴だったかもしれない。北山はそいつの思考や意識や魂を二度にわたって犬とウージーに入れ替えてしまった。今では頭に李と同じミドリヘビを踊らせているウージーだ。まてよ、そのウージーが全部脂海《しかい》をわたって川を遡《さかのぼ》った、というではないか。ということは奴もここに来ているのかもしれない。

そのとき外で大きな喚声が聞こえ、思考は分断された。

沸き上がった喚声の理由はすぐにわかった。ゆっくりゆっくり天から降りてきた巨大な物体のほぼ全身が見えてきたのだ。それはきらめくブルーの長い衣装に赤色系の何層にもなっただぶついた半胴着のようなものを着て、ギラギラ金色に光る大きな玉をいくつも首からぶら下げた巨大な神のようなものだった。青い足の先にはきらめく光の装飾がついた巨大な靴を履いている。まだ沢山の光の帯が躍っている建物のなかにゆっくりゆっくりその巨大な神のようなものが降りていき、やがてその全身が納まったのか、その姿は建物のなかに全部消えた。

群衆がその建物めざして駆け寄っていく。北山医師はバイクの女警官に合図し、自分たちもクルマで接近していった。

しかしタイミングが遅かった。警官のバイクが先導しようとも、興奮して押し寄せる群衆をかきわけて中に入り込んでいくのはもう無理だった。

機転のきく女警官で、すぐに方向転換し、別の大きく迂回した道に北山とデカヘル男のクルマを案内した。予想したとおり巨大な建物の裏側にむかう道であった。背後にもまだ沢山の見物人がいたがクルマの進行をさまたげるほどではなかった。

巨大な建物の後ろ側にも頑丈な防護壁が続いていたが、よく見ないとわかりにくい隠しゲートの隙間があった。そこに自動小銃を持ったインド系の顔をした武装ガードマンが数人おり、北山はクルマから降りていくとそいつに何かの書類を見せた。ガードマンが敬礼のようなものをし、すぐにゲートの回転扉をあけた。北山はその足でここまで案内してくれた女警官のところに行って何かお礼を言っているようだった。

そして二台のクルマはすんなり建物の中に入りこんでいった。

「ずいぶん顔がきくじゃないのよ。この建物への通行証はなりゆき上わかるとして、あの女警官には何と言ったの？」

デカヘルが感心した口調で聞いた。

「首都警察外事課のある幹部の名前を言ったのさ」

「ふーん。やっぱし顔が広いのね」

巨大な建物の中は外壁のようなものがぐるりを囲んでいるだけだった。つまりがらんどう。奥の半分に巨大な神像のようなものが座っていた。神像の頭はそのがらんどうの外壁の半分ぐらいのところまでいっているようだから、つまり十五階ぐらいの高さだ。

さっき天空から降りてきた大きな神様のようなものの姿はなかった。そのかわり、大きな囲いの前半分ほどのスペースには沢山のレーザー発光機が並んでいた。この建物から空中高く伸びていた夥《おびただ》しい数の揺れる光の帯の発光機と、降臨してくる神像を映写していた回転式ビーム投映機の複雑な移動軌条と、その上のコントロール用の機械のようであった。

そのあいだを縫うようにして沢山の人々が動き回っていた。みんな色が黒くインド系のようだ。華麗なる天空ショーの大急ぎの後始末のようであった。

四十歳前後の日本人の女性が足早に近づいてきた。

「北山先生……でしょうか」

北山医師が頷く。

「通訳の西旗《にしはた》と申します。大変なところを時間どおりよくおいで下さいました。ありがとうございます。急ぎますので早速ご案内します」

北山医師、李、デカヘル男の順で通訳のあとに続いた。


群衆の多くは明け方まで帰らなかった。前日からの白い雨が夜にはやんでしまったのも群衆を喜ばせていた。ヘリコプターやクルマを飛ばして集まってきた外国のプレスやテレビ局なども含むマスコミ取材陣が殆ど夜中張りついたままなのと、群衆の中をおしのけて正面ゲートに張りついている警察や、あきらかに政治家と思われる一群が時間とともに数を増してくるのを見て、群衆はこれから何事がはじまるのか、とますます興味を募らせているようだ。

治外法権になるので、縮小弱体化し、かつては自分の国だったのに今は領事館並みのスケールになってしまった日本の政府の人々ももちろん日本の警察もゲートの中に誰も入ることはできなかった。ましてや問題の建物にいる人々の交わしている言葉は殆どの人が聞いたこともないヘンデヘブ語である、ということを詰めかけた人々は間もなく知った。

騒々しく落ち着きのない長い夜がやがて白々とあける頃、再び霞《かすみ》のような白い雨が降ってきた。巨大な建造物の外壁を囲んだ白い防護布のようなものが次第に明るくなっていくなかで大きく風に揺れている。

午前六時を少しすぎたあたりで突然かなりクリアな音質で、何事かのアナウンスがあった。だがヘンデヘブ語だからほぼ誰にもわからない。わずかに警察の外事課の一部、それに詰めかけたマスコミの一部の人が理解していたようだ。しかしそのアナウンスのすぐあとに日本人女性の声が続いた。

「みなさまお早うございます。本日は早くからわたしどもの神の前に参拝いただきまことにありがとうございます。わたしたちはヘンデヘブのカーリー教団です。本日より日本のあたらしい平和を願って、ここに女神カーリーがまもなくはじめて皆様にご挨拶オヒロメいたします。女神カーリーは生き神様です」

とてもわかりやすい言葉だったが、しかしはたしてなんのために何がこれから行われるのかまだ誰にもわからなかった。

しかし、群衆ははっきり意味がわからないままに、今のアナウンスで興奮と期待をぐっと高めたようであった。

群衆のなかには古島刑事もいた。古島はゲート近くにいる同じ警察の者たちとはまじわらず、泥だらけの服で疲労困憊《こんぱい》のまま、これからおきる予想のつかない「なにごとか」がはじまるのをじっと待っていた。

古島が最大に気にしていたのが、このインド系の神様のご開帳が、殺されたロシア高官ポトノフとなんらかの関係があるのではないか、ということだった。同時に埠頭から大量に移動してきたウージーらの目的と動機がそれにも関係しているのではないか、と考えていた。ポトノフとなんらかの関係があるとしたら、この国の新しい内乱のはじまりを意味している。インドの日本攻略にロシアが強固に関与するということになると、ほぼ自治力を失ったこの国の覇権をめぐる最後のタタカイを意味することになるからだった。白い雨のずっと上空のほうで太陽がかなりあがってきているのがわかった。雨であっても、今のこの国は、これはこれでなかなかの上天気であった。

それから小一時間ほどの空白があった。話を聞いて、テレビを見て、個人通信を聞いて、そのあいだにも群衆は増え続けていた。巨大な神様降臨のニュース映像は、詰めかけた人々をはじめ、今朝になっておしかけてきた人々の期待を高め、ここしばらく大きな夢のなかったこの都市の人々すべてに巨大な期待を抱かせるものとなっているようであった。

時間を午前九時と決めていたのだろう。

地上三十階建てぐらいの巨大な建物のてっぺんのあたりで白い煙と赤い煙が大量に交互にあがり、その二色の気体は天空で捩《ね》じれるようにからみあった。観衆はどよめき、今朝早くから空のあちらこちらを旋回していたヘリコプターが俄《にわか》に勢いづいて建物の上空に近づいてきた。

次の合図はくねくねした叫び声のような歌だった。何人もの女が強烈に高い音程で歌う宗教歌のようなものらしかった。

ひとしきりカン高いその狂ったようなくねりくずれたような歌が続き、その歌の途中で、前触れもなく、いきなり巨大な建物のまわりを覆っていた白い防護布が一気に消えた。三十階建てぐらいの外壁がいきなり消えたのだ。いやよく見ると違った。古島はどぎもを抜かれながらも、そこでいまおきたことを冷静に分析していた。

三十階ほどの建造物は建物ではなく、輪郭だけを作っていた外郭の「支え」であったのだ。支えといっても鋼鉄に準ずるような頑丈な素材で作られた可動式のものだ。

それが外側を覆っていた白い布とともにいっぺんに下に落ちたのだ。とんでもない規模の「除幕」そのものだった。

現れたのは地上十五階ぐらいの高さに頭のあるおどろおどろしい青い顔をした女神の座像であった。金色の巨大な冠をいただき、青い顔は口をあけ、そこからやはりおどろおどろしい真っ赤な長い舌がどろんと十メートルぐらいの長さでのびている。つり上がった両目はカッと光を放って見開き、みけんには縦になったもうひとつの目があった。

青い体に赤いすきとおった薄衣をまとい、青い腕はその巨大な体の腹の前あたりでゆったり組まれていた。左右の両手は上にむいており、その上になにか小さなもう一人の女がいた。青い体をした巨大な女神と同じ青い衣装をつけ座禅を組んでいた。その小さな女神の頭の上でわらわら動いているものがあった。青い炎のようにそれは絶えずわらわら動いている。

「蛇だ。ありゃメドゥーサだ。本物の邪神だ」

前方のほうで長い望遠レンズを付けて撮影していたテレビクルーの男がいきなり叫んだ。それまで恐ろしいほどに静まりかえっていた群衆は、その小さく燃えるものが何であるのか殆ど同時に知ったようであった。群衆はまたしても騒然とし、数万人の人が揺れるように動いていた。

　群衆がさらに騒ぎだしたのはまもなくその巨大な青い女神像の肩のあたりに大蛇があらわれ、太い首をゆっくり一回りしたのちネックレスのようにその首の下に長い輪を描いてぶらさがったのを見たときだった。

「アナコンダだ。なんだあれは」

　超望遠カメラで撮影していたテレビクルーが叫んだ。同じ頃、青い女神の座っている膝のあたりを全面舞台のようにして沢山の猿のようなあるいはオットセイのような表皮が黒光りする生き物があらわれてきた。それとはべつにもう少し大きな茶色の生き物があらわれ、それぞれがキイキイした声で鳴いているのが聞こえた。どこかのテレビの望遠カメラがその中に小さな犬を抱いた白い肌の中年の男がまじっているのをとらえ、それがそのままテレビに映った。「犬を抱いた白い男だ。誰なんだあいつは」モニターを見ているディレクターが叫んだ。

　タイミングを合わせたように、いきなり大きな声で、一時間ほど前に聞いた男の声が鳴り響いた。さっきと同じヘンデヘブ語だったから群衆は騒ぐだけで何が語られているのかわからない。全員がさっきと同じように日本語の解説を待っているようだった。

はたしてさっきと同じ落ちついた女性の声が聞こえてきた。騒ぎつづける群衆は汐《しお》がひいたようにしんと静まり、その女性のよくとおる声を聞いていた。

「わが女神カーリーです。世界が苦しみの中であえいでいるときにごらんのように、カーリーはいま天空から降臨しました。聞いて下さい。このカーリーは外国の神像ではなくこの国の貴重な遺産によってその全身が形づくられています。このカーリーは全身が、この国で死んだ人の骨によって作られています。三年にわたって集められてきた日本のみなさんの遺骨を粉砕し、それをこのようにカーリーの全身にぎっしり詰めて作ってあります。およそ五百六十万人の遺骨がこのカーリーの体を作っていまず。だからこのカーリーは生きています。生きた神様なのです。女神カーリーを守る大蛇もまた神の生き物です。互いに長い旅をしてきました。その間、カーリーと神蛇はしばらく離れ離れになっていましたが、今カーリー降臨の時を迎えて再び一体化しました」

群衆がそれまでの騒ぎを何倍にも上回る声で騒ぎだした。その騒ぎ声はいつしかひとつにまとまった呼び声になっていった。

「カーリー、カーリー、カーリー、カーリー」

の連呼である。

ヘンデヘブ語のアナウンスがまたあった。

すぐに日本人の女性がそれを訳す。

「カーリーは生きている女神です。立ち上がることができます」

群衆はいま大きな声で説明されたものをうまく理解できないようであった。

しかし、そのときには青い女神カーリーは早くもゆっくり動きだしていた。ゆっくりゆっくり立ち上がろうとしているのだった。立ち上がっていくにつれていろんなものがカーリーの膝の上から落ちていく。ウージーやネンテンたちだ。白い肌の男も落ちそうになっている。カーリーの首から大きなアナコンダがすべり落ちてきて、白い肌の男と抱きあっていた犬をすさまじい早さで飲み込んでしまうのを北山医師とデカヘル男は見た。李は立ち上がっていくカーリーの両手のなかに座ってまさしく巨大神カーリーを操る魂の象徴のようになっているから、その瞬間を見ることができたのかどうかわからないが、それまで自分を守るようにカーリーの首飾りのようになってぶらさがっていたアナコンダに妹のキムの魂や心が入り込んでいるのははっきり認識していた。

アナコンダが素早い動きで白い男と犬を飲み込むところを正面に立っていた古島刑事も熱心に見ていた。元アナコンダ男と小さな犬に植え込まれたアナコンダの魂はまた念願の元のところに戻っていったのだ——と古島刑事は理解した。

どういう動力とメカニズムになっているのかわからなかったが、彼らが言うように この骨で全身を形づくられた青い巨大な女神は沢山のカケラや付属物をガラガラ落としながら本当にじりじりと立ち上がっていった。立ち上がるとその背丈は丁度地上三十階建てぐらいの高さになったようだ。足もとには沢山の電飾にきらめいている巨大な靴が見えてきた。その靴がゆっくり動きはじめている。歩行のできる骨を中身にした神像なんてはじめて見る。

「こいつ本当に歩くつもりなのだろうか」

北山が独り言のようにして言った。

首都警察外事課の遠藤から北山のハンディビュアに連絡がきた。近くにいるらしいが群衆の中ではどこにいるかわからない。日本攻撃にいちばん過激な発言と行動をしていた中国の工作要人の根魂を最初にアナコンダに「入れ」てしまう施術を頼んできたのが外事課の遠藤だったのだ。

「正確にはどうなっている？」

遠藤は言った。

「脳髄や魂をアナコンダに抜かれた脱け殻の中国の工作要人はまたアナコンダのなか

に戻っていきましたよ。今度は肉体ごとです。だからひと騒動すんだらアナコンダの脳幹からキムをひっぱりだします。中国の工作要人は別のルートからアナコンダに戻っていきましたからしばらくするとやっぱりアナコンダから出てくることになる。ただし今度はどろどろに溶けたアナコンダの糞としてですが」

北山医師は答えた。

「ひええ。そうするとあの白い肌の男とチンピラ犬はこれでアナコンダと一体化したことになるのか」

デカヘル男が言った。

「まあ、なりゆきだったけど、それぞれ本人たちはそれで文句ないと思うけどね」

北山医師のそれは独り言のようでもあった。

「いろいろフクザツな回路だけど今度はしくじらないでくれよ」

「ああ」北山医師はくたびれた声で答えた。日本を守るレジスタンスの組織は、インドとロシアが組んで作ったこの青いカーリーという女神とそれを操るメカニックのやつらとできるだけうまく付き合いながら中・韓連合と対決していくしかない。うまくいくかどうか見当もつかないが「レジスタンスは天と地のためにあきらめない」それが自分たちの合言葉なのだ。遠藤はずっと見上げすぎていて痛くなってしまった首のうしろを片手でさすりながらそう考えていた。しばらく純粋な日本の民衆は強烈なカーリーへの信仰でまとまっていくだろうが、本当に信仰で民衆は助かるのだろうか。

やはり混沌時代はこれからなのだ。

解説

北上次郎

椎名誠は意外に器用な作家である。

どういうことか、という話の前に、椎名誠の小説を分類しておく。大雑把に分類すれば、SFと私小説、というのが今さら書くまでもないが、椎名誠の大きな二つの柱になる。このうち、私小説のほうは、『岳物語』『続・岳物語』から始まって、『大きな約束』『三匹のかいじゅう』『孫物語』と続く「子供・孫もの」と、『春画』『黄金時代』『そらをみてますないてます』という自身の青春を描くものに分けられる（近年、自身の幼少期を描く『家族のあしあと』という作品があり、これも書き継いでいくようだ）。私小説がこのように分かれているように、SFのほうも、『雨がやんだら』『ねじのかいてん』などの「超常小説」と、『武装島田倉庫』に代表される「戦争によって荒廃した近未来を描く」ものがある。もちろん、この分類にあてはまらない小説もたくさんあることは書いておかなければならないが、大雑把に分類すればこのようにわけられるだろう。

ではどうしてこの二つが、椎名誠にとって大きな柱になっているのか。それについては、実際にあったことと完全な嘘の世界しか自分には書けない、と著者自身がさまざまなエッセイで書いている。見事な自己分析といっていいが、本当にそうなのだろうかと私は考えている。

最初にそのことに気がついたのは、『ぱいかじ南海作戦』（二〇〇四年刊）を読んだときだ。この長編は、勤めていた会社が倒産し、妻に逃げられ、失意のまま南の島へやってきた中年男を描くもので、私小説でもなければＳＦでもない。現代小説である。そして、これが読ませるのだ。たしかに椎名が書いている私小説と比べると（このジャンルでいちばん素晴らしいのは『春画』だ。あの暗い色調は印象深い）、読み終えたあとに残るものはない。しかしそれは娯楽小説の宿命というものだ。私が驚いたのは、椎名誠がそういう娯楽小説を書くことができるとは思っていなかったのに、ストーリー性の濃い創作を彼が軽々とこなしていたからである。意外と器用じゃん。

同年には『走る男』という作品もあった。こちらは近未来社会を舞台にしたもので一般的にはＳＦに分類されるだろうが、見事なオチがつくラストまで、やはりストーリー性が濃い。著者自身はこの二作を別物と考えているようだが、「ストーリー性の濃い物語」という点では同じなのである。あるいはここに、一九九九年に刊行された『ずんが島漂流記』を並べてもいい。これは少年少女小説だが、これもまたストーリーが濃く、「意外に器用な椎名誠」の顔を見ることが出来る。

ということを頭に置いて本書を読むと、大変に興味深い。

本書『埠頭三角暗闇市場』の話に入る前に、椎名誠が書きつづけている「北政府もの」について書いておきたい。戦争によって荒廃した近未来を舞台にした小説を、椎名誠は数多く書いているが、その中心になっているのが、『武装島田倉庫』から始まる「北政府もの」なのである。たとえば、『銀天公社の偽月』の「水上歩行機」には灰汁（椎名のお気に入りキャラクターで、『武装島田倉庫』で初登場し、その後、さまざまな短編に出てくる）が登場しているので、これが「北政府もの」とわかる仕組みになっているが、まだまだ「北政府もの」は数多い。しかし、作品集『みるなの木』には、表題作の他に「海月狩《くらげが》り」「餛飩《こんとん》商売」「赤腹のむし」と「北政府もの」の短編が収録されているが、このように「北政府もの」の短編はさまざまな作品集に分散して収録されているので、まとめて読むことが出来ない。「北政府もの」として一冊にまとめてもらいたい、というのが私の昔からの希望である。『砲艦銀鼠号』のように「北政府」という名称が一度も出てこないにもかかわらず「北政府もの」である例もあるから、わかりづらいのだ。

さらに、連作長編『ひとつ目女』のように、戦争によって荒廃した近未来を舞台にしていても「北政府もの」ではない作品もあるから、ややこしい。本書もそういう一冊だ。これもまた「戦争によって荒廃した近未来を舞台にした」物語だが、「北政府もの」ではない。トーキョーの中心を壊滅させたのは、中・韓連合の大組織ゲリラ部隊だ。トーキョーだけでなく、日本の十大都市が同じように破壊された。

シーサイド複合ビルが東の海側に傾いたときに、八万六〇〇〇トンの巨大豪華客船が湧き立つ乱海流によって巨大な埠頭に打ち上げられ、陸側に傾いてぶつかったので、この両者は巨大な埠頭を挟んで寄り添うように静止した。つまりその下に、雨も防げる三角形のでっかい空間が出来たわけである。そこに、食堂、雑貨屋、売春洞、偽薬売りブースなどが集まってきて、埠頭三角暗闇市場が形成される。本書はそこを舞台にした物語である。

その近未来では、韓国を併合した中国が、インド・ロシア連合と覇権を争っているとの設定で、明らかに「北政府もの」ではない。しかし椎名誠お得意の、わけのわからぬものが次々に登場する。たとえば、傾いたビルの非常階段にいる「ウージー」・

は、「禿頭猿《とくとうざる》のウアカリにカワウソの遺伝子が入っているらしく顔と頭は酔った親父そっくりだが黒い毛並みはいつもつやつやしていてそれだけみると美しい」。で、声帯機能があるので医師の北山が通りかかると、「御用ですか。いそがしですね」と声をかけてくる。黒い運河にいるのは「ネンテン」だ。アザラシに人間がまざったような体形をしていて、陸にあがると動作は鈍いが直立二足歩行できる。慣らして飼うと喋れるので犬より役にたつが、生き餌《え》をあげなければならないので面倒だ。こういうわけのわからないものが次々に出てくるのは、椎名誠のこの手の小説の常套だが、相変わらずうまい。

いちばん興味深いのは、人間の意識と犬の意識を交換するという手術だろう。それがエスカレートして、ウージーと犬とアナコンダの意識を三角トレードするという事態にまで発展（？）するから大変である。そういえば、頭にミドリヘビを何十匹も埋め込んでくれと北山医師を訪ねてくるやつまでいたりする。

ストーリーが濃い物語というわけではないが、ようするに、椎名ワールドのエッセンスがつまった小説なのである。その意味では十分に楽しめる。『武装島田倉庫』や『水域』や『アド・バード』など、一九九〇年に刊行された三大傑作（同じ年に出たんだからすごい）に比べると、たしかに深みには欠けるけれど、それはあの傑作群と比較するのが間違いなのだ。これだけ楽しませてくれれば十分である。

その意味では、現代小説『ぱいかじ南海作戦』、ＳＦ『走る男』、少年少女小説『ずんが島漂流記』と同様に、「意外に器用な椎名誠」の顔を見ることが出来る一冊だ。

本書は二〇一四年六月に小社より刊行された単行本を文庫化したものです。
装画　浅賀行雄

|著者| 椎名 誠　1944年生まれ。作家。写真家、映画監督の顔も持ち、幅広く活躍する。'89年に『犬の系譜』（講談社文庫）で吉川英治文学新人賞、'90年に『アド・バード』（集英社文庫）で日本SF大賞を受賞した。『岳物語』『わしらは怪しい探険隊』『哀愁の町に霧が降るのだ』『インドでわしも考えた』『新宿遊牧民』『家族のあしあと』など著書多数。インターネット上の文学館「椎名誠　旅する文学館」開館中。
http://www.shiina-tabi-bungakukan.com/bungakukan/

埠頭《ふとう》三角《さんかく》暗闇《くらやみ》市場《いちば》

椎名《しいな》 誠《まこと》

講談社文庫

定価はカバーに
表示してあります

2017年11月15日第1刷発行

発行者——鈴木　哲
発行所——株式会社　講談社
東京都文京区音羽2-12-21　〒112-8001
電話　出版（03）5395-3510
　　　販売（03）5395-5817
　　　業務（03）5395-3615

デザイン—菊地信義
本文データ制作—講談社デジタル製作
印刷———豊国印刷株式会社
製本———株式会社国宝社

Printed in Japan

ISBN978-4-06-293798-6

講談社文庫刊行の辞

二十一世紀の到来を目睫に望みながら、われわれはいま、人類史上かつて例を見ない巨大な転換期をむかえようとしている。

世界も、日本も、激動の予兆に対する期待とおののきを内に蔵して、未知の時代に歩み入ろうとしている。このときにあたり、創業の人野間清治の「ナショナル・エデュケイター」への志を現代に甦らせようと意図して、われわれはここに古今の文芸作品はいうまでもなく、ひろく人文・社会・自然の諸科学から東西の名著を網羅する、新しい綜合文庫の発刊を決意した。

激動の転換期はまた断絶の時代である。われわれは戦後二十五年間の出版文化のありかたへの深い反省をこめて、この断絶の時代にあえて人間的な持続を求めようとする。いたずらに浮薄な商業主義のあだ花を追い求めることなく、長期にわたって良書に生命をあたえようとつとめるところにしか、今後の出版文化の真の繁栄はあり得ないと信じるからである。

同時にわれわれはこの綜合文庫の刊行を通じて、人文・社会・自然の諸科学が、結局人間の学にほかならないことを立証しようと願っている。かつて知識とは、「汝自身を知る」ことにつきていた。現代社会の瑣末な情報の氾濫のなかから、力強い知識の源泉を掘り起し、技術文明のただなかに、生きた人間の姿を復活させること。それこそわれわれの切なる希求である。

われわれは権威に盲従せず、俗流に媚びることなく、渾然一体となって日本の「草の根」をかたちづくる若く新しい世代の人々に、心をこめてこの新しい綜合文庫をおくり届けたい。それは知識の泉であるとともに感受性のふるさとであり、もっとも有機的に組織され、社会に開かれた万人のための大学をめざしている。大方の支援と協力を衷心より切望してやまない。

一九七一年七月

野間省一